モーロック
「呪ワれた子ヨ、オ前はコの世界ニ何を望ムのだ？」
アルバート
「世界平和ですよ」
呪われ呪術王の
平和が為の
異世界侵略
NOROWARE JUJUTSUO NO HEIWA GA TAME NO ISEKAI SHINRYAKU

リーゼロッテ
コルネリア

イグナーツ
ウベルト
「侵略せよ、眷属達よ。
我が宿願のために」

「楽しみたまえ、
死より生まれ出ずる者達の祭宴だ」
唱えられた発動呪文が漆黒の鍵を形作る。
それは球状魔導陣の中心に突き立ち、
同時に黒い波紋を世界に広げた。

タロジロウ
ILLUST. PAN:D
1
呪われ呪術王の
平和が為の異世界侵略
NOROWARE JUJUTSUO NO HEIWA GA TAME NO ISEKAI SHINRYAKU

口絵・本文イラスト　PAN:D

CONTENTS

NOROWARE JUJUTSUO NO HEIWA GA TAME NO ISEKAI SHINRYAKU

プロローグ

人が土くれにしか見えない人間がいると言われ、容易《たやす》く信じられるだろうか。

もちろん土くれにも違《ちが》いはある。けれどそれはどこまで行っても土くれであり、多少マシか、そうではないかという違いにしか感じない。

有り得ない、馬鹿馬鹿しい、そう思うかもしれない。しかし数は少なく目にすることはないにしても、そういった特殊《とくしゅ》な精神構造を持った人間は現実に存在していた。

この物語の主人公である彼《かれ》も、そんな人間の一人である。

「一つ願いが叶《かな》うとすれば何を願いますか?」

テレビ局の街頭アンケートでそう問われたのは、有名な進学校の制服を着た青年だった。

日に何百とアンケートのために声をかけるアシスタントディレクター——ADの男は、青年もまた他の人々と同様、突拍子《とっぴょうし》もない質問にしばらく考《かんが》え込《こ》むだろうと思っていた。

だが驚《おどろ》くべきことがおきた。青年はおよそ年齢《ねんれい》に相応《ふさわ》しいと思えない冷たい笑《え》みを浮《う》かべ、ノータイムで返答してのけたではないか。まるで事前に質問を知っていたかのようにな即答《そくとう》ぶり。心構えができていなかったADはもう一度問い返さざるを得なかった。

それに対し、冷徹《れいてつ》な笑みの青年はやはり即答した。

「世界平和です」

ADはため息を堪《こら》えるのがやっとだった。彼はその答えを子供っぽい冗談《じょうだん》、あるいはただの見栄《みえ》っ張りだと思ったわけだ。つまるところ、からかわれているのだ、と。

しかし、青年はただただ真摯《しんし》に、真面目に答えたにすぎない。

馬鹿にするな、とADは悪態をついて踵《きびす》を返した。

気温が三十度を超《こ》えている中での長時間の激務は、精神をささくれさせるに十分だ。ましてや面白《おもしろ》い回答を集めなければ、理不尽《りふじん》な上司に無能に愚図《ぐず》とどやされるのだ。

だというのに、こんな学生にまで馬鹿にされたと苛立《いらだ》ったのである。

しかし、あるいは彼がより深く踏《ふ》み込むことができていたら？

世界平和に必要なものを問うていたら？

きっとADは目の色を変え、アンケートの主旨《しゅし》も忘れて質問を繰《く》り返したに違いない。

なぜなら、青年は平和に必要なものを問われて迷うことなく答えただろうから。

恐怖《きょうふ》と支配、と。

しかしその面白さに溢《あふ》れる、あるいは恐《おそ》ろしさに穢《けが》された言葉はついぞ引き出されることなく、青年は態度悪く離《はな》れていくADを見送った。

青年には彼がただの汚《よご》れた泥水《どろみず》に浸《つ》かり、半ば以上溶《と》けた土くれに見えていたから、そんな態度にも怒《いか》りを覚えることはない。

やれやれと伸《の》びを一つ。

夏休み直前の期末テストが終わり、夏はこれからが本番だった。立っているだけで汗《あせ》ばむような陽気に、拭《ぬぐ》っても拭っても大粒《おおつぶ》の汗が浮かぶ。普段《ふだん》東京のはずれに住んでいる青年はあまり渋谷《しぶや》に来たことがなかった。

東京ジャングル、摩天楼《まてんろう》と形容されるぐらいだから空なんてまともに見えないのかと思っていたが、渋谷の空は予想よりも開けていた。ビルの合間から青空が綺麗《きれい》に見えることに驚きながら、しかし人の多さにだけは閉口する。

こんな場所に来ることになったのはゲームにハマっている悪友のせいだ。パソコンなら持っていると言っているのに、彼がやり込んでいるゲームタイトルを遊ぶためにはもっと高いスペックのパソコンが必要なのだと、休日にわざわざ呼び出されたのである。

とはいえ、青年もそれほど嫌《いや》なわけではない。

土くれの中では珍《めずら》しくマシな部類の友人は、一部を除けば話もはずむ。

進学した高校が違って交流が減ったのを寂《さび》しく思っていたし、遊びの誘《さそ》いはうれしかった。ゲームもそれほど嫌《きら》いではない。友人と時間を共有できることは楽しみなくらいだ。

頭のネジが飛んでいると揶揄《やゆ》されたりもするし、意見が決定的に合わないこともある。それでも、おおむね仲は良いのだ。こんな真夏の日差しの下で、恋人《こいびと》との逢瀬《おうせ》よろしく渋谷のハチ公前で待ち合わせする程度には。

しかし、その悪友は待てど暮らせどやって来なかった。

時間にルーズなのは知っていたが、連絡《れんらく》もなしというのはおかしい。

何かあったかと心配したその時、雑踏《ざっとう》の向こうで悲鳴が上がっているのに気づいた。

「通り魔《ま》だ！　危ないぞ！」

「救急車、誰《だれ》か救急車呼んで！」

なぜだろうか、その声に妙《みょう》な予感を覚えた。

悲鳴と、叫《さけ》び声から逃《に》げるように押《お》し寄せてくる人々をかきわけて進む。

急に人の波がまばらになったと思ったら、人通りの多い大通りでぽっかりと人がいない空間があった。というより、何かから避《さ》けるように人々が距離《きょり》を取ろうとしているのだ。

「これはひどいな」

空いた空間の中心では、ざんばら髪《がみ》を振《ふ》り乱し、血走った眼をした中年の男が奇《き》声《せい》を上げていた。

サラリーマンのように背広を着込《きこ》んでいるが、胸元《むなもと》に乱暴に突《つ》っ込まれた封筒《ふうとう》には職業安定所のロゴがでかでかと記されている。不況《ふきょう》の煽《あお》りで仕事を失い、中年ゆえに新しい仕事が見つからず自暴自棄《じぼうじき》になったというところか。あるいは薬物、昨今では死ぬために事件を起こす者もいるらしいが、どれにしたってろくでもない。

手には血に濡《ぬ》れた包丁を持ち、傷を負わされた人々が地面に転がって呻《うめ》いていた。すでに近隣《きんりん》の派出所から警察官が数人駆《か》けつけている。男を囲みながら包丁を手放すように説得しているが、男の興奮が収まる様子はなさそうだった。

「ああ、なんだよ。そこにいたのか」

青年の目は半狂乱《はんきょうらん》で警察官に包丁を振り回して威嚇《いかく》する男の足元に向かい、待ち合わせに現れなかった悪友を見つけていた。

腹部を押さえて呻いている。学校の無駄《むだ》に白い指定シャツが赤く染まっているから、恐らく刺《さ》されたのだろう。急いで手当をしないとまずそうだなと判断すると、青年はすぐに動いた。

警察官達《たち》は男から目を離さずに距離を保つのに必死だ。

都合よく、後ろから近づく青年にまで注意を払《はら》えていなかった。

それをいいことに、包囲の隙《すき》を突くように警察官達の間をすり抜《ぬ》けた。

「き、君！　危ないぞ！　戻《もど》りなさい!!」

背中に制止の声がかかったが、彼は気にすることなく男に近づいた。

青年は武道の経験があるわけではないし、思春期特有の全能感に突き動かされたわけでもなかった。

倒《たお》れている人を早く病院に送らないとまずい、だから手早く処理したほうがいい。それには安全マージンを確保しながら説得する警察官達より自分が対応したほうが早い、そう判断しただけなのだ。

「な、なんだてめぇは！　ぶっ殺すぞ!!」

唾《つば》をまき散らしながら、男は包丁を振り回していた。

繰り返しになるが、青年に武道の経験はない。

相手は素人《しろうと》だが、むやみやたらに突き出される刃物《はもの》は青年にとって脅威《きょうい》でしかない。華麗《かれい》にかわす、あるいは叩《たた》き落すなんて芸当は不可能だ。かといって刃物を恐れて逃げるでは安全マージンを確保して手をこまねいている警察官と何ら変わらない。

事態の迅速《じんそく》な処理などおぼつかず、悪友はその間にも死に向かっていくのだろう。

だからこそ青年は、さらに一歩踏み込むことで凶刃《きょうじん》を体で受け止めた。

致命傷《ちめいしょう》を避けるために両手を前に突き出したのは一つの賭《か》けだ。

腕《うで》の怪我《けが》ですめば御《おん》の字《じ》、そう思ったのだが。

「あぁ、痛いな。すごく痛いじゃないか」

吹《ふ》き出す血しぶきに眉《まゆ》をしかめる。なんともはや困ったこともあるもので、包丁の刃《やいば》は腕と腕の間を綺麗にすり抜け、胸の真ん中に突き立っていたのである。

賭けに負けたわけだが、青年の脳裏《のうり》に浮かんだのは「運が悪い」という一言。

すぐに刺さった包丁を両手で握《にぎ》り締《し》めて前を見据《みす》える。

男は青年が避けると思っていたのだろう、深々と包丁が刺さったことにぎょっとして、包丁を握る手からわずかに力が抜けた。

驚きゆえの反射、それを見逃《みのが》さずに振り上げた蹴《け》りが男の下腹部に音を立ててめり込む。予想外の反撃《はんげき》と衝撃《しょうげき》に、男は苦悶《くもん》の声すらあげずに地面に転がった。

「うん。賭けは負けても、大枠《おおわく》は計画通りか。それじゃあ、悪いけど退場してもらうね」

男の手から凶器《きょうき》がなくなった以上、放置してもすぐに取り押さえるだろうと思われた。だが青年としてはそれでは困る。男への対処よりも、周囲の怪我人《けがにん》の救助を優先してほしいのだ。より直截《ちょくさい》に言うならば、友人を救って欲《ほ》しかった。警察官がもっとたくさんいるならともかく、この場でのリソースは少数に限られる。こんな男に貴重で限定的なリソースを使った結果、友人の命が脅《おびや》かされるなどあってはならない。

ならばどうするか？

青年にとって、それは自明の理である。

要は目の前の男が完全に行動不能になればいいのだ。警察官が取り押さえる必要がないと判断するほど、完膚《かんぷ》なきまでに動きを止めれば放置されるに違いない。

ならばやるべきことは簡単なことなのだ、少なくとも、青年の脳内では。

「く、来るな！　こっちへ来……っ！」

腰《こし》が抜けたのか半狂乱に腕を振り回して後退《あとずさ》ろうとする男に近づくと、青年は胸に刺さった包丁を引き抜きざま、不健康に痩《や》せた男の首の根に突き立てたのである。

殺傷力を上げるためには刺した後に半ひねり、傷口を広げなければならないらしい。

漫画《まんが》で見た通り、青年は忠実に刺した包丁を半ひねり分こじり、より血が吹き出すように刃を引き抜いた。

思ったよりも力が必要で、夏の暑さと痛みで汗が浮いた。

「き、君……なんでそんなことを……」

動かなくなった男に満足して包丁を投げ捨てると、警察官達は恐怖と焦《あせ》りに彩《いろど》られた目で青年を見つめていた。

だが青年は意味がわからず、首を捻《ひね》った。

「殺さなければ、救助が遅《おく》れるじゃないですか。確実に行動不能にするために彼を止めたんですよ。そのほうがみなさんも安心して救助に専念できるでしょう?」

「君は、何という……」

警察官のなんとも言えない表情と、遠巻きにしていた野次馬《やじうま》の悲鳴に、ここにきて青年も異変に気づかざるをえなかった。

ああ、なるほど、どうやらまたやってしまったらしい。

常々悪友からは「お前は少し頭のネジが飛んでいるから気を付けろ」と忠告されていたのだが、思い出すのがいささか遅《おそ》かったようだ。

とはいえ、どうするかと悩《なや》んでも今更《いまさら》な話。小さく息を吐《は》いてすっぱり諦《あきら》める。転がった包丁を警察官へと蹴って害意がないとアピールし、噛《か》んで含《ふく》めるようにお願いした。

「なんでもいいんですけど、とりあえず怪我人の救助をしましょう。俺《おれ》は人助けのために行動したんです。犯人はもう動けませんし、俺は逃げません。安心してみなさんを助けてください。特にこいつは俺の友達なんで、早く助けて欲しいものですね」

返事を待つことはできなかった。

体が重く、意識を保つのが難しかったのだ。

言いたいことを全て言うと、青年は糸が切れたように地面に倒れた。

「き、君！　大丈夫《だいじょうぶ》か！」

警察官の声がうるさい。ゆっくり眠《ねむ》らせてほしい。

体がひどく冷たく、感覚が徐々《じょじょ》に失われていく中、視界の隅《すみ》でじわじわと広がる血液の量を冷静に見つめ、ああこれは死ぬな、とどこか他人事のように考えていた。

せめて悪友が無事だったらいいなと願いつつ、ふと、きっとこういうところがネジが飛んでいると揶揄される所以《ゆえん》なのだろうと自嘲《じちょう》した。

それは年齢不相応の冷たい笑みを浮かべる青年の、この世界で最後の思考だった。

◇
◆

目覚めると美しい庭園だった。

小さな森と小さな川、そして青く萌《も》える草原がバランス良くまとめられていて、いかにも居心地《いごこち》よく造作されている。

しかしそこはただの庭園ではなかった。

庭園の広さはそれほどではなく、端《はし》から端まで全力で走れば数分程度の広さしかない。

端より先には大地がなく、無限の青空が広がっているように見えた。

宙に浮いた庭園。

それが彼が目覚めた場所だったのである。

「おかしいな、俺は死んだはずなんだけど……なんで生きているんですか？」

言葉の後半は庭園の真ん中でお茶を楽しむ青年に向けられたものだった。

美しいが、人間味を感じさせない男だった。

透《す》き通るような白い肌《はだ》と、青い髪、青い瞳《ひとみ》。作り物めいた容姿は美しさと同時に、気の利《き》いたジョークのような諧謔味《かいぎゃくみ》を感じさせる。十人が見れば十人ともが美しいと感じるように作られた、そんな造形美とでも形容すべき美貌《びぼう》を持っていたのだ。

宝石のような瞳、口元に浮かぶ笑みの均整の取れた形。

どれ一つをとっても美しく、それゆえに彫刻師《ちょうこくし》が丹念《たんねん》に彫《ほ》り込んだ彫像《ちょうぞう》に見える。

青年は草原の真ん中にセッティングされたティーテーブルに腰かけていたが、彼の言葉に気づくと口元に運んでいたティーカップを机に置き、朗《ほが》らかに白い歯を見せた。

「やぁ、いらっしゃい。びっくりするほど冷静だね、君」

「それはどうも」

底抜《そこぬ》けの笑顔《えがお》で、楽しそうで、いかにも好青年と言わんばかり。

うさんくさい男というのが彼の素直《すなお》な感想だった。

「さきほどの回答だけれど、君は死んだよ。それはもう疑いの余地もないほど完璧《かんぺき》に、完全に、綺麗さっぱりと死んでいるともさ。こういう場合はおめでとうと言うべきか、それともご愁傷様《しゅうしょうさま》と言うべきか、少し悩んでしまうね？」

そう言って茶目《ちゃめ》っ気《け》たっぷりにウインクを一つ。

持って回ったような言い回しと仕草に戸惑《とまど》っていると、青年は彼の反応を気にもせずに話を続けた。

「さて、まずは自己紹介《しょうかい》をしようか。私は君達が神と呼ぶ存在だ。神とは何かという定義に関してはおおいに議論の余地があると思うし、そもそも絶対不可侵《ふかしん》なる存在を神とするならば、君達人間が神と名付けるという行動がすでに神という存在への侵犯《しんぱん》であるだろうし、そうなればそもそも私は神ではないと仮定することもできるのだが……ああ、面倒《めんどう》な顔をしないでくれ。どうにも私の悪い癖《くせ》でね。こういう問答は嫌われると知っているんだがやめられないんだよ。ともあれ、話を戻そうか？」

「そうですね。そうしてもらえると助かりますよ」

促《うなが》されてテーブルに座《すわ》ると、わずかに目を離した隙に彼の前にティーカップが用意されていた。温かな紅茶からは湯気が上っていた。

「飲みなさい、気持ちが落ち着くよ。君にはあまり必要がないかもしれないが、君の好きな銘柄《めいがら》を用意してあるからね。用意した以上は飲んで欲しいものだし、それに応えるのが客人の最低限の礼儀《れいぎ》だと私は思うんだ。君も同じ考え方であればとてもうれしいね」

「……頂きます」

同意見というよりも、良く回る口を塞《ふさ》ぐために紅茶を啜《すす》る。

確かに好みの味だった。

高い紅茶なんて飲んだことのない彼の好みは、コンビニで買えるペットボトルのミルクティーだ。それがわざわざ高級そうな白磁のティーカップに注がれているのは、少しばかり滑稽《こっけい》に思えた。

「それで？　死んだ俺が神様と会っているということは、ここは天国ですか？」

「そうとも言えるし、そうでないとも言えるね。ここは死者が訪《おとず》れ、旅立っていく場所だよ」

「旅立つ、ですか？」

輪廻《りんね》転生という言葉が脳裏に浮かぶあたり、日本に生まれた影響《えいきょう》だろうか。

日本人は宗教に寛容《かんよう》だが、もっとも身近なものは仏教だ。彼自身は無宗教だったが、それでも聞きかじる程度には触《ふ》れる機会があるものだ。

「いま考えていることでだいたい正解だね。人の魂《たましい》というのは世界を巡《めぐ》るんだよ。数多《あまた》ある世界の中をぐるぐるぐるぐるとね。六道というのは人間が考えたもので、世界の数はそれこそ星の数ほどあるっていうところは違うけどね。とまれ魂が持つ性質に合わせ、適した世界に送り出して循環《じゅんかん》を助けるのが私の仕事というわけだ。世界の管理者、あるいは調整者と思ってもらえばいいよ」

「なるほど。それでは俺もいまから別の世界に行くわけですね」

「理解が早くて助かるよ。中には泣いたり喚《わめ》いたりする者もいるからね」

もっともな話だと納得《なっとく》したが、彼は意味もなく感情を前面に出すのが苦手だった。意味があると思えば泣き喚くことも躊躇《ちゅうちょ》はしない。しかし目の前の神とやら相手に意味があるとも思えないし、そうするだけの必要性も感じなかった。

ひとまず紅茶のお代わりを、今度は冷たくしてと要望すると、すぐに用意された。依頼《いらい》した通り、今度は氷を大量に放《ほう》り込んだように、キンキンに冷やされていた。冷たい甘《あま》さが喉《のど》を通り抜けると、しゃっきりと頭が冴《さ》える。

彼は少しばかり勘《かん》が働くのが自慢《じまん》だ。その勘が言うのだ。神を名乗る青年はすべてを語ってはいない。

そしてそれはたぶん、正解だろうと思った。

青春ドラマのワンシーンのような爽《さわ》やかな笑顔でこちらを見つめる青年の顔色を窺《うかが》うと、

目の奥《おく》で鈍《にぶ》く光る輝《かがや》きに底知れない何かを感じる。嫌な予感が拭えない。

青年はそんな彼の様子に、勘繰《かんぐ》られるのも心外だと指を振ってみせた。

「そんなに心配しなくても、君を罠《わな》に嵌《は》めて地獄《じごく》のような世界に送ったりはしないよ。どちらかといえば逆でね、君が望む世界に送るつもりさ。それと、謝罪をしたくてね」

「謝《あやま》られるようなことはなかったはずですが」

「なに、覚えてないだけさ。君が前回ここに来た時にね、欲しいものは何かと問うたんだよ。そうしたら、君はなんて答えたと思う？」

「世界平和でしょうか」

一瞬《いっしゅん》の躊躇もない彼の返答に、青年は満足げに頷《うなず》いた。

「その通りさ。新しい世界で一つの生命として誕生して十六年、君という魂の本質は微塵《みじん》も揺《ゆ》らいでいないようだね。まったくもって度《ど》し難《がた》いほどの執着《しゅうちゃく》……いや、妄念《もうねん》というべきか。ともかく、君の願いの通り平和にもっとも近い、比較的《ひかくてき》安全な日本という場所に送り出したんだけどね。いや、これは私の失敗だった。それこそ痛恨《つうこん》のね。まさしく君は独特で、特異で、異質すぎたよ。あの世界で馴染《なじ》むような魂ではなかったというのに、まったくもってあの時の私はどうかしていたね。君の考える世界平和は、あの中途半端《ちゅうとはんぱ》に平等で、中途半端に平和な世界で達成できる類のものではなかった」

「そうでしょうか。あちこちで紛争《ふんそう》や戦争が起きていましたし、言うほど平等でも、平和でもないと思いますけど」

「そう思ってないところが君の致命的《ちめいてき》に特異な点なんだけれど、ま、それはいいさ」

新しく用意した紅茶にひと匙《さじ》の砂糖を入れてかき混ぜながら、青年は本当にどうでもいいことなんだよと繰り返した。

「君に相応しくない世界に送ったことを謝罪したい、言いたいことはそれだけなのだけれどね。次はもっと君に合った世界に送ると約束するよ。それこそ、君の考える世界平和が達成できるような世界にね」

「はぁ、そうですか」

興味がないわけではないが、もとより拒否権《きょひけん》などあるはずもなし。

ならば特に言うべきこともないと返した生返事だが、青年は彼の割り切り方にらしさを感じ、ひどく嬉《うれ》しそうに手を叩いた。

「いや、さすがの順応性だ。死んだ、はい別の世界へご案内と言われてここまで落ちついている。諦めているわけでもなく受容する潔《いさぎよ》さときたらどうだい。まったく、どこに行くかも気にならないのかい？」

「そんなことはないですよ。でも、そこがどこでも精一杯《せいいっぱい》生きるし、死ぬ時は死ぬっていいうのは変わらないでしょう。なら、別に聞かなくてもいいかなと」

「くふっ」

耐《た》えかねたように吹き出しかけて必死に笑いをこらえる青年に、彼は目を瞬《またた》かせた。

作り物めいた青年が、一瞬だけ生きた人間のように見えたのだ。

「君がそれでいいのであれば構わないけどね。さて、実はここで君に朗報なんだけど、今度は転生じゃないんだよ」

「意味がわからないですけど？」

「あちらの世界で生きていけるだけの体はもう用意している。そこに魂を放り込むんだよ。転生だと赤《あか》ん坊《ぼう》からのスタートだからね。転移……いや、憑依《ひょうい》かな？　それなら記憶《きおく》をそのまま持ち込めるし、あちらの世界の力に順応もしやすいだろう。なに、間違《まちが》った世界に送っちゃったお詫《わ》びだよ」

そんな適当でいいのかと困惑《こんわく》するが、青年は別に構わないと断言した。

特定の魂を優遇《ゆうぐう》するのが青年にとっての娯楽《ごらく》らしく、記憶を残して転移させる程度であればまだ軽いほうだと嘯《うそぶ》くのだ。

「君は面白い魂だ。私にとって面白いというのは非常に大切な要素でね。色褪《いろあ》せていく悠《ゆう》久《きゅう》の時の中に彩りを添《そ》えてくれる……はっきり言えば見世物だね。君のようにとびっきり見ていて面白い魂はえこひいきしちゃうんだよね」

「理解はし難いですね。でも、貰《もら》えるものは貰っておきますよ」

「うん、そうしてくれると助かるよ。それに、それぐらいのえこひいきをしないと君の望む世界平和は成《な》し遂《と》げられないだろうからね。それほどにあの世界は悪意に満ち溢れている。むしろこれでも足りないくらいさ」

「それほどに困難ということですか」

　当たり前だろう、と青年は笑った。

「世界平和だよ？　多くの世界があるけれどね、いまだかつて成し遂げた者はいないんだ。それを成すのに困難がないわけがない。それこそ君の前には幾多《いくた》の試練と選択《せんたく》が待っている。正直、分が悪い賭けと言わざるをえない。それも賭けの対象となるのは常に君の命となる。あるいは、全ての存在そのもの……それでも分が悪い賭けだよ」

「目的を成し遂げるのに、己《おのれ》を賭けることを躊躇するんですか？」

「くは、いいねいいね、実にいいねぇ、その心意気は最高だね。君はまったくもって素晴《すば》らしいよ。だからね、そんな君に最後の助言だ。君の目標には力がいる。力を追い求めなさい。そのための近道となる男に転移させてあげたからね、そこで力を得られるかどうか……それが君にとって最初の命の賭けとなるだろうね」

「それもえこひいきですか？」

「ああ、最大級のね」

青年はにやりと笑うと、話は終わりだと指を鳴らした。

その瞬間《しゅんかん》、世界が歪《ゆが》み、美しい庭園は極彩色《ごくさいしょく》に包まれていった。

彼は急速に薄《うす》れ消えて行く世界の中で、しかしはっきりと存在感を保ち続ける青年が真顔になっているのを見た。

「期待しているよ、異常な平和の希求者くん」

なるほど、やはり何か裏がある。

そう確信したが、異世界行きを拒否《きょひ》するつもりは起きなかった。

平和な世界を作る機会を与《あた》えられたのは間違いないし、拒否する権利も権限も彼には与えられていない。そうであれば、ただ受容するしかないのだ。

裏がある、それを理解さえしていれば構わない。

新たな可能性に感謝し、待ち受ける陰謀《いんぼう》も何もかもを食い散らかして我《わ》が道《みち》を進めばよい。結局のところ、向かう先は何も変わらないのだ。

為《な》せば成る、為さねば成らぬ何事も、成らぬは人の為さぬなりけり。

それは江戸《えど》時代の名君が歌った言葉であり、彼にとって己の根幹を成す行動哲学《てつがく》だ。意志がなければ何も達成しえないが、不断の努力と不屈《ふくつ》の意志があれば何事も達成できぬはずがない。

世界を平和に、そのためならば全ての道理をへし曲げ、砕《くだ》き、突き進《すす》むのみ。

きっとその割り切りを知れば、青年はまた盛大《せいだい》に楽しそうに笑ったに違いない。

青年の呟《つぶや》きを最後に、意識が彼の手から離れていく。自分の中の世界平和をなしえる世界に少しばかりの興味を持ちつつも、しかしそれでもなるようにしかなるまいと他人事のように割り切って。

その日、友人から頭のネジが飛んでいると評された青年は、平和への夢を胸に、異世界へと導かれていった。

第一章　異常な男の異世界転移

彼が目を覚ました瞬間、脳内に見知らぬ人間の記憶が入り込んできた。
それはよく映画などで見かけるシチュエーションで、使い古された古典ＳＦの類だ。
だが、どうもこれは様子が違った。
追体験するというような形ではなく、同化したと言ったほうが適切だろうか。
二つの記憶があるが、元から一人の人間だったようにしっくりとくる感覚。
同時に二つの人生を歩んだ人間など珍しいだろう。
「アルバート・フォスターか。なるほどね」
年齢は二十二歳《さい》。
職業、冒険者《ぼうけんしゃ》。
この世界でもなかなかに珍しいスキル持ちだった。
所持しているスキルは〈反転〉だ。
そして彼が憑依した男――アルバートは精神的に死んだばかりだった。

彼は足元の石床《いしどこ》に刻まれた小さな魔導陣《まどうじん》に触れ、我が事ながら愚《おろ》かと自嘲した。

「おい、罠は解除できたのか。すげえ声で叫んでたけどよ」

彼の後ろから声をかけた軽装鎧《よろい》の男は、心配というよりも急かすような口調だった。

その横に並ぶ弓使いの女、年老いた魔導士の男も同様で、髪の乱れを気にしたり、あくびを噛み殺したりと思い思いに暇《ひま》を潰《つぶ》し、彼を心配する様子はない。

とはいえ彼はそれにさほどの驚きも感じず、むしろ当然と考えていた。

アルバートの記憶の中にある彼らは、この遺跡《いせき》の浅層に潜《もぐ》るにあたって臨時で組んだ冒険者でしかなかったのだ。

冒険者の仕事は前の世界でいうところの発掘《はっくつ》に近い。ピラミッドやらファラオの墓やらを探索《たんさく》するあれだ。むしろ墓を傷つけ、宝を奪《うば》って我が物顔《ものがお》で売りさばくあたり、盗掘《とうくつ》と言うべきだろうか。

そんなやくざな仕事だから、脛に傷があるどころか仲間を殺して金品を奪おうとする野《や》盗紛《とうまが》いの人間も混じる。玉石混交、それも石の割合が多い、その程度の存在である。

当然臨時で組んだ名前も知らぬ他人となれば、思い入れを感じるわけがないのである。

それより彼が気になったのはこの場所のほうだ。

ここは古代の魔導文明の遺物が残る古代遺跡だった。

それらを探索、魔道具《ローグ・メイデン》を発掘して糧《かて》を得るのが冒険者だが、死んでしまっては元も子もない。だからこそリスクヘッジは大切だし、安全マージンを意識して探索することは冒険者にとって基本中の基本なのだ。

特に今回探索する古代遺跡は世界中に存在する迷宮《めいきゅう》の中でも、飛び抜けて凶悪《きょうあく》と名高い〈鏖殺墓地《カタコンベ》〉である。

世界の恐敵として歴史に名を遺《のこ》す悪逆の徒、呪術王《カース・ロード》の遺骸《いがい》が眠るとされる場所だ。

伝説は言う。全人類と呪術王の軍勢による生存戦争はかろうじて人側が勝利した。しかしその遺骸は配下の異形によって持ち去られ、ついぞ人間の手に落ちることはなかった。

その失われた遺骸が、ここにある。

それはかつて発見された呪術王の手記により、この遺跡を己の墓地とすると記載《きさい》されていたことから判明したことだ。

浅層、中層、深層の三つの領域にわかれ、そのもっとも深い場所に彼の遺骸が眠っている。恐らくは多くの魔道具《ローグ・メイデン》や財宝とともに。

だが年月が経《た》った今も、数多くの呪術《じゅじゅつ》の罠と異形達が冒険者を阻《はば》み続けていた。

神が近道となる男に転移させると言っていた以上、アルバートという男がいるこの場所にこそ意味があるはずだった。

「おい、聞いてるのか！」

わからないことだらけだが、思考に耽《ふけ》るわけにもいかなかった。

なにせ、目の前には重大な問題がある。

浅層しか探索しないはずの冒険者チームが、何を血迷ったか中層にまで下りてきてしまっているのだ。

「これはまずいな」

ざらりと指の下で存在感を主張する魔導陣は、すでに効力を失っていた。

観察するまでもなく、とても浅層で活動する冒険者の手に負える罠ではなかった。

それ自体はさして珍しくもない、鈴笛《ピーク》という罠だ。

罠を無視して進めば音が鳴り、周囲の異形を呼ぶ。凶悪だが解除することは難しくない。

しかし魔導陣が刻まれた床石《ゆか》を剥《は》がしてみると、その下に別の魔導陣が現れた。

二重罠である。

刻まれていたのは、精神壊殺《フィロー・スーダー》。

抵抗力《ていこうりょく》がない者の精神を殺す魔法《まほう》だった。

被害者《ひがいしゃ》となるのは運が悪い一人だけだが、鈴笛《ピーク》の解除が発動の鍵《かぎ》になっていて、必然的に罠を解除する技術を持つ者が引っかかる。罠だらけの迷宮、しかも罠の複雑さが数段上がる中層の只中《ただなか》で、罠を解除できる者の精神が死ぬのだ。

この世界には回復魔法が存在しない。

肉体だろうが、精神だろうが、死ねばそれまで。

生きたまま骸《むくろ》となった仲間を前にチームは進退窮《きわ》まるというわけだ。生きた屍《しかばね》となった仲間を見捨てて撤退《てったい》するも、抱《かか》えて撤退するも等しく地獄に違いなし。

とはいえ仲間達の根拠《こんきょ》のない自信に振り回されて、実力を超《こ》えた場所へのこのこ付いてきたアルバートにも責任がある。可能ならば小一時間くらい安全管理について説教をしたい気分だったたが、そこで当たり前の事実に気づいた。

「……ああ、そうか。いまは俺がアルバートだな……よし、仕方ないか」

そもそも、考えてみればアルバートの精神が死んだおかげで健全な肉体に憑依できたのかもしれない。であれば、説教などよりも感謝すべきだろう。

彼——いや、アルバートはあっさり納得すると、文句を垂れる仲間達に向き直った。

「この先の罠を解除するのは不可能です。これ以上は進めません。撤退しましょう」

「はっ、なんの冗談だそりゃ。大した能力もないお前をチームにいれてやったのは罠が解除できるからだぞ。それをできませんって、それで通じるはずがないだろうが！」

軽装鎧の男は鼻息も荒《あら》く詰《つ》め寄る。事態を理解できぬ愚か者がゆえの行動だった。

アルバートはあからさまに軽装鎧の男を見下し、にべもなく言い切った。

「不可能だと言ったはずですよ。俺は罠を解除できますが、それは浅層までです。中層の罠は解除できません」

「こ、ここまで解除して来ただろうがよ!!」

確かに、すでに中層に入って一時間ほども進んでいる。

その道中の罠は浅層と同様の代物《しろもの》で、問題なく解除ができた。

だからこそ死ぬ前のアルバートも調子に乗ってここまで進んできたわけだ。

だが甘い、甘すぎる。それこそが本当の罠なのだ。

「この罠は連動式なんですよ。発動か、解除されると次の罠が発動します。この場所から、俺達《おれたち》が入って来た浅層へ上がる階段まで、設置された罠がすべて新しい物にすげ替わっているはずです。その罠は俺には解除できない凶悪なものばかりですね。それこそ、目に見える範囲《はんい》の罠がすでに凶悪極《きょうあくきわ》まりないですから」

調子に乗って進んだ解除者を骸《むくろ》とした挙句、他に罠解除の技能を持つ者がいた時のために、より凶悪な罠で帰り道を埋《う》める。当然先に行けばもっと難易度は上がる。まったくもって堂の入った性格の悪さだが、侵入者《しんにゅうしゃ》を確実に殺すという意味では非常に効果的だ。

自分がくらうのでなければ、手を叩き口笛でも吹いて喝采《かっさい》してやりたい。

「おい、どうすんだよ。それじゃあ戻っても罠だらけで解除できねぇってことだろ。どっちにしろ死ぬってことじゃねぇか！」

軽装鎧の男の非難の言葉に、弓使いと魔導士が続く。

「そうよ！　ここまであんたが連れてきたんじゃないの、責任取りなさいよ！」

「そうじゃぞ！　儂《わし》はこんなところで死にとうない！　儂が死ぬのは世界の損失じゃ！」

ぴーぴーぴーぴーとまあうるさいことよ。

アルバートは口々に罵倒《ばとう》の声を上げる馬鹿者達を鼻で笑い、冷たく睨《にら》みすえた。

「喚かないでくださいよ。ここまで来たのが俺のせいですって？　俺は罠が解除できるかわからないと言ったはずですし、それを押し切ったのはあなた達でしょう。もちろん押し切られた俺に責任がないとは言いませんが、冒険者は自分の命には自分で責任を持つべき職業のはず。自分の尻《しり》も拭えないんですか？」

吐き捨てるような物言いは鋭利《えいり》で、三人を相手にまったく迎合《げいごう》する気がない。

否、そんなものは必要がないと断じているだけだろう。

神ですら面白《おもしろ》いと評した男の異常性の発露《はつろ》だったが、三人はこれまで唯々《いい》諾々《だくだく》とチームの後ろを付いて来るだけだったアルバートの変貌《へんぼう》ぶりに面食《く》らった。

何を言われたのか頭の整理が追いつかず、ぽかんとアルバートを見つめている。

アルバートがいっそその口に石ころでも詰めてやれば大人しくなるだろうかと真剣《しんけん》に検討し始めた頃《ころ》、我に返った軽装鎧の男が顔を真っ赤に染めた。

「て、てめぇ！　俺様に向かってなんだその言い草は！　罠解除と雑用くらいしか能がねぇ屑《くず》をチームに入れてやった恩を忘れたのか！　この無能が!!」

「感謝していますが、それとこれとは話が別でしょう。そもそも、俺のスキルが役に立たないというのは事前にわかっていたはずです。いまさらあげつらうことじゃない」

スキルはこの世界の人間が極稀《ごくまれ》に生まれ持つ特殊《とくしゅ》な力だ。

後天的に習得可能な魔法や、魔力《まりょく》による身体強化とは根本的に異なる。

とはいえ、あれば必ず便利というものでもない。なにせ得られるスキルは強力ではあれ、決して己の職業にマッチしたものとは限らないのだ。

スキル持ちというだけでも千人に一人だというのに、それが己にとって有用な確率など万に一つもあればよい部類だ。

その例に漏《も》れず、アルバートのスキルも外れに分類されるものだった。

〈反転〉という名前は仰々《ぎょうぎょう》しく、物事を反転させるという効果があるという。

ただし能力の発動は自動で、これまでの人生で一度も発動したことがないとくる。何を反転させるのか、いつ反転させるのか、皆目《かいもく》見当がつかないのだ。まさに何に使うか分からない役立たずというわけである。

かといって魔法を覚えるにも、身体能力を強化するにも魔力が少なすぎた。

特筆すべき能力がなく、それでも一攫千金《いっかくせんきん》を夢見て冒険者業にすがりつき、罠の解除や索敵《さくてき》、素材の剥ぎ取り、薬草の見分け方などを勉強してきた。ありとあらゆる技能に手を出し、汗《あせ》を流して学んできたのだ。

そうしてついたあだ名が器用貧乏《きようびんぼう》な役立たず。

いやはや、まったくもってお似合いで、あだ名をつけた人間を賞賛するしかあるまい。

身体能力に秀《ひい》でるわけではなく、魔法の才もない。

戦闘《せんとう》では役に立たず、覚えた技術も一流にはほど遠い。

いれば多少は便利だが、魔道具を使えば代用できる程度の技能でしかない。

当然、報酬《ほうしゅう》の分配比率も貢献度《こうけんど》に応じて低くなり、満足に食事が取れる日のほうが少ないという始末だ。今回臨時チームに合流できたのも、罠解除の魔道具がたまたま品切れだったからという理由でしかなかった。

そんな格下の男から反論され、恐怖《きょうふ》が怒《いか》りに転じた軽装鎧の男は剣《けん》の柄《つか》に手をかけた。

「言い残すことはそれだけか、くそガキが。罠が解除できねぇならお前に用はねぇやな」

男は鞘《さや》から魔法剣《まほうけん》を抜《ぬ》き放ち、残忍《ざんにん》な本性《ほんしょう》を垣間見《かいまみ》せた。

わずかな欠け程度であれば一カ月ほどで回復するという微妙《びみょう》な効果の魔道具の剣だったなと思いだしながら、アルバートも鼻で笑って応じた。

「斬《き》ってもいいですけど、抵抗《ていこう》しますよ。死にたくないですからね。腕の一本くらいは持って行きます。それと、俺を殺したら脱出《だっしゅつ》できる可能性が失われますよ」

「あ？　いま罠は解除できねぇって言ったばかりだろうがよ」

「ええ、できません。解除はね」

アルバートの言葉に、苛立《いらだ》った軽装鎧の男が剣を振《ふ》り上げた。

命惜《お》しさに適当に言っているだけだと思ったのだろう。

しかしアルバートの言葉に違和感《いわかん》を覚えた魔導士がその間に割って入った。

薄汚《うすよご》れた魔導士のローブが翻《ひるがえ》り、何とも言えないすえた臭《にお》いがする。恐《おそ》らく長く洗浄《せんじょう》していないのだろう。一部の魔導士は道具には魔力が宿り、洗えばそれが薄れるという迷信《めいしん》を信じている。

これもそれを信じる無知蒙昧《むちもうまい》の類というわけだ。

「待て、待つんじゃ。こいつは腹が立つが、これまで嘘《うそ》は言っておらん。おいお前、持って回った言い方をせず核心《かくしん》を話せ！　何か生還《せいかん》する方法があるんじゃな⁉」

生粋《きっすい》の戦士である男と魔導士の老人では体力が違《ちが》い過ぎる。ずるずると押《お》し込《こ》まれ、すがるように振り返る魔導士に、アルバートは滑稽さを感じながら頷いた。

「解除はできないけど、回避《かいひ》はできます。罠がある場所はかろうじてわかりますから、それを避《さ》ければいい」

「あ⁉　だったら最初からそう言えや！　ちゃんと帰れるんだな⁉」

「ええ、一部は」

「さっきからてめぇ、どういうことかはっきり言いやがれ！」

だったら話を聞けと思いながら、アルバートは真顔で言った。

「回避できない罠があるんですよ。浅層の傾向《けいこう》から見てそれほど数は多くないでしょうが、最低でも一つはあると思います。通路いっぱいが発動の鍵になっていて、その空間に入った瞬間に発動すると考えてくれたらいいです。鍵を踏《ふ》まないように気を付けるなんて代物じゃないので、それは回避しようがありません」

「な、ならどうするんだよ？」

怪訝《けげん》に眉を寄せる軽装鎧の男に、アルバートは何を当然のことを言うのかと首を傾《かし》げた。

「誰《だれ》かが犠牲《ぎせい》になればいいでしょう？」

ひどく自然なその物言いは冷たく、しかしあまりにも当然のこととして聞こえた。

そのあまりの異常さに、ごくり、と誰かの喉を鳴らす音が鳴る。

それは予想以上に大きく、薄暗《うすぐら》い石畳《いしだたみ》の廊下《ろうか》によく響《ひび》き渡《わた》った。

◇◆

〈岩石の魔導士《ローグ・フエラー》〉といえば、一昔前は誰もが憧《あこが》れの目で見たものだ。

老害が語る美化された昔語りなどではない。王国の誇《ほこ》る魔導学院を主席で卒業した彼《かれ》は、岩石の中に含まれる鉄鉱石を探し出す魔法を生み出し、時の人となったのだ。

鉄鉱石を探せるのだから、鉱山の探索に有用なのは言うまでもない。

学院を卒業したばかりの若い魔導士は、驚《おどろ》くほどの名声と金を手に入れたわけだ。魔法の研究者であった純朴《じゅんぼく》な青年がまともでいられるはずもなく、女にうつつを抜かし、まさにこの世の春を謳歌《おうか》していた。しかしそれは長く続くことはない。ほどなくして、秀才《しゅうさい》など真の天才の前では霞《かす》み消える塵芥《ちりあくた》なのだと思い知らされることになった。

鉄鉱石だけではなく、銀、金、聖銀《クローム》の含有状況《がんゆうじょうきょう》を判別できる、上位互換《ごかん》の魔法が開発されたのだ。さらにいえば、開発者はわずか十二歳。【魔導の心得】というスキルを持ち、魔導学院に入学して一年あまりの神童だった。

ああ、なんとも憎《にく》らしきことよ。

天まで届けと伸《の》び上がった鼻は無残に、根元からぽっきりとへし折られる。

だが彼の辞書に諦めるという文字はない。いつかは神童を超《こ》えよと人生を懸《か》けて抗《あらが》い続けた。目指すは神童すら到達《とうたつ》できなかった領域。究極の金属、蒼神鋼《リーンダイト》を探知できる魔法の完成だった。

魔道具の核《かく》となる蒼神鋼《リーンダイト》の希少性は語る必要もないほどで、その鉱脈を発見できるとなれば世界中の栄誉《えいよ》が我が物となるはずだ。

しかしただでさえ産出量の少ない蒼神鋼《リーンダイト》は実験に使うことすら難しく、完成への道のりは果てしなく険しい。それでも齢《よわい》八十を超え、いよいよ完成への道筋が見えたこの時になって研究費用が尽《つ》きたのである。

なんとも口惜《くちお》しい。

もう少し、もう少しなのだ。

手を伸ばせばそこに栄光があり、彼の帰還《きかん》を待っている。

あの手この手で金策をしてもどうにもならず、ならば己の魔導の技で稼《かせ》ぐべしと臨時の遺跡の探索隊に参加したわけだ。

研究が本分ではあるが、鍛《きた》え上げた魔導の技をもってすればいかに凶悪な古代遺跡といえど問題にもならないはずだ。探索から帰れば大金を得て、それを使って研究を完成させる。魔導学院の学院長の座に納まっている憎き神童の鼻を明かすのだ。

されば己の魔導士としての価値は天を貫《つらぬ》き、有象無象《うぞうむぞう》がこぞって囃《はや》したてるだろう。

それを思えば魔導士の口元に粘《ねば》つくような笑《え》みがこびりつくのも仕方がないだろう。

だからこそ、魔導士は驚愕《きょうがく》していた。

「回避不可能な罠があります。犠牲になる方を選んでください」

アルバートがそう言った瞬間、野卑《やひ》な軽装鎧の男が魔導士の襟首《えりくび》を引っ掴《つか》み、罠がある場所へと力任せに放り投げたのである。

「……は？」

犠牲が必要だという話は魔導士も聞いていた。

しかし、いまこの時まで現実味を感じていなかったというのが本音だ。

それこそ、もし犠牲が必要だとしても役に立つ魔導士の自分が選ばれるはずがない、前衛の軽装鎧の男と、罠を見抜《みぬ》くアルバートは必要として、毒にも薬にもならない弓使いが選ばれるだろう、そう思っていたのである。

だが、現実とは常に無慈悲《むじひ》で、不条理であるのだ。

空を舞《ま》う魔導士はそれでもなんとかしようと手足をばたつかせ、泡《あわ》を食った。

頭では何か魔法を使えと叫《さけ》ぶ声がするのだが、驚愕と死の恐怖が腹の底から脳天まで駆《か》け上がり、痺《しび》れたように頭が回らない。

投げ飛ばした軽装鎧の男に視線を向けると、ぶすくれた表情で顔をそむけられた。なぜお前がぶすくれる、腹立たしいのは投げられた儂のほうだ、口元まで出かかった言葉。しかしそれが空気を震《ふる》わせることはなかった。

宙を舞う魔導士の体が、ある空間に辿《たど》り着いた瞬間、目にも留まらぬ速さで左右から巨《きょ》大《だい》な二本の刃《やいば》が振り下ろされたのだ。

哀《あわ》れ魔導士の体は三つにわかたれ、臓物を撒《ま》き散らしながら錐《きり》揉《も》みし、石床にへばりついた。

「短剣《たんけん》を貸してくれますか。俺《おれ》のは安物だけど一応魔道具なので、捨てるにはもったいないんですよ」

「お、おう」

魔導士の惨状《さんじょう》に怯《おび》えを隠《かく》せない軽装鎧の男から短剣を借りると、壁《かべ》に戻《もど》ろうとゆっくりと動いていた刃の根本に短剣を差し込んだ。ぎしり、と不気味な音が鳴る。

「この罠は一度壁《かべ》の中に戻らないと再発動しません。短剣が折れたら終わりですから、早めに通りましょう」

「わ、わかった」

言われた通りアルバートに続いて軽装鎧の男と弓使いの女が通路を通り抜けると、巨刃《きょじん》と壁に挟《はさ》まれていた短剣が音を立てて砕けた。もう少し保つと思っていたのだが、存外安物の鋼を使っていたようだ。

何にせよ全員が通るまでは保った、それで十分である。

アルバートは切断の勢いでずいぶん遠くまで飛んでいた魔導士の肉体の一つをまたぎ、何事もなかったように平然と先を急いだ。

その背中を見つめる二人の目には恐怖の色が濃《こ》い。

まるで目の前にいるのが化け物か何かだと確信しているような表情だった。

「な、なあ、まだ回避できない罠ってあると思うか？」

「最低一つですからね。もちろん、それ以上もあり得ると思います。俺は罠の製作者じゃないから、何個あるかなんてわかりませんし、お約束もできませんね」

自分の気持ちを誤魔化《ごまか》すように声を弾《はず》ませた軽装鎧の男は口ごもる。

こういう時は夢や希望を感じさせるように楽観的に話をすべきなんじゃないかと言いたかったのだ。だがアルバートしか頼《たよ》れない現状、迂闊《うかつ》に文句も言えない。

だが、それでも軽装鎧の男は最後の瞬間にはアルバートを犠牲にするつもりでいた。

軽装鎧の男には妻と子がいる。

元々は大店《おおだな》に勤める商人だったが、浪費癖《ろうひへき》と博打癖《ばくち》のせいで店の金に手をつけて追放され、それでも家族を食わせなければと冒険者になった男だ。

商人には不似合いな恵《めぐ》まれた肉体と、商人として培《つちか》った交渉力《こうしょうりょく》と金勘定《かんじょう》。

それは冒険者としてある程度の成果を約束してくれたし、それほど危険のない遺跡であればそれなりに潜ることもできた。決して安定はしていないが、食うに困ることはない。

高望みをしなければ、小さくとも確かな幸せを感じられる毎日だった。

だが最近になって、娘《むすめ》が嫁《よめ》に行くことが決まった。

相手は商人見習いの若造だ。

生意気だがなかなかに見所があり、自分と違って浪費癖も博打癖もない。手堅《てがた》くいい商売をしそうな男で、娘の婿《むこ》に相応《ふさわ》しいと思っていた。自分はうまくやれなかったが、小さな店でも持たせてやればきっと堅実《けんじつ》に金を稼ぐ良い商人になるだろう。

軽装鎧の男が身《み》の丈《たけ》に合わぬ鏖殺墓地《カタコンベ》などという場所にやってきたのは、そのための資金稼ぎだった。

結婚《けっこん》の日取りは近く、しかし普段《ふだん》通う遺跡では日々の糧を稼ぐのが精一杯とくる。どうあがこうと目標額には到達しない。ここで彼は悩《なや》みに悩んだ。常々自分の力量が上がってきていると感じていたから、もう少し上の階級の遺跡に潜ってもよいかもしれない。

元来の気楽な性格が災《わざわ》いしたか、決断にはそう時間はかからなかった。

翌日には鏖殺墓地《カタコンベ》の臨時探索隊に参加し、ここに至るのである。

だからこそ、男はどれほど意地《いじ》汚《きたな》くとも生きて帰ると決めていたのだ。

そのためには罠を見分けられるアルバートを最後まで生かしておく必要がある。その気になればアルバートなど歯牙《しが》にもかけぬ暴力があっても、罠を見抜くスキルは持ち合わせていないのだ。

とはいえ、アルバートを犠牲にするのは最後の最後である。

女と男なら、まだ男のほうが良心の呵責《かしやく》が少ないと魔導士を犠牲にしたが、次の罠があれば躊躇なく弓使いを犠牲にする腹積もりだった。

弓使いの女の技量はそれなりに高い。それでもアルバートの動きを注視し、回避不可と判断した瞬間に奇襲《きしゆう》すればなんとでもなると常に身構えていた。機を逃《のが》すつもりはない。

「回避不可です。どちらか犠牲になってくれますか？」

その瞬間は突然《とつぜん》にやって来たが、彼の覚悟《かくご》はすでに決まっている。

アルバートの言葉とともに勢《いきお》い込んで振り返った。

しかしそこで彼が目にしたのは、弓使いとの想像をはるかに超える距離《きより》の壁だ。

なんということか、すぐ後ろにいたはずの弓使いの遠さといったらどうだ！

「悪いわね。あんたの考えなんてお見通しよ」

「ふ、ふざけるなぁぁあっ!!」

軽装鎧の男に気づかれないように距離を広げていたのだと察するのは容易だった。

ならば、次に女がどうするつもりなのかもだ。

女との距離は絶望的である。

しかし男は剣を体の正中に構えて盾《たて》代わりとし、全力で距離を潰さんと試みた。

「俺は、俺は死ぬわけにはいかんのだっ！」

急所だけを守り、一射、二射は甘《あま》んじて受ける覚悟の突進《とっしん》だ。

ことここに至っては正解である。

だが正解がすなわち報《むく》われるとは限らない。

「奇遇《きぐう》ね。私もよ」

弓使いも死《し》に物狂《ものぐる》いの速射で応じた。

一射目は構えられた剣に弾《はじ》かれた。

二射目は太腿《ふともも》に突《つ》き立った。突進の速度が落ち、もう一射する余裕《よゆう》ができる。

三射目は右肘《みぎひじ》へ。骨の間に刺《さ》し込まれた矢は腕《うで》の神経を傷つけ、右腕《みぎうで》から力が抜けて盾代わりの剣がずれた。

そして四射目、露《あら》わになった喉元《のどもと》にすとん、と矢が突き立った。

「ごぼぉ、ご、お、おぉぉぉ……っ⁉」

血泡《けつぽう》を吹《ふ》き出しよろよろと歩く男に、弓使いはさらに念入りに手足を狙《ねら》って矢を射続ける。丁寧《ていねい》に、執拗《しつよう》に、入念に。剣を取り落とさせ、身動き一つすら許さないとばかりに全身の関節部に矢を突き立て、男が動けないことをじっくりと確かめてから、ようやく弓を下ろした。

「あなた、思ったより怖《こわ》い女性ですね」

「あら。女はみんな怖いものよ。坊やは知らなかったかしら？」

苦悶《くもん》の声を上げる軽装鎧の男を罠《わな》の中に投《な》げ込みながら、弓使いは艶《つや》っぽく微笑《ほほえ》んだ。

◇
◆

弓使いの女を端的《たんてき》に表わすなら、不幸体質だろう。

まず最初の不幸は親に捨てられたこと。

そして拾われた孤児院《こじいん》が野盗《やとう》に襲《おそ》われ、奴隷《どれい》として売られたことだ。

二回りも年の離《はな》れた金持ちの爺《じじい》になぶられる少女時代は過酷《かこく》の一言だった。

だが不幸はそれだけで終わらず、庭師として潜り込んでいた野盗を手引きすることでやっと奴隷から解放されたと思ったら、今度は野盗の頭に気に入られて情婦にされた。

少女はくじけなかったのは生来の心の強さゆえか。

どれほどの不幸の最中であろうとも、必ず幸せになると決意していたのである。

少女は生に貪欲《どんよく》だった。

野盗達《やとうたち》から弓を学び、文字を、計算を、生きる糧となるあらゆることを学んだ。

恐らくは才があった。気づけば野盗団の中でも比肩《ひけん》する者のない弓使いに成長していた。

少女は利発で、もはや仲間内で彼女《かのじょ》以上に頭のいい者はいなかった。

それは仲間達《たち》も認めるところで、野盗の頭が死んだあと新たな頭として推挙され、女だてらに野盗団をまとめるようになったほどだ。

だが今度は別の野盗団を狙った騎士団《きしだん》に拠点《きょてん》を発見され、もののついでと壊滅《かいめつ》させられるという不幸さである。必死に野盗に連れ去られた娘を演じて九死に一生をえたが、騎士団に街まで護衛されている間は生きた心地《ここち》がしなかった。

それからしばらくは流れの冒険者として生活していたが、どうにも野盗団の生き残りがいたようだ。警吏《けいり》に捕《つか》まったその男は、自分のことを野盗団の頭に似ていると証言したらしい。

捜査《そうさ》の手は日ごとに近づいてくる。誤魔化しは長く保ちそうもなかった。

逃《に》げるしかない、彼女がそう考えるのは道理ではある。

だが最低でも国をまたいで逃走《とうそう》することを考えると、手元にある金では心もとない。

だからこそ一発で大金を稼げる鏖殺墓地《カタコンベ》にやってきたのだ。

すべてのしがらみをすて、新たな地で別人として生きようと決めていた。

それがどうしたことか、金を稼ぐどころか、自分の命を心配する始末じゃないか！

女はままならぬ自分の人生に苛立ち、顔をしかめる。

それでも決して諦《あきら》めぬと心を滾《たぎ》らせながら、前を歩くアルバートとの距離を油断なく測っていた。

「大丈夫《だいじょうぶ》、大丈夫よ……」

軽装鎧の男とは違い、アルバートは斥候《せっこう》や探索、罠解除といった技能で合流した男だ。

戦闘に関しては見るべきところがない。しっかりと距離を取りさえすれば、弓使いの腕なら造作なく肉の矢筒《やづつ》にできると確信していた。

それでも警戒《けいかい》を怠《おこた》らないのは己《おのれ》の不幸体質をよく理解していることと、豹変《ひょうへん》したアルバートから感じるいいようのない気配がゆえだ。

「注意して、決して油断しない。きっと大丈夫……」

自分に言い聞かせる言葉の通りに注意深くアルバートを警戒し、罠を指摘《してき》されずとも同じ場所を歩くことを心掛《こころが》けた。足の置き場、触《ふ》れる場所、呼気一つすらアルバートのそれをなぞる。

前を進むアルバートは罠を回避する必要があるのだ。ならば、必ず安全な行動を取る。その一挙手一投足を忠実に再現する限り、自分の安全は保障されるというわけだ。

目を皿のようにして見つめる弓使いの前で、アルバートが突然地面に伏《ふ》せた。

「⁉」

罠でも踏んだのかと慌《あわ》てて弓使いも地面に伏せたが、しばらく待っても特に何も起こらない。アルバートが転んだだけだと判断して立ち上がると、苛立たし気《げ》に目元を険しくした。

「ちょっと、何もないところで転ぶとか馬鹿なの⁉　さっさと立ちなさいよ！」

慌てて伏せた恥《は》ずかしさから罵倒したが、アルバートは足をひねったようで立ち上がることができないようだった。

「すいません、手を貸してもらえますか。壁伝いならなんとか歩けると思うんですが、立ち上がるのはちょっときつくて……」

「はぁ、ほんと使えないわね。男なら自分で立ちなさいよ」

アルバートは困ったように笑った。

「男なのは間違《まちが》いありませんが、立てないからお願いしてるんですよ。すいませんが、助けてください」

「……まったく、どんくさいわね！」

断ってもよかったが、こんな場所でにらみあっていても埒《らち》が明かない。

少なくともアルバートがいる場所は安全だろうし、問題ないだろう。

きっと大丈夫。十分に注意している。

自分に言い聞かせてアルバートに近づいた弓使いは、地面に手をついたアルバートがほんのわずか、指先を動かしたのに気づくことができなかった。

それは小指の先ほどの距離でしかない。

たったそれだけの移動だが、アルバートの指先が触れたのは仕掛《しか》けられた悪意の罠を発動する鍵だった。

わずかに盛り上がった石を指先で押し込むと、がこり、と震動《しんどう》が伝わってくる。

そんなことには気づかず手を伸ばした女は、突然視界を塞《ふさ》ぐように現れた壁に素《す》っ頓狂《とんきょう》な声をあげた。

「え――」

ごしゃりと肉が潰れる音とともに、壁から飛び出した巨大な鉄槌《てっつい》がアルバートの頭上を掠《かす》め、弓使いの上半身を打ちすえる。

大質量の一撃《いちげき》に抗うことなどできない。

吹き飛んだ弓使いは地面を数度跳《は》ねて止まり、最後にびくりと大きく震えた。

「回避できないんです。犠牲になって頂けて助かりますよ」

立ち上がったアルバートはすたすたと弓使いに近づき、生死を確認《かくにん》する。

良かった、生きている。

そうなるように罠との距離を計算したとはいえ、万が一はあるから心配していたのだ。

弓使いの女は両手両足があらぬ方向に曲がり、激しく打ちすえられた上半身は半ば潰れていた。男好きのするあだっぽい顔は、歯がほとんどへし折れ潰れた果実のようだ。

それでも、生きてはいる。

痛みと恐怖、そして怒りのないまぜになった瞳《ひとみ》がアルバートを見つめていることに安堵《あんど》し、微笑みを返した。

「恨《うら》み言はなしですよ。あなたも俺を殺そうとしていたでしょう。お互《たが》い様《さま》というやつです。それに、死にたくないから抵抗するって事前に伝えてましたよね。俺、有言実行するタイプなんですよ」

気づけば、浅い呼吸を繰《く》り返していた弓使いの体が小さく痙攣《けいれん》し始めていた。

ああこれはそれほど長くなさそうだ。

急いで足を掴んで歩き出した。引きずられる度に傷口が地面に擦《す》れてうめき声を漏らすが、上半身は潰れて掴める場所がない。足を掴んで引きずるしかないのだ。女性の扱《あつか》いとしては不適切にすぎ、苦笑《くしょう》するしかない。

とはいえこの先にある罠は呼吸に反応して発動するタイプの罠だ。

弓使いが死んでしまった後では発動しない。

死んでしまっては犬死になってしまう。それでは彼女の死に報いることができない。アルバートは尊い犠牲になってくれる彼女のために、苦悶の声も気にせず足を速めた。

「それじゃあさようなら、名前も知らない弓使いさん」

少し重かったが、反動をつけるとうまく投げることができた。

どしゃりと弓使いの体が地面に落ちると同時に、左右から勢いよく飛び出した壁が弓使いを挟み潰《つぶ》した。

飛び散った肉片《にくへん》が頬《ほお》に飛んできたのを拭《ぬぐ》うと、せり出した壁が元に戻る隙《すき》をつき、弓使いだった肉塊《にっかい》の上を駆け抜けた。

「さて、これで犠牲になる人間はいなくなった。階段までもうあとほんの少し……回避できない罠がなければと思ったんだけど、そううまくいかないか」

アルバートは腕組《うでぐ》みをして唸《うな》る。

浅層へ抜ける階段が見えているのに、最後の罠があるのだ。

罠を発動させないように距離を取りながら慎重《しんちょう》に観察するが、やはり回避できない。

アルバートの一歩踏み出した先から階段の間際《まぎわ》までが罠を発動させる鍵になっていて、駆け抜けるなどという選択肢《せんたくし》を小馬鹿にするようだ。

さすがの陰湿《いんしつ》さに辟易《へきえき》する。

この遺跡《いせき》の他の罠を見れば、さもありなんと納得《なっとく》するしかないだろう。

ただ、普通《ふつう》の罠とはいささか赴《おもむ》きが違うようだった。

「転移の罠……かな？　即死《そくし》ってわけじゃないのが救いか。転移した先が天国か、地獄《じごく》か……賭けるのは嫌《きら》いじゃないいな」

どれほど待っても別の冒険者《ぼうけんしゃ》が助けにやって来る可能性は低い。

中層を中心に探索《たんさく》していた冒険者チームは二つあるが、一つはつい先立って解散したばかりだ。もう一つはこの前探索を終え、一カ月の休養期間に入っている。

となれば彼らがやって来るのは一カ月以上先だが、手持ちの食料は二日分だ。

犠牲になった面々の食料を回収できていても、生き延びる時間が数日変わるという程度。

これではどうわけても一週間で尽きる。ましてや水不足が深刻だった。

「よし、行くか」

それしか手がないならば行くしかない。

判断すれば行動あるのみ、悩むのは時間の無駄《むだ》でしかない。

元より世界平和を成《な》し遂《と》げるため、立ちふさがる障害など覚悟している。無茶《むちゃ》を押し通すには代償《だいしょう》が必要で、命を賭け銭として場に広げることなど納得ずくである。

だからこそアルバートは一切《いっさい》の気負いなく、罠に向かって無造作に足を踏み出した。

◇
◆

転移直後の眩暈《めまい》から解放されると、アルバートはすぐに周囲に視線を走らせた。

そこは広大な四角い空間だった。

幼い頃に父に連れられて訪《おとず》れた東京ドームと同じくらいかと目算しながら、部屋の広さの割に明るいことに気づく。篝火《かがりび》などでは広い室内を照らしきることはできないはずが、壁自体が光っていることで必要な光量を確保しているようだ。

壁と床《ゆか》はつるりとした滑《なめ》らかな質感で、白い表面は顔が映るほどに光沢《こうたく》があった。

見た目は磨《みが》きぬかれた大理石が近いが、不思議と滑《すべ》ることなくよく足が止まる。面白い建材だが、本来大理石が使われる場所に特有の高級感とは無縁《むえん》だ。

なにせ、部屋には何の調度品もない。

唯一《ゆいいつ》あるといえば、四方の隅《すみ》に積み上げられた骨だけだ。いや、積み上げられたなどという生ぬるい表現はすべきではない。それは骨の山だ。人間の腕ほどもある太さの骨が、部屋の四方にうず高く小山を作っているのである。

骨の山は部屋の四方だけではない。

アルバートの対面、はるか遠い部屋の反対側には巨大な門があるが、その前にも一際《ひときわ》高い骨の山が積み上がっていた。

「ふぅん？」

振り返ると予想外に近い距離に同じような門があった。

試《ため》しに開くか試してみたが、押しても引いてもびくともしない。ならばもう一つの門を試すかと一歩踏み出すと、門の前に積み上がった骨がかたかたと揺《ゆ》れ動き始めた。

「……守護者、かな？」

遺跡の最深部にだけ現れるという遺跡の守護者。

特筆すべき強さを持つそれは、遺跡を徘徊《はいかい》する他の魔物《まもの》とは大きく異なる。

彼らは知恵《ちえ》を持つのだ。多くは人語を解し、冒険者と会話することもある。中には友好的に取引をし、魔道具《まどうぐ》やかつての叡智《えいち》の一端《いったん》を授《さず》けてくれる者すらいる。

アルバートは守護者がいるような遺跡の深部まで潜《もぐ》ったことはなく、当然守護者を目にしたこともない。しかし遺跡の中というにはあまりにも異質な部屋と、骨の山がまき散らす禍々《まがまが》しい圧迫《あっぱく》感は守護者の存在を連想させた。

そして、その予想は当たっていたようだ。

骨がふわりと浮《う》かび、見えない紐《ひも》でくくられるように接合していく。

ただの骨の山だったものは、あれよあれよという間に巨大な牛の頭蓋《ずがい》骨《こつ》を持つ二足の化け物に変わっていた。

瞳のない眼孔《がんこう》に赤い炎《ほのお》が灯《とも》ると、化け物は凝《こ》りをほぐすように人間臭《にんげんくさ》く首を回し、ようやっとアルバートがそこにいることに気づいたようだ。

化け物が見せつけるように指を鳴らすと、赤の差し色が入った漆黒《しっこく》の外套《がいとう》がばさりと音を立てて体を覆《おお》った。

「よク来た、客人ヨ。我《わ》が主君ノ誘《さそ》いヲ証明スル物はあルか」

それは赤い炎の瞳でひたりとアルバートを見据《みす》え、奇妙《きみょう》なイントネーションで語りかけてくる。

それはまさしく知恵ある守護者である証明だったろう。

「やっぱり守護者か。やれやれ、厄介《やっかい》ですね。ええと、あなた、名前は？」

「我に、名前ナシ。主君に仕えシ者ナり」

「名前がないんですか。残念だな」

本当に残念そうなアルバートに、牛の化け物は不思議そうに首を傾げた。

彼に与《あた》えられた役目は、主君である呪術王の客人かどうかを見極《みきわ》め、侵入者《しんにゅうしゃ》であれば排《はい》除《じょ》することだ。名前を聞かれ、ましてや残念がられるのは予想外だったのだ。

だがそれでも役目は役目、興味を振り切り質問を重ねる。

彼にとってやるべきことはあまりにも明白なのだから。

「客人ヨ。我が主君ノ誘いヲ証明すル物はあルか」

「呼び名がないのは不便なので、勝手に牛鬼《ぎゅうき》と呼ばせてもらいますけど……すいません、証明する物は何もないんですよね。その場合はどうなりますか？」

誤魔化しもなくあっさりと答えたアルバートに、牛鬼は小気味よく笑った。

そして白い骨の指先を持ち上げ、アルバートを指し示しゆったりと言う。

「是非《ぜひ》もなく、排除すルとしよウ。闇《やみ》ノ力に呑ミ込まれし死者ノ呻《うめ》きヨ、彼の者ニ永劫《えいごう》ノ死を与エよ、即死《アストロア》」

それはアルバートも知っている呪文《じゅもん》だった。

魔法《まほう》とは異なり、遥《はる》かな伝説の時代に失われた呪術と呼ばれる秘術。即死《アストロア》の字《じ》面通《づら》り抵抗できなかった者は即座《そくざ》に死亡する凶悪《きょうあく》な呪法《じゅほう》で、多くの物語の英雄《えいゆう》がその魔法の前に骸《むくろ》を晒《さら》したと謳《うた》われている。

アルバートはそれに耐《た》える手段など知らない。

呪術に抵抗するには気力のみというのが定説だが、果たしてそれがどれほど効果があるものか。わからぬまでも、すがるものは他になし。全身に雀《すずめ》の涙《なみだ》ほどの魔力を循環《じゅんかん》させ、己の抵抗力《ていこうりょく》に懸けるしかなかった。

冷たい視線を真っ向から受け止めるアルバートに、牛鬼は嘲《あざけ》りを浮かべた。

「面白《おもしろ》イ、抵抗できルものナらヤってミるがいイ」

牛鬼の骨の指に嵌《は》められた指から溢《あふ》れた赤紫色《あかむらさきいろ》の光の奔流《ほんりゅう》が、指先を伝い放たれた。

それは避けようもなく部屋の隅々《すみずみ》まで広がり、そのまま砕《くだ》けるように消えた。

ただそれだけで光を浴びた者を絶命させる呪術のはずで、そこに一切の例外はないはずだった。

だが、アルバートは生きていた。

怪訝に首を傾げた。体を確かめてもどこにも変化はない。

「でも、防いだっていう感じじゃないですね」

魔法に抵抗する際に特有の反動がまったくないのだ。

どうにも奇妙なことだが、まるで体が死を受け入れたような不思議な感覚だった。

「馬鹿ナ、なぜ生キテイル⁉」

呪術を行使した牛鬼が声を荒《あら》げたが、それはアルバートこそ知りたいことだった。

「あレは呪術王様よリ賜ッタ最高の魔道具、絶死の呪法ダぞ。よほドの強者《きょうしゃ》でもナけレば防げル道理ハないはズだ！」

「そう言われてもね。俺が強者だったっていう説はないですか？　自分で言っていて違うとは思うんですけどね」

さきほどの不思議な感覚を指してアルバートがそう言うと、牛鬼は唸り声を上げて先ほどとは違う指輪が嵌められた指先を向けた。

「わかラぬナらば、調ベレばよい。賢キ者の王、識《し》リタる者達の庇護者《ひごしゃ》、そノ手に握リし英知ノ滴《しずく》を我ガ前に示せ、第一級人物鑑定《アグ・スフィア・ララロ》」

それは対象の情報を閲覧《えつらん》する鑑定系魔法、その中でも最高位に位置する上級魔法だ。

同位階以上の阻害魔法《そがいまほう》でもなければ確実に相手の情報を取得できる魔法の行使は、牛鬼の狙い通りにアルバートの情報を丸裸《まるはだか》にした。

だがそれを目にした牛鬼は驚きのあまり、目の内の赤い炎を激しく揺らす。

「馬鹿ナ、状態が死亡《ロア》でもなければ生存《セル》でもなく、不死《イルフエンノ》？　ナゼソんなコとに？　待て、なンだこのスキルは……反転？　効果を反転サせるだと？　マさか、このスキルで即死《アストロア》の効果ヲ反転した？　そんナことが……本当に……？」

「もしかして役立たずのスキルが仕事してくれたかな。このタイミングで？」

不死《イルフエンノ》という言葉には聞き覚えがなかったが、牛鬼の言葉からどうやら役立たずだったスキル、反転の効果で助かったようだ。

アルバートは素直《すなお》に喜んだ。生まれてこの方、二十年余りも発動しなかったスキルが初めて役に立ったから当然だが、その喜びが牛鬼には余裕と捉《とら》えられた。

「愚物《ぐぶつ》ガ、許すコと能《あた》わズ！」

不可解な事象への興味と疑問は吹き飛び、栄光ある主君の力を阻害《そがい》して賢《さか》し気に笑う矮小《わいしょう》な生物への怒《いか》りが噴出《ふんしゅつ》する。牛鬼は怒りのままに二人の間にあった距離を一息で詰《つ》め、アルバートに肉薄《にくはく》した。

「う、お……っ!?」

咄嗟《とっさ》に反応できたのは驚きだ。それでも動けたのは短剣の柄《つか》に手をかけるところまでで、それ以上の動作は許されることはない。

牛鬼の両手にはいつの間に引き抜《ぬ》かれたか、二本の牛刀があった。

繰り出された一刀はまさしく豪風の如く。反応ままならぬアルバートの胴体《どうたい》を直撃《ちょくげき》、いささかの抵抗《ていこう》も許さず両断してのけた。

遅《おく》れて巻き起こった風が両断されたアルバートの体を吹き飛ばし、硬《かた》く閉じられた門に叩《たた》きつける。ややあって肉が砕ける音が響き、肉塊と化した二つの人だった塊《かたまり》は扉《とびら》の表面を伝い地面に落ちた。

奇《く》しくもそれは弓使いがひしゃげた時と同じ音だったが、すでに肉塊と化したアルバートにとってはどうでもいいことだっただろう。

濃厚《のうこう》な血の臭《にお》いを嗅《か》いで牛鬼もようやく満足したと見え、構えを解いて吐《は》き捨てる。

「我ガ主君ヲ貶《おとし》メる者ニは似合イの末路ダ。死の底デ悔イるが良イ」

だが踵《きびす》を返そうとした牛鬼は視界の端《はし》に異常を捉え、再び炎を大きく揺らした。

牛刀にこびりついたアルバートの鮮血《せんけつ》がぼたり、と地面に落ちたのである。

そこまではいい、当たり前のことだ。

問題なのは、すべての血液が滑るように地面に落ち、牛刀に痕跡《こんせき》の一つも残っていないこと。そして、一つの塊となった血液が地面を這《は》うように移動していくことだった。

それは注視する牛鬼を嘲笑《あざわら》うかのようにアルバートだった肉塊に辿り着き、ちゅるり、とその中へと吸《す》い込《こ》まれてしまった。

それからほんの数秒、まるで時を巻き戻すように肉塊だったものは形を取り戻し、気づけば不思議そうな顔を浮かべたアルバートが立ち尽くしているのである。

服は引きちぎれて半裸《はんら》も同然だが、それは紛れもなくアルバートだった。

「……これって、ああ、なるほど」

アルバートは自分の手足を眺《なが》め、ようやく不死《イルフエンノ》という言葉の意味を悟《さと》った。

面白い玩具《おもちゃ》でも手に入れたとでもいうように目を輝《かがや》かせ、口角を上げる。

「俺、死ねないらしいですよ。牛鬼さん」

「やはリ間違いデはナいか。不死《イルフエンノ》とは……まさカ我が主と同じ特性ヲ持つトは不敬な輩《やから》ヨ……だが、それがどウしたといウのカ‼」

牛鬼は吠《ほ》え猛《たけ》り、勇ましくも燃え上がる紅《あか》い眼光でアルバートを睨《ね》めつける。

「我ニ不死《イルフエンノ》を打倒《だとう》スる術ナし！　ナれど、死なヌならばマた良シ！　何千、何万、何億回デも肉塊と化スがよかロう。肉体ガ死なズとも、貴様ノ精神ヲ殺せバよいのダ‼」

「限界への挑戦《ちょうせん》ってわけですね。どこまで死ねるか、確かに興味があります。とはいえ、やられっぱなしというのもね」

咆哮《ほうこう》を上げて距離を詰める牛鬼を前に、アルバートはかろうじてベルトにぶら下がっていた短剣を引き抜いた。

巨石《きょせき》のごとき牛鬼の体躯《たいく》を前にその短剣はいかにも心もとないが、それは小なりといえど遺跡で見つけた魔道具であり、アルバートの唯一の財産だった。

「肉塊ト化すが良イ、小僧《こぞう》ォっ!!」

咆哮とともに振《ふ》るわれた牛刀の速度はアルバートの許容値を遥かに超《こ》え、わずかにその軌跡《きせき》が見えるかどうかの速度だ。

避《さ》ける、防ぐは元より不可能だった。

瞬時《しゅんじ》にそれを確信したアルバートは、だからこそ牛刀に身を晒し、両断される直前に全《ぜん》身全霊《しんぜんれい》の一撃を叩き込む。

刃先に触れる硬い骨の感触《かんしょく》とともに両断されたアルバートは、再び肉塊と化した。しかし逆再生のように復活して立ち上がると、自分の一撃の結果を認めて満足そうに頷《うなず》く。

「骨が欠けてますよ、牛鬼さん」

牛鬼の右腕の付け根――橈骨《とうこつ》に爪《つめ》の先ほどのわずかな欠損があった。

アルバートが一撃を受ける代償として与えられたのは、たったそれだけでしかない。

ゆえに、牛鬼は何ほどもないと嗤《わら》ってみせた。

「そレがどウした、こんナもの、痛くモ痒《かゆ》くもナいわ!!」

「でしょうね。だけど、塵《ちり》も積もればばって言葉を知りません？」

日本では有名な格言だが、当然この世界にあるはずもない。

だが言葉から意味を察した牛鬼はぎりり、と奥歯《おくば》を鳴らした。

元より相打ち覚悟なのだ。

隔絶《かくぜつ》した技量の差があってもなお、相打ちを狙うならばかわし切ることは難しい。

小指の先程度の欠損であっても、それが何万、何億と積み重なればどうなるか。想像した先に自身の死を幻視したがゆえの苛立《いらだ》ちを感じた。いや、真に恐《おそ》ろしきはその代償として課せられる何万、何億の死を、当然の代価と許容してのけるアルバートの異常さだ。

それは世界の敵と称《しょう》された呪術王に仕え、数多《あまた》の戦場を渡《わた》り歩いた牛鬼にとっても、ついぞ見たことのないほどの異常さだった。

「貴様ハ、死が怖クないノか？」

「怖いですよ。でも俺にはやるべきことがありますから。そのためなら俺の精神が保つか賭《か》けるくらい何でもないことです。この程度で音を上げるつもりはありませんよ」

実にのんびりと、当たり前のようにアルバートは無限の死を甘受《かんじゅ》した。

あまつさえ、動きを止めた牛鬼に気づいて心配そうに目を細めた。

「具合が悪そうですが、大丈夫ですか？」

牛鬼は吠えた。

アルバートの異常性に竦《すく》む身体の隅々にまで怒気《どき》を行き渡らせんと猛り、睨《にら》みすえる。

恐ろしいことに、目の前の矮小《わいしょう》な存在は本気で牛鬼を心配していたのだ。いままさに殺し合いをしている相手の様子を慮《おもんぱか》り、大丈夫かと声をかけるのだ。敵視し憎悪《ぞうお》するなら理解できよう。恐怖《きょうふ》し、畏《おそ》れ、好機と嗤《わら》うならば当然と頷こう。

だが、アルバートの目にはそんな感情はない。

殺すという決意と、慈《いつく》しみ案じる気持ちが違和感《いわかん》なく同居していた。そんな生物がいるのか。これをただの人間と断じることは、牛鬼にはとてもできなかったのである。

だからこそ、牛鬼は萎《な》えそうになる己を奮い立たせんと、もう一度叫《さけ》んだ。

「ヤすヤすと死ヌると思ウな！　貴様ノ心と、我ガ体、ドちらガ先に死ヌか、一世一代の賭ケに興《きょう》ジようゾ!!」

「怖いですね。でも、その賭けには勝たせてもらいますよ」

牛鬼の決意にアルバートは飄々《ひょうひょう》と答え、短剣《たんけん》を握《にぎ》り直した。

自分の死が怖くないわけでも、絶対に勝てるという自信があるわけでもない。

ただそうせねば未来がなく、だからこそ割り切っているのだ。

生きるなら最善を尽《つ》くすべきで、死ぬならば朽《く》ち果てるのみ。死は等しく無駄であり、死んだ者はただの肉の塊でしかない。

現代日本で受け入れられなかった異質な死生観は、頭のネジが飛んでいると揶揄《やゆ》されたものだ。しかしそれがなければこの場を乗り切ることは叶《かな》わなかっただろう。何度も何度も、体を両断され、叩きつけられ、すり潰され、言葉通り微塵《みじん》となっても立ち上がる。

一度の死につき、たった一かけらの反撃《はんげき》。

そのリターンすら得られないことも多い。

死の代価としてはあまりにも安いそれを追い求め、アルバートは肉塊になり続けた。

唯一の頼《たの》みである短剣が破壊《はかい》されたり、奪《うば》われる恐れはない。

魔道具である短剣に付与《ふよ》された効果は〝不壊《ふえ》〟と〝不奪〟。魔法的にも物理的にも攻撃《こうげき》力《りょく》が低いそれだが、壊《こわ》れず、そして奪われない。市場に流せば二束三文、しかしいまこの無限とも思える戦いの局面においては最良だった。

肉塊と化したアルバートが形を取り戻《もど》した瞬間《しゅんかん》には、手から離れたはずの短剣が常に握られていた。

「オのれっ、おノれっ、おのレぇぇぇぇっ！！！」

アルバートは怒りに吠える牛鬼の怒涛《どとう》の攻撃《こうげき》に、食事も休憩《きゅうけい》もなく、ただ淡々《たんたん》と機械のように反応し、一撃を合わせ続けた。

無限とも思える作業の連続。異常な精神性のアルバートですら心が摩耗《まもう》していった。ほんのわずかな人間性が薄《うす》れ、異質だった死生観が研《と》ぎ澄《す》まされていく。しかしそれが確固たる楔《くさび》として、アルバートの心の強さを増していったのは皮肉なことだった。

果たして決着までどれほどの月日が流れたのか、アルバートにもわからない。

果てがないと思えた戦いにも、ついに決着の一合が交《か》わされた。

「クは、くハはハはっ！　ヨもやココまデとは思わナかったゾ、人間ヨ！」

「俺《おれ》も思いませんでしたよ。ちょっとしぶとすぎます。さすがにへとへとですよ」

四肢《しし》を砕かれ、頭だけになっても口に剣《けん》を咥《くわ》えて戦っていた牛鬼だったが、罅《ひび》割《わ》れた頭《とう》骨《こつ》は限界に達していた。

すでに剣を咥えるだけの力はなく、動くことすらままならない。

罅《ひび》割《わ》れた骨はぽろり、ぽろりと剥《は》がれ落ち、あとは何をしなくてもすぐに崩《くず》れ落ちると察せられた。

だというのに、牛鬼はひどく楽しそうに笑いアルバートを褒《ほ》め讃《たた》えた。

「クは、クは！　剛毅《ごうき》！　ソの意気ヤ良し！　新タに生マれし呪《のろ》わレた子よ、永劫ノ生の中デ自由に生キるが良カろう！」

「そうします。いままでもそうだったし、生きたいように生きるとしますよ」

「クは！　して、呪ワれた子ヨ、オ前はコの世界ニ何を望ムのだ？　お前ノことだ、キっと剛毅ナ答エを返シてクれるのダろう。ソう、例エば我が主デある呪術王様ノようナ！」

奥《おく》に続く扉に興味の大半を奪われて生返事をしていたアルバートだったが、牛鬼の問いはその状態でもすぐに答えられるほど簡単だった。

アルバートはまったく表情を変えることなく、あっさりと答えた。

「世界平和ですよ」

崩れゆく牛鬼は、その答えに最後の一かけらになるまで笑い続けていた。

第二章 かつての王、極限の学び

牛鬼《ぎゅうき》が崩れ落ち、静寂《せいじゃく》が満ちた。

声を発すれば空間が波立つのではないかと思えるほどの静けさに、アルバートはわずかに寂寥感《せきりょうかん》を感じていた。

いったいどれほどの時間を牛鬼と過ごしたのか、数日とは言わず、数カ月、あるいは数年かもしれない。

数え切れない死の中で牛鬼の戦い方を知り、冒険者として経験した時間など比較《ひかく》にならないほどの学びを得ることができた。生きて外に出ることができれば、きっと一流の冒険者と並んでも遜色《そんしょく》ないだけの技量に成長していることだろう。

濃密《のうみつ》な時間と、学び。

アルバートが牛鬼に対し、師を仰《あお》ぐような感情を持ったのも無理がない。

それほどの技量、それほどの暴力だった。

相棒だった魔道具の短剣にはひびが入り、淡《あわ》く光る何かが薄っすらと漏《も》れ出していた。

込められた魔力《まりょく》が漏出《ろうしゅつ》しているのである。いくら〝不壊〟の術式が組《く》み込まれているとはいえ、規格外の化け物を相手に許容値を超えてしまったと見える。この魔力の漏出が終わった時、この短剣もまた死を迎《むか》えるのだ。

失われゆく短剣に、アルバートは感謝した。

この武器がなければ徒手空拳《としゅくうけん》で戦わねばならなかった。

さすがに素手《すで》で牛鬼に傷をつけるなど不可能だ。相打ちに持ち込むことすらできず、ただ殺され続けるだけだっただろう。最後まで保ってくれたのは僥倖《ぎょうこう》に他ならない。

牛鬼の墓標代わりに短剣を地面に突き刺し、立ち上がる。

長い戦いの中で服は細切れになっていた。

いまさら裸《はだか》であることに羞恥《しゅうち》を抱《だ》くわけでもないが、そのままというわけにもいくまい。

ひとまず傷だらけではあったが、牛鬼の漆黒の外套を纏《まと》った。

ないよりはマシ、というところだろう。

「先に進むか」

どれほどの思いを抱こうと、死んだ者は蘇《よみがえ》らない。

少なくともアルバートはその方法を知らないわけで、死んでしまった以上はそれまでと割り切るのが彼《かれ》なりの弔《とむら》いだ。死者の魂《たましい》は彼の記憶《きおく》のうちに眠《ねむ》る、それでいい。

奥の扉は牛鬼の死とともに解錠《かいじょう》されていた。

扉の先はベッドが一つ、机と椅子《いす》が一つのこぢんまりとした部屋だった。

小さな執務机《しつむづくえ》に倒《たお》れ込むように伏した先客が一人。全身の水分はとうに抜け切り、かさかさに乾《かわ》き、悩《なや》むまでもなく死者であるとわかった。

死体の前に置かれた読みかけの本を持ち上げると、金のかかった黒革《くろかわ》の装丁《そうてい》に金糸のタイトルが見て取れた。

「死者の呪い、か。死の間際に読むにしては洒落《しゃれ》がきいてるな」

「それは褒め言葉《ことば》と受け取って良いかね？」

自嘲《じちょう》気味に問うてくるのは、どこまでも柔《やわ》らかい口調だった。

それでもアルバートは総毛立ち、手に持った本を思い切り声の方向へ投げつけた。

同時に短剣を引き抜こうとして空振《からぶ》り、墓標代わりに置いてきたことを思い出して舌打ちを一つ。そこで目の前の存在の違和感に確信を得て、冷《ひ》や汗《あせ》を流した。

「おやおや、嫌われてしまったか。吾輩《わがはい》に君を害する気はないが……信じるかね？」

嘯《うそぶ》く仮面の男にはまったく気配がなかった。目の前にいるはずなのに、目を離せば幻影《げんえい》のように消え失《う》せ、いないのが当たり前と納得してしまいそうな希薄《きはく》さだ。

牛鬼とは別の意味で常軌《じょうき》を逸《いっ》した存在なのは間違いなかった。

注意しなければ認識《にんしき》することすら難しい、それほどに薄い。

「失礼ですが……あなたは？」

「おや。知っていてここに来たのではないのかね。彼からは何も聞いていないのかい？」

「彼？」

彼と言われて思いつくのは牛鬼しかいないが、特に牛鬼から聞いた覚えはないはずだ。牛鬼との会話をじっくりと思い出して、ふと気づいた。

牛鬼は侵入者を排除しようとしていたが、その前に問いかけていたはずだ。「我が主君の誘いを証明する物を持っているか」と。その問いかけであれば、なるほど誘った主君が扉の先にいるのが道理ではある。

そして牛鬼の主君とは他でもない、遥か昔に消えた魔導の王であるはずだ。

「まさかとは思いますが、呪術王《カース・ロード》ですか？」

「惜《お》しいね。吾輩は呪術王の残滓《ざんし》……思念体とでも言うべきかな。我が力を受け継《つ》ぎにやってきた者へ、力を渡す役目を担《にな》う存在だよ」

「面倒《めんどう》くさいですね。呪術王の残滓だからカルロさんでもいいですか？」

明らかに適当に短縮しただけの名前に、呪術王の思念体は面食《く》らったように目を瞬《まばた》かせたあと、一転して笑い声をたてた。

「いいね。吾輩にそれほど親しげな話し方をする人間は久しぶりだよ。特別にカルロと呼ぶことを許そうとも。ただし、さん付けはやめてくれ。苦手なんだ」

「じゃあカルロと。それで、思念体だからそんなに希薄なんですか？」

存在感の薄さを指摘すると、カルロは大きく頷いた後で困ったように顎《あご》をしゃくった。

「そういうことだね。いやはや、情けないね。何百年ぶりのお客様なのか皆目《かいもく》見当もつかないが、せっかくの客人に茶の一つも出せぬ体なのだ。申し訳ないが、右の扉を入ると台所がある。そこに茶があるから、自分で淹《い》れてくれるかね？」

アルバートは一瞬《いっしゅん》どうするか迷ったが、結局考えても無駄と判断した。

恐らく物理的な干渉《かんしょう》は不可能だ。

投げた本はカルロの体を通り抜けているし、茶を淹れられないという発言もある。

それが全て嘘《うそ》で、任意で干渉するかしないかを選択《せんたく》できる可能性もあるが、わざわざ攻撃を食らってくれるはずもない。アルバートには非物理の存在に対する攻撃手段がなく、ならばあえて戦う意味はなかった。

「ああ、その前にそこに服があるから着てくれるかね。自分に自信があるのかもしれないが、少しばかり目に毒だ」

カルロの視線の先がどこにあるのか、あえてその事実からは目を逸《そ》らす。

それよりも自分の死体から服を剥げと言われてぎょっとしたが、本人がいいと言っているのだ。躊躇《ためら》いは一瞬に、言われるままに服を剥ぎ取った。

上等な絹で作られた貴族が着るような服は、アルバートのこれまでの常識では考えられないほどに着心地《きごこち》がいい。考えられないほどの長い年月を放置されているというのに傷《いた》みの一つもなく、これもまた魔道具なのかもしれない。

「裸に外套はさすがにどうかと思っていたので助かりますよ」

「構わんさ。それは私のお気に入りの一張羅《いっちょうら》だ。着てくれてそれも喜ぶことだろう」

「まるで意志でもあるかのような言い方ですが？」

「さすがに、ない。あるのは愛着かな。君にはないかな、長年使っていた物に対して話しかけるような……そう妙《みょう》な顔をしないでくれよ。とはいえ、便利だよ。〈清浄《せいじょう》〉と〈再生〉つきで、汚《よご》れようが破れようが次の瞬間には清々《すがすが》しいばかりに元通りさ。さて、もういいだろう。早速《さっそく》茶を淹れてくれ。飲めないにしろ、匂いを楽しみたいんだ」

台所は魔法的な力が作用しているのか清潔そのものだ。用意されている茶葉も消費期限の問題はなさそうだった。

高級そうな箱に詰められた茶葉は聞いたこともない銘柄《めいがら》ばかりだ。恐らく呪術王が生きた時代の茶葉だからだろう。もしかしたらこれ一つで一財産かもしれない。

とりあえず一つずつ摘《つ》まんで匂いを嗅ぎ、一番香りが好みの茶葉を選ぶことにした。

茶など初めて淹れる。くどくどと茶の淹れ方《かた》について蘊蓄《うんちく》を垂れるカルロの言う通りにしたが、それでも及第点《きゅうだいてん》とはいかなかったようだ。

「君には紅茶の味を台無しにする才能があるようだ。まったくもって度《ど》し難《がた》いね」

「あなたが飲むわけじゃないでしょう。飲めればいいんですよ」

「吾輩とて匂いを楽しんでいるんだよ。ご相伴《しょうばん》にあずかる者としての正当な愚痴《ぐち》さ」

なんともいえない雰囲気《ふんいき》のカルロを無視して茶をすする。

美味《うま》い。少なくとも飲み慣れたペットボトルの紅茶とは雲泥《うんでい》の差だった。あれはあれで美味いし手軽だが、高級品には高級品の、また格別の味わいがあるものらしい。

それを伝えると、本当はもっと美味くなるのだとまた説教されてしまったが。

何年ここにいたのかわからないが、会話する相手のいなかった老人は話したがりなようだった。早々に切り上げて本題に入ろうと顔を上げると、カルロはそれを察していたようでやれやれと息を吐いた。

「若者はせっかちだね」

「老人は気が長いですね」

アルバートの返しにカルロは盛大《せいだい》に笑った。

よほど面白かったのか、耐えきれぬとばかりに膝《ひざ》を打って息も絶え絶えに言う。

「君は面白いね。吾輩にそんな生意気を言う人間は全て殺し尽《つく》したと思ったんだが、いやはや、気骨ある若者が出てきたようでうれしいよ」

カルロは楽しそうに両手を叩く。

「話は簡単だ。吾輩は呪術王として全てを蹂躙《じゅうりん》し、吾輩の力を示した。吾輩なりに全力を尽くしたと言える。苛烈《かれつ》ながら充実《じゅうじつ》した人生であったと思うが……吾輩ほどの力を持ってしてもそううまくはいかなくてね。ようやっと人心地《ひとごこち》ついたと思った時には、吾輩の存在は消滅《しょうめつ》の一歩手前だったのさ」

「待ってください。牛鬼が言ってましたよ。呪術王は不死《イルフエンノ》なんでしょう?」

「牛鬼というのは門番のあれのことかな。まったく、おしゃべりなことだ。とはいえ、まあそうだね。だが、不死《イルフエンノ》であっても不滅《アジベスタ》ではないんだよ。存在を構成する力を使い果たせば消滅する。吾輩は力を使いすぎたのだ。わかるかね?」

アルバートに納得の意思を見て取り、カルロは満足げに頷いて続けた。

「ならばこそ、だ。天寿《てんじゅ》を全《まっと》うする最後くらい静かに余生を過ごしたい。仲間を失い、友を失い、一人静かに思い出に浸《ひた》って消える。そう決めてここに居を構えたんだが、そこでふと気づいたわけだ。吾輩の力を継承《けいしょう》する者……弟子《でし》を作っていないとね」

にやりと笑うカルロに、アルバートもさすがに察した。

「つまり、俺が力を受け継ぎにやって来た者ってわけですか？」

「その通り。吾輩、世界の嫌われ者であるからして……同じ時を生きた力ある者達《たち》には軒《のき》並《な》み振られてしまってね。かといって力無き者では受け皿として不十分……そこで一計を案じたわけだ。いま存在しないなら、やって来るまで待つのが良かろうとね」

そうしてできたのが、世界最恐の名を欲《ほ》しいままにする鏖殺墓地《カタコンベ》なのだ。

ちなみに、とカルロは続けた。

「拒否権《きよひけん》はないよ」

アルバートは思わず顔をしかめ、カルロは我が意をえたりと笑った。

「期待通りの反応でうれしいね。吾輩、暇《ひま》で暇で、ずうっと今日のこの日のために話の進め方を考えていたんだ。どうだい、驚《おどろ》いてくれたかね」

「それはもう」

「それはもう！　素晴《すば》らしい答えだね！」

何とも腹立たしい反応に、アルバートは軽い眩暈《めまい》を覚えていた。

どうにも伝説に語られる呪術王とカルロが同一人物だとは思えないのだ。なんと説明すべきかわからないが、有り体《てい》に言えば軽すぎるのである。

カルロはそんなアルバートの反応を楽しむように言葉を投げ続けた。

「さてさて。拒否権の話だが、ないと断言するのはいささか乱暴にすぎたね。正しくは、拒否《きょひ》してもここから出られない、だ」

「どちらにしても乱暴なのは変わらないでしょう」

「だが事実さ。なにせ君は弱い。門番に勝ったのも凄《すさ》まじい幸運と相性《あいしょう》の問題でしかないようだし、ここから徒歩で戻るなど不可能だ。吾輩の呪術《じゅじゅつ》を会得《えとく》して戻る、それ以外にここから出る術がないのだから、拒否権がないも同然だろう?」

なるほどそれはなんともふざけた話だと舌打ちをしても、状況《じょうきょう》は変わらない。力をくれるというのだから歓迎《かんげい》すべきと思うかもしれないが、人間は強要されれば否と言いたくなる生き物である。

親から宿題をやれと言われ、いまやろうと思っていたのにと反発する。

己《おのれ》の自由を損害されることを嫌《きら》う心理がさせる行動で、心理的リアクタンスと呼ばれるそれは、神から異常と言われたアルバートにもあるものだ。それが正しいかどうか、利益となるかの判断はできるが、それでも多少なりと素直に頷けぬ棘《とげ》を感じてしまう。

「それで、どうするね。吾輩の力を得るか、あるいはここで一生を過ごすか」

その時、神と名乗る男の言葉が脳裏《のうり》に蘇った。

『君の目標には力がいる。力を追い求めなさい。そのための近道となる男に転移させてあげたからね。そこで力を得られるかどうか……それが君にとっての最初の賭けとなるだろうね』

なるほどこれがそうかと納得《なっとく》し、アルバートは思考を巡《めぐ》らせる。

敷《し》かれたレールが腹立たしいという感情はあるが、理性は納得している。

むしろ目的を達成するためには神ですら利用する心積もりだ。

世界平和に力が必要なのは当然の話。

それをくれるというのだ、何を躊躇《ためら》う必要があろうか。

そもそも、アルバートは死ぬことができないのだ。使えぬスキルだった反転がもたらした不死《イルフエンノ》のおかげで、何度細切れにされようとも蘇る。存在を滅《めつ》することはできるらしいが、それでも牛鬼との戦いの記憶が不死《イルフエンノ》への信頼性《しんらいせい》を高めていた。

どちらにしても、ここから脱出《だつしゆつ》するには呪術王の力がいるのだ。断ればここに閉《と》じ込められたまま、永劫の生を生きなければならない。そんなもの二択《たく》ですらないだろう。

己の命を懸けてでも達成すると誓《ちか》った世界平和の前に、結論は一つしかなかった。

それに実のところ、世界から忌《い》み嫌われる呪術という力に嫌悪《けんお》感を抱いていないというのもある。

力はあくまで力であって、善悪はそれを振るう人間の裁量に委ねられる。自分の命を奪った包丁にしても、それ自体が悪いわけではなく、使う人間によって便利な道具にも命を奪う凶器《きょうき》にもなりえるわけだ。

ならば、力を受け取ったとして即《すなわ》ち世界の敵というわけでもない。仮に世界の敵という汚名《おめい》を甘受《かんじゅ》するとしても、それによって前進する理想を考えれば許容可能なリスクと思えた。

「いいでしょう。あなたの力を受け継ぎますよ」

「結構。それでは付いてきなさい」

返事は最初から決まっていたと言わんばかりのカルロは、奥の扉を開けろと図々《ずうずう》しく顎をしゃくった。

扉は重々しい鉄製だったが、軋《きし》むこともなく、思ったよりもするりと開く。

その向こうには巨大《きょだい》な本棚《ほんだな》がずらりと並んだ、巨大な図書館が広がっていた。

日本にいた頃《ころ》は読書を趣味《しゅみ》としていたから、それなりに大きな図書館に行ったこともあるが、比較にならないほどの規模だ。視界の全てを本棚が埋《う》め尽くしていると言えば、その凄まじさの一端《いったん》が伝わるか。

天井《てんじょう》も、奥行《おくゆ》きも、広すぎて暗がりの中に溶《と》けて消えてしまっていた。

どれほどの本が存在するのか、とても人の一生で読める量とは思えない。

「これは……すごいですね」

「だろう。吾輩の集大成にして、自慢《じまん》の図書館だよ。吾輩は叡智の園《オクタ・ノミコン》と呼んでいるがね。全て魔法に関する書籍《しょせき》だ。古今東西、いや、どの時代まで遡《さかのぼ》ったとしても、この場所以上の品揃《しなぞろ》えは存在しないとも。遥か昔に失われた禁書すらあるよ。吾輩が世界を相手に戦った、その過程で集めた逸品揃《いっぴんぞろ》いさ」

よくよく見てみれば確かにどれもこれも古い。文字がかすれているものや、低級ながら冒険者《ぼうけんしゃ》として様々な知識に触《ふ》れているはずのアルバートの知識ですら見たこともない言語で書かれたものもある。

「それで、力を受け継ぐ方法は？　まさかこれを全部読めってわけでもないと思うんですが、具体的には何をすればいいいんですか？」

「うん？　読むんだよ？」

一瞬、耳がおかしくなったかと思って思わず耳を掻《か》いたが、特に異常はない。

気のせいだと信じつつ、念のため問い直した。

「読むって、これを？」

「そうだよ。魔導の神髄《しんずい》を学ぶのに魔導書よりいい方法があるわけないだろう。ほーらこ

れが吾輩の力、今日から君も大魔導士《まどうし》だ！　なんて、ひょいひょい力を受け渡してもらえるとでも？　なんとも都合のいい力もあったものだね」

言っていることはもっともだが、だからこそおちゃらけた言い方が腹立たしい。

これだけの本を読破するだけで人の人生なんてあっという間に終わってしまうだろう。

アルバートは不死《イルフエンノ》だが、ここにやって来るのが彼とは限らなかったはずだ。

有限の生命しか持たない人間がやって来たらどうするのか。

カルロは目を瞬いて当たり前のように言った。

「この中には寿命《じゆみよう》を延《の》ばす魔法もある。魔導を極《きわ》めればどうということもない」

「それを見つけられなければ死ねと？」

「そうだよ。力に相応《ふさわ》しくないなら死ぬだけだ。強大な力をただ受け取れると思う愚《おろ》かしさなど吾輩は許容できないね。力を得るにはそれに相応しい才能と、努力と、運が必要なものだ。どれが欠けても足りんよ。そう思わないかね？」

「それは確かに、正論ですね」

「然《しか》り。努力をすれば伸びようが、才がなければ正しい扉に辿《たど》り着かない。才があろうとも運がなければ扉に気づかない。運があっても努力をせねば扉を開けない。三つの天運が揃《そろ》ってこそ辿り着ける扉の先……吾輩が至ったのはそういった極限と知りたまえよ」

自慢げに胸を反らしたカルロはどこか憎《にく》めない。

一つ一つの言葉がもっともなことだと頷けるだけに、ならばやるしかないと割り切ることもできた。いや、むしろそれくらいでなければ得る意味がないとさえ思える。

なにしろ、アルバートの望みは世界平和である。

その前に立ち塞《ふさ》がる苦難を考えれば、むしろ当然の壁《かべ》なのだ。

「もちろん吾輩も鬼《おに》ではない。そうだね、最低限君が一人で学ぶことができるようになるまでは手助けしてあげよう。そうなれば、あとは君のやる気で状況を打破すればよい。死にさえしなければ、きっと君にとって理想の勉強環境《かんきょう》となることを約束するよ」

「俺は不死《イルフエンノ》ですよ」

「そうだね。だからこそ、全てを習得するまでどれほど時間をかけてもいいということになる。あるいは、君に才なくただ生きて過ごすだけになるかもしれないが……まあ、限界を感じたら申告《しんこく》したまえ。その時は吾輩が存在を消滅させてあげよう」

「丁重《ていちょう》にお断りします。俺には目的がありますから、さっさと呪術王の力とやらを手に入れてお暇《いとま》させて頂きますよ」

「その意気だね。ところで、まだ名前を聞いていないな。吾輩の生涯唯一《しょうがいゆいいつ》の弟子となる男の名前だ。よければ聞かせてもらえるかな?」

アルバートはカルロのもったいぶった言い回しにため息を一つつき、名乗った。

「アルバート・フォスターです。よろしくお願いしますよ、師匠」

「ふはっ、思ったよりむず痒《がゆ》い呼び方だね。カルロと呼びたまえよ、アルバート君」

わけがわからないながらも、アルバートは魔導の世界へと第一歩を踏《ふ》み出す。

不覚にもアルバートは嗤《わら》っていた。

日本にいた頃はついぞ得ることのできなかった感覚に堪《こら》えきれなかったのだ。

己の才と、運と、努力を試《ため》すという極限の地獄《じごく》。

己という個がどれほどのものか。

極限の学びに置かれた不運……いや、幸運に打ち震《ふる》えていた。

ましてやその先に日本にいた頃には望みえなかった、夢へ手をかけるための力がある。

それが世界平和という大目標に繋《つな》がる道と信じれば、否が応《おう》でも心が沸《わ》き立つではないか。アルバートはその激情を抑《おさ》える術を持ち合わせていなかった。

◇◆

気づけばカルロの居室への扉は閉ざされて開かなくなっていた。

カルロは俗世《ぞくせ》への未練を断《た》ち切るためだと言った後、君には必要なさそうだねと再び笑った。

「それじゃあ、早速《さっそく》魔導の深淵《しんえん》に誘《いざな》おう……と言いたいところなんだが、君は少しばかり、その……なんだ」

「なんですか?」

口ごもったカルロは、しばらく言いづらそうに困り顔を見せた。

「才能がないね。とんでもなく」

「見ただけでわかるんですか?」

「そうだね。まあなんと言えばいいのか、元々の魔力が少なすぎるのさ。それじゃあ魔法《まほう》の一つも使えないだろう。ましてや吾輩の呪術なんてとてもとても」

ずいぶんな言い草だったが、アルバートには思い当たることがあった。

アルバートの魔力量の少なさは自他共に認めるところで、幼少の頃に魔導士の才なしと判断されていたのである。

魔力が足りなければ魔法は行使できない。それは大前提であり、努力でどうにかなる問題ではないのだ。何とかならないかと有名な魔導士の門を叩《たた》いたこともあるが、いまのカルロと同じように困ったような笑《え》みを浮《う》かべ、魔法だけが全てではないなどとおためごかしを口にするのが常だった。

ならば、ここでもまたそうなのか？

努力で克服《こくふく》できるならばそうしようが、物理的に不可能な壁ならもはやその行動に意味など存在しない。

「では、魔法を覚えることはできないんですか」

「いいや、まったく問題ないがね？」

返ってきた予想外の答えをアルバートは訝《いぶか》しんだ。

カルロは適当に本を積み上げてその上に腰《こし》かけると、同じように座《すわ》れと促《うなが》した。本好きとしては許しがたい行為《こうい》だが、かといって他に座る場所もない。少しばかり躊躇った後で同じように座る。

「大切なのはまず自分を知ることだよ。もちろん君に魔法の才能があるならそれに越《こ》したことはないがね。現状としてまず君には魔力が少なすぎる。せっかくの魔導書の山も、魔法が使えない君にはただの紙の束に過ぎない。だから、まずは魔力が使えるところまでは吾輩が面倒を見てやらねばならんだろうさ」

「その術があるってことですか。俺が門戸を叩いた魔導士達は、魔力を満たす器は生まれた瞬間から不変だと言っていましたが……」

「おやおや。君はそこらの魔導士と、伝説の呪術王とどちらの言葉を信じるのかね？　あえて言わせてもらうが、吾輩は魔導の極致《きょくち》に至ったと自認《じにん》しているのだがね」

アルバートはずいぶんな自信に思わず苦笑《くしょう》しかけたが、笑顔《えがお》の向こうに真剣《しんけん》な気配を感じて口をつぐんだ。冗談《じょうだん》でも大言壮語《たいげんそうご》でもない。紛れもなく本気なのだ。

カルロが指先をくるりと回転させると、光の玉がふわりと浮き上がった。

「それでは、授業開始といこうか」

魔法は覚えられる、それだけ理解できればアルバートに否《いな》やはない。

姿勢を正し、頭を下げた。

「お願いします」

「お願いされようとも。さて、まず君に理解してもらいたいのは、いま君が持っている魔力というものは器の中身そのものではない、ということだ」

「……どういうことですか？」

再びカルロがくるりと指を回すと、光の玉が形を変え、杯《さかずき》とそこから滴《したた》り落ちる雫《しずく》を作り出した。

「さきほどの魔導士の説明を例にするならば、この杯から零《こぼ》れ落ちたこの雫、これが魔力だ。この滴り落ちる量は基本的には一定だからね、その意味で言えば魔力の器の大きさは生まれつきというのは間違《まちが》っていない」

ただし、とカルロは続ける。

「この器に細工をしたらどうだろうか。例えば、このように」

カルロが杯の側面を指で軽く突《つ》くと、抵抗《ていこう》を感じさせずに指先が埋まり、引き抜《ぬ》くと指と同じ大きさの穴が開いた。当然、大穴が開いた杯からは先ほどの雫とは比べものにならない量の中身が流れ出した。

「ほら、これで流れ出る魔力の量は増えたわけだね」

「こともなげに言いますが……力技ですね」

「力技が悪いのかね。とはいえ穴を開けるにも技術がいるし、下手をすれば器が割れてしまう。急激な変化は精神を殺しかねない。そんなことを考えるのは狂人《きょうじん》の類だろうね」

「本人が言いますか、それ」

「言うとも。狂人と天才は紙一重だろう。吾輩が天才であることは周知の事実であるからして。ともあれ、魔力を増やすことはできるというわけだ。さて、ではこの器から漏れ出す雫を魔力と呼称《こしょう》するならば、器の中にあるものはなんだろうね？」

「魔力ではないんでしょうか？」

水が入った器から零れたとしても、それが水であることには変わらないだろうというアルバートに、カルロは否と首を振《ふ》った。

「実は、この器の中にあるものと、器の外に零れ出した雫は似て非なるものなんだ。この器は言ってしまえば一つの世界であって、この器はその世界を守る殻《から》であると言える。そこから溢《あふ》れた雫は異なる世界の影響《えいきょう》を受けて変容し、魔力となるわけだ」

「では、器の中にあるものは何ですか？」

「吾輩は呪力《じゅりょく》と名付けた。外に漏れ変容した魔力は呪力と比較して著《いちじる》しく劣化《れっか》する。純粋《じゅんすい》な燃料として考えれば非効率極まりない代物《しろもの》だよ。この呪力をそのまま利用することができれば……そう考えた結果が、吾輩という天才の誕生につながるわけだね」

アルバートの喉《のど》がごくり、と鳴った。

それは聞いたこともない荒唐無稽《こうとうむけい》な話だった。

そこらの魔導士が口にすれば詐欺師《さぎし》と罵《ののし》られかねないが、カルロが口にするならそれは金言に外ならない。魔導士であれば額を地面にこすりつけてでも手に入れたいと思うほどのそれが、まるで当たり前のようにつらつらと語られるのである。

なるほど、神が言っていた「力を得るための近道となる男に転移させる」という言葉は紛れもなく事実であったようだった。

「ふふ、驚いていているようだね。なんとも気分がいい。さらに驚くことを教えようか」

カルロの指の動きに合わせ、今度は杯が弾《はじ》けた。

飛び散る雫に視線を奪われかけ、砕《くだ》けた杯の中心に浮かぶ小さな玉に吸い寄せられる。

それは一見すればガラス玉のようだが、内側に虹色《にじいろ》の光があり、玉の表面に向かってプラズマのように様々な光の波を伸ばしていた。

不規則に輝《かがや》くそれは、芸術と呼ぶに相応しい荘厳《そうごん》さだ。

「これが生命の核《かく》だ。呪力でさえ、この核から漏れ出て変質し、劣化した代物なのだよ」

カルロは美しく煌《きら》めく玉を指先で突つく。

「私は、これを〈魂根《ルギ》〉と名付けた」

「魂根《ルギ》ですか。これは……生命の核とのことですが、具体的にはなんなんですか？」

「さあ？」

適当すぎる答えに思わずカルロを凝視《ぎょうし》したが、悪びれる様子もない。

どうやら本当にわかっていないらしく、肩《かた》をすくめられた。

「仕方ないだろう、吾輩とて全知全能というわけではない。むしろ限りある資源をやりくりして生きるしかない、哀《あわ》れな生き物の一員さ。実際のところ、いま見せている魂根《ルギ》の映像だって吾輩が直接見たものではない。術式による分析《ぶんせき》の結果、こういうものが存在していると観測しているに過ぎないんだ。だが、学問というのはそういうものだろう？」

「それは確かにそうですが……では、魂根《ルギ》が存在しない可能性もあるのでしょうか」

「いや、それはないだろうね」

予想外にカルロはきっぱりと否定した。

カルロが言うには、魂根《ルギ》の存在がなければ説明がつかないことが多く、魔法による分析結果を鑑《かんが》みても魂根《ルギ》の存在はほぼ確実とのことだった。目では見えずとも、術式では観測しえるのだから存在しないはずがない。

「君にはこの前提を元に魔法を覚えてもらうわけだが、最初に伝えた通りいまの君は魔力が少なすぎる。だから君にはまず魔力を制限する器を砕き、魔力量を増やしてもらおう」

「わかりました」

「いい返事だ。それでは、早速始めよう。そこに跪《ひざまず》きたまえ」

言われた通りに跪くと、カルロの手がアルバートの胸に添《そ》えられた。

「ああ、言い忘れていたがね」

嫌《いや》な予感がして顔を上げたが、すでに遅《おそ》かった。

「痛いぞ」

次の瞬間《しゅんかん》、体が引き裂《さ》かれるような感覚がアルバートを襲《おそ》った。

「ぐう、あぁぁぁあぁぁぁあっ！　あああぁぁぁああああぁぁあっ！！！」

その悲鳴は鼓膜《こまく》を破らんばかりの声量で響《ひび》き渡《わた》った。

どこまでも続く通路の闇《やみ》の中に消えて反響《はんきょう》こそしないまでも、アルバートはひどく耳にへばりつくその悲鳴に眉根《まゆね》を寄せ――そこで、微塵《みじん》も動かせない体に気づいた。

いや、動かせないというのは正確ではない。

動いてはいる、ただし、それが自分の意志とは異なるのだ。

強烈《きょうれつ》な緊張《きんちょう》状態による筋肉の硬直《こうちょく》と痙攣《けいれん》により、手綱《たづな》を嫌う跳《は》ね馬《うま》のように体が動き回っていた。あまりにも激しいその動きに視界は大きく揺《ゆ》れ動き、本棚に幾度《いくど》となく打ち付けられる。それでも意に介《かい》さず暴れまわる中、アルバートはどうにか体の自由を取り戻《もど》そうと苦心した。

「あぁぁあああぁぁぁぁあっ！！　あがぁぁぁっ!!　ぎぎぃ……っ！」

耳障《みみざわ》りな悲鳴に苛立《いらだ》ちが増した。

それが自分の口から発せられていることは、とうに気づいていた。

だが、自分の体に何が起きているのかがわからない。

視界の端《はし》に時折現れるカルロの姿は、何度も見た困ったような笑みだ。

なんだこれは、そう口にしようとして、ようやく気づいた。

カルロが言っていたではないか、これは痛みなのだ。

体が引き裂かれたのではないかと錯覚《さっかく》する異常な痛みが襲っていた。限界を超《こ》えた痛みに脳が防御《ぼうぎょ》反応でも起こしていたのか、一時的に痛みを認識できていなかったのだろう。

自覚すれば、打ち寄せる波のように、段階を踏んで痛みが戻ってくる。

叩きつけられるような痛みの波の度、それは濃度《のうど》を増す毒のようにアルバートの脳髄《のうずい》を浸食《しんしょく》した。

噛《か》み締《し》められた歯が、みぎりみぎりと嫌な音を立てる。

アルバートという存在を作り変えるための痛みは、ひっきりなしに襲ってきた。

果たしてどれほどの時間がたったのか、すでに時間の感覚などなかった。

もはや自分の体が人としての形を保っているのかすらもわからない。

腕《うで》はあるのか、足はあるのか、何も理解できない。

しかしその痛みは唐突《とうとつ》に終わりを迎えた。

「ようやく治まったか。気分はどうかね？」

「は、はぁ……っ？　き、気分、ですか……っ？」

いまだ痙攣の余韻《よいん》を残す体を引きずって上体を起こすと、カルロは実験動物でも相手にするように興味深そうにアルバートを見つめていた。

「最悪、ですね……か、体が自分のものじゃないようです……何より、む、胸……？　はつきりとわからないんですが、体の奥《おく》の、何かが欠けているような気がしますよ」

「うむ、それで正常だとも。しっかり成功したね」

「成功……？」

ようやく痛みの余韻が落ちつき始めると、汗で濡《ぬ》れた服に気づいて顔をしかめた。

「さて、それでは実戦練習と行こう。そうだな……この本からいってみようか？」

渡された本はずいぶんと装丁が手《て》抜《ぬ》きで、手《て》垢《あか》まみれの薄《うす》い代物だった。

めくって、それも納得だと頷《うなず》く。

その本はずいぶんと初級の魔導書で、恐《おそ》らくは魔導士に預けられた幼い子供達が最初に開く教科書のようなものだろうと思われた。

「子供用ですか」

「そうとも。私が幼い頃にお世話になった本だよ。ありがたく使いたまえ」

「それはどうも。それで、まずはどうすれば？」

「まずは先ほどの実験……ではなく、儀《ぎ》式《しき》の効果を確かめる。最初の頁《ページ》を開きなさい」

明かな失言を濁《にご》すカルロに首を振りつつ、言われた通りに頁をめくる。

「灯火《トーチ》の魔法ですか？」

「おや、知っているのかね」

「魔導士になろうと訓練をしていたことがありますからね。灯火《トーチ》の魔法は初心者向けですから、何度も練習しましたよ。魔力《まりょく》不足で一度も発動できませんでしたが」

「なるほどなるほど。では試すにはちょうどいい。使ってみたまえ、アルバート君」

アルバートは魔導書から顔を上げてカルロを見た。

一度も発動したことがないと伝えたはずだと目で訴《うった》えるが、カルロは気にもしない。むしろ、だからどうした、早くしろとばかりに視線で圧をかけてくる。

無茶苦茶《むちゃくちゃ》だが、特に反論する必要もなし。

言われた通りに魔法を行使する。

「灯火《トーチ》」

当然、何も起こらない――そう思っていたアルバートだったが、予想に反し、胸の内がふわりと温かくなったかと思うと、指先に魔力とは異なる微《かす》かな光が灯《とも》った。

「そんなまさか……」

「そのまさかだね。魔法の発動だよ、おめでとう。ただし、とても灯火《トーチ》とはいえない大失敗だけれどね」

アルバートの指先に灯る光は本来の灯火《トーチ》と比べると光量がまったく足りておらず、自由に動かすことができない。豆電球もかくやという塩梅《あんばい》で、魔力不足は火を見るより明らかだった。

だが、それでもだ。

「魔法が使えた……！」

「そうだね、アルバート君」

「俺《おれ》が！　魔法を使ったんですよ!?」

「そうだよ、アルバート君。だからそんなに嬉《うれ》しそうな顔をしないでくれたまえよ。少しばかり気恥《きは》ずかしくなるだろう」

指摘《してき》されて慌《あわ》てて真顔を作った。

それほど自分は嬉しそうな顔をしていたかと自問してみるが、わかるはずもない。

羞恥《しゅうち》を抑え、ひとまず深呼吸を一つ。そうすると自分が魔法を使えたという事実が現実味を帯び、喜びがじわじわと広がってくる。

それは日本で過ごしていた彼《かれ》としての喜びではなく、異世界で能力不足に苦しんでいたアルバートの記憶《きおく》から来る喜びであった。しかし他者の記憶であれ、いまはもうアルバートという個は彼に合一し、その喜びもまた彼自身のそれとなんら遜色《そんしょく》がなかった。

「呪術王……か」

「なんだ、ようやく実感が湧いたのかね。とはいえ、だ。喜んでいるところ申し訳ないが、それではまだ不十分だ。使えたはいいが、使いこなせてはいない」

「それでも俺からすれば十分な進化なんですけどね」

挫折《ざせつ》に満ちた過去ゆえの喜びを、カルロは話にならんと笑い飛ばした。

「よいかね、はっきりと言うがいまの君は無能だ。だというのに、何の補助もなしに魔法を使おうとする。剣《けん》を学ぶ子供が見様見真似《みようみまね》で剣を振るい、剣術《けんじゅつ》の基本を無視しているような愚かさだ。意味がわかるかね？」

そう言われてわかるならば苦労はしないが、カルロはそれ以上の言葉を発することなく黙《だま》ってアルバートを見つめている。

聞けば答えてくれるのか、そう思ったが、すぐにそんな考えは否定した。

カルロの瞳《ひとみ》を見れば、突き放《はな》すような、しかし何かを見届けるような色が見えたのだ。

「答えが必要かね？」

「いえ……たぶんですが、それでは意味がないような気がします」

「正解だ。与《あた》えられた答えになど何の意味があろうか。己が脳を酷使《こくし》して導き出し、辿り着いた答えにこそ才は宿る。自分で考えたまえよ、アルバート君」

頷き、しばし黙考《もっこう》する。

剣術を学ぶ子供が基本を無視し、見様見真似で使っている。

その言葉の通りだとすればどうか。

魔導士の真似《まね》をして魔法を使い、基本を無視しているということになるのだろう。ならば、魔導学における基本とは何か。

そこまで考えたところで、ようやく答えに思い至った。

「魔導陣《じん》と呪文《じゅもん》ですか？」

「うむ。正解だ」

灯火の魔法を行使するさい、アルバートは魔導陣の構築も呪文の詠唱《えいしょう》も行わなかった。気が急《せ》いていたといえばそれまでだが、確かにそれでは失敗するのは当然だ。

「陣と呪文は魔法の成功率を高め、威力《いりょく》を増幅《ぞうふく》する。もちろん、使い慣れてくれば己が脳内で全てを処理できてしまうからね。陣も呪文もなしで同じように魔法を行使することはできるだろう。だが、それはいまの君には百年ほど早いだろうね」

「辛辣《しんらつ》ですね。でも実力もないのにわざわざ成功率と威力を下げて魔法を使おうとした愚か者というわけですからね、言葉もありません」

「だろうとも。ここで文句を言うようならば成長しないさ」

至極《しごく》もっともな話に、アルバートは丁寧《ていねい》に頭を下げた。

良き師というものは得難く、それゆえに己が幸運に、この場に送り込《おくこ》んでくれた神に、そして何よりもカルロという存在に感謝したのだ。

例えは何でも構わないが、算盤《そろばん》のようなものなのだ。

最初は算盤がなければまともに計算できないが、いずれは算盤なしでも暗算ができるようになってくる。しかし、計算が複雑になれば暗算では対処できず、やはり算盤がいる。

魔法もそれと同様。魔導陣と呪文という算盤はどれほど魔導の神髄に到達《とうたつ》しようと、さらなる高みを目指すならば大なり小なり無視できぬ基本なのだ。

「理解したようだね。ならば、改めて使ってみたまえ」

魔導書を片手に呪文と魔導陣を確認《かくにん》し、言われた通りに指先に魔力を灯し、初級呪文らしいひどく簡素な魔導陣を描《えが》く。丸の中に魔導文字がたったの二つという頼《たよ》りなさだ。

そして、呪文を詠唱する。

「揺らめく光よ、儚《はかな》き迷い子らへ導きを。灯火」

その瞬間、体の中から熱い塊《かたまり》がずるりと抜け、魔導陣へと移動したのがわかった。

さきほどとはまったく異なる明るい光の玉が空中に浮かび、カルロがにっと笑う。

「うむ。今度は成功と言ってよかろうな」

「ありがとうございます。魔導陣と呪文でこれほど変わるものなんですね」

「当然だな。陣と呪は基本にして極意《ごくい》だ。高位の術式になればなるほどその重要性は増す。

ましてや吾輩《わがはい》が開発した呪術はなおさらでな、吾輩ですら陣と呪に頼らねば発動できぬものもある」

伝説に謳《うた》われた魔導の王ですらもそうなのかと、思わず目を瞠《みは》る。

しかし、気後《きおく》れすることだけはなかった。

それだけ目指す場所が高く、世界平和という大目標に相応しい挑戦《ちょうせん》ということだ。

「さて、あとは君の努力次第《しだい》というところかな。そろそろお暇《いとま》しようか」

「どこか行くんですか?」

カルロは不思議そうに首を傾《かし》げた。

「魔法が使えるようになるまでは教える、という約束だったはずだよ。君は魔法が使えた、ならばあとは君次第ということだろう。それに、吾輩は存在を維持《いじ》するだけでも魔力を必要とする。まだ多少余裕《よゆう》はあるがね、あまり無駄《むだ》使いもしたくないのさ」

「じゃ、じゃあ、誰《だれ》が魔法を教えてくれるんですか?」

カルロは声を上げて笑った。

とても面白《おもしろ》い言葉を聞いたというように高らかに、しかし冷たい響きを含《ふく》めて。

笑いを収めたカルロの目には明らかな拒絶《きょぜつ》が浮かんでいた。

「甘《あま》えるなよ、アルバート君。言っただろう、努力と才能と運、全てを有する者だけが吾輩の境地に至れるのだ。きっかけはくれてやった。あとはこの図書館に全てがある。吾輩の――呪術王の全てだ。学べよ、若者。苦労なくして得られるものになど何の価値があろうか」

「……わかりました。しかし、魔力不足はまだ解消されてないでしょう？」

「それならば、先ほど吾輩が使った術を使えばよい。やり方はわかるはずだよ。なにせ、身をもって体験したんだ。自分の魂根《ルギ》に集中して、問いかけてみればいい」

アルバートは言われるまま目を瞑《つぶ》り、意識を集中する。

すると、確かに胸の内に先ほどまでは感じることのできなかった熱を感じた。

これがカルロの言う杯だとすれば、その奥に魂根《ルギ》があるのだろう。集中して確かめてみれば、杯にはわずかながら穴があり、その内側により強い熱源があるような気がした。

「これが……魔力か」

熱――魔力は体内にも微量《びりょう》ながら巡っていた。

意識することで少しずつ動かすことができるようで、その魔力を手のように変化させて杯の穴に指をかける。形のない霧《きり》のような魔力は形を維持することすら難しく、思うように指先に力を入れることができない。それでも意識を集中して操作することで、わずかに杯に亀裂《きれつ》が入った。

刹那《せつな》、身を引き裂くような痛みが体を走る。

とっさに魔力の指を消したおかげで痛みは消え去ったが、あのまま穴を広げればさっきと同じかそれ以上の痛みが襲ってくるのは間違いなさそうだ。

「できたようだね。とはいえ、君がどれほど頑張《がんば》ろうと一度に砂粒《つぶ》一つ程度しか広げることはできない。それでも、その痛みは尋常《じんじょう》なものではないよ。君の精神が壊《こわ》れるほうが先か、杯が壊れるほうが先か……耐《た》えられるならやってみればいいさ」

「耐えますよ。そうでなければ、ここに来た意味がありません」

「ならば、口だけでないところを見せてくれたまえ。道筋は与えたのだからね。次に会うのは、君がここにある全ての魔法を会得《えとく》した時だ。いつになるかいまから楽しみだよ」

「ずいぶんと無責任な師匠もあるものですね」

徐々《じょじょ》に体を薄れさせていくカルロは、さもありなんと頷いた。

「可愛《かわい》くない弟子《でし》に一つ教えておこう。君がここに来て、もう一年ほど経《た》っているよ」

カルロは驚《おどろ》いたアルバートを見て大笑いしながら、闇の中に消えていった。

◇
◆

それからのアルバートは、ただひたすらに魔法の勉強に明け暮れた。

魔力増強のために杯のかけらを引きはがせば、しばらくは精神が疲労《ひろう》して同じ痛みを耐えるだけの余力がない。下手をすると精神が死ぬ、その感覚があるだけに強行《きょうこう》することはできなかった。

もちろん待ちの時間も無駄にするつもりはなく、その間は魔導書を読み耽《ふけ》り、魔導の基《き》礎《そ》から学び直した。

さすがは叡智の園と言うべきか。冒険者時代に独学で学んだ魔法の知識など鼻で笑うように、学問として体系立てられたそれは一つの芸術のようにも思えた。

精神が回復するまでは魔導学とも呼ぶべき道にのめり込み、新たな知識を学ぶ。

精神が回復すれば魔力増強に着手する。

助かったのは、この空間が飲食はおろか、睡眠《すいみん》や排泄《はいせつ》すらも必要としない点だった。どのような術式が張り巡《めぐ》らされているのか、爪《つめ》や髪が伸びるなどの新陳代謝《しんちんたいしゃ》も起きている気配がない。

しかし呪術王の言葉を信じるなら、寿命で死ぬことはある。

普通《ふつう》であればそんな都合のいい話があるものかと一笑《いっしょう》に付すところだが、ここの持ち主が誰かを考えれば納得《なっとく》できてしまうのが恐ろしい。

それに何かを学ぶという一点においてこれほどに効率的な空間も存在しないもので、アルバートは薄暗《うすぐら》い図書館の中で、食事も睡眠も必要とせず、ただ呪術王が歩んだ魔導の道を辿ることにだけ集中できた。

ああ、げに恐ろしきは呪術王よ。

知れば知るほどにそれは天才の所業だった。

魔力の過多だけの話などではありはしない。呪文への理解、魔導陣の構築精度、魔力操作の妙《みょう》、一見すると関係のない魔法同士を解体して新しい魔法を構築する発想力……魔法を不可思議なる術から学問へと昇華《しょうか》し、更《さら》なる高みを模索《もさく》する貪欲《どんよく》さよ。

なんともはや、呆《あき》れるほどに己《おのれ》が凡人《ぼんじん》であることを思い知らされるではないか。

だが、悔《くや》しいという気持ちは湧かなかった。

才がないならば努力で補填《ほてん》すればよい。

それでも足りぬならば時間をかければよい。

天才的な発想とは縁《えん》がなくとも、学び、会得した事実を組み合わせたうえでの堅実《けんじつ》な発想ならばいずれは到達できるに違《ちが》いない。そのために一つ一つの技術を確実に己が血肉とし、丁寧に一歩を刻むのだ。そんなアルバートであるから、たった一つの魔導陣を描けるまでに一年を費《つい》やすこともざらだった。魔法の習得など、当然それ以上の時間をかけた。

なんとも気の遠い話ではある。

だがそれでも、アルバートは確かな前進の日々に深い喜びを感じていた。

◇◆

果たしてどれほどの時間が経ったのか。

二百年までは数えたが、一度数え忘れて以来、面倒《めんどう》になってやめてしまった。

しかし、確実な前進を刻んでいたと言えるだろう。

長い年月をかけ、夢にまで見た一つの目標に手が届くところまできていた。

「いよいよ、か」

深く息を吸い、己の胸の内に意識を通わせる。

体内を巡る魔力を知覚し、魔力の手を作る作業にもずいぶんと慣れた。

そっと指先を伸ばした先には、すでに杯はなかった。

いや、杯の残骸《ざんがい》、たったひとかけらが残っていた。

すでに杯の形は成していないが、何らかの力が働いているのか、杯の境界の中にある力と、溢れ出る水のように垂れ流される力は明確に違うとわかる。溢れ出るものが魔力、杯の中身が呪力なのだろう。最後のかけらを引き剥《は》がした時にどうなるか。指先に触《ふ》れた杯のかけらの感触《かんしょく》を確かめ、そっと摘《つ》まむ。

「さあ、最後のピースだ」

次の瞬間、アルバートは慣れ親しんだ激しい痛みを歓喜《かんき》とともに受け止めていた。

◆
◇

痛みが引いて起き上がると、額の汗《あせ》を拭《ぬぐ》ったアルバートは小さく笑みを浮かべた。

「そうか、これか。これが呪力か……」

杯が完全に壊れたことで、杯の中に閉《と》じ込められていた呪力が全身に溢れているのがわかる。元から存在した魔力をも飲《の》み込み、指先の一本一本に至るまで通うそれは、魔力とは比べるべくもない力を感じさせた。

「これならいけるのかな？」

実のところ、ここしばらく壁にぶち当たっていたのだ。

魔力不足は杯が三分の一ほども割れたあたりでほぼ解決し、初級はもちろん、中級、上級魔法でも魔力は充分《じゅうぶん》に足りた。杯が最後の一かけらになっていた時ですら、上級魔法であれば二、三十発やそこらは平気で行使してなお魔力が余るほどだった。

それは冒険者《ぼうけんしゃ》の中で超《ちょう》一級と呼ばれる魔導士すら越え、それこそ物語に出てくる英雄《えいゆう》のごとき魔力量である。

だがそれでも、呪術王の代名詞とも言える呪術は別だったのだ。全ての魔力をつぎ込んでも、最も簡易な呪術ですら発動に至らなかった。魔導陣も、呪文も、理論は完全に理解している。必要な魔力量も満たしているのに、ほんのわずかの前進すら感じさせない。

ここまでくると、もはや前提が違うとしか考えられなかった。

つまるところ、呪術を行使するには呪力が必要なのだ。

アルバートは手に入れた呪力を描いた魔導陣に流し、急いた心を抑えながらことさらにゆっくりと呪文を唱えた。

「怨敵《おんてき》よ、礎《いしずえ》たる力を失い慟哭《どうこく》せよ。我《わ》が敵の力の喪失《そうしつ》は永劫《えいごう》なり、その叫《さけ》びは我らの賛歌である……呪詛調印《ルレア・ア・ロア》」

第一梯《てい》呪術。

青白い炎《ほのお》が虚空《こくう》を炙《あぶ》り、しかし炙るべき対象がいないことでそのまま闇に消えた。

ひどくあっけない結果だが、確かにその呪術は発動していた。

「ふふ、ふふふ……ははっ、はっ」

笑みが、自然と零れた。

自身の呪力の三割近くを消費してようやく発動したそれは、対象の魂根《ルギ》の力の一部を永久に消滅《しょうめつ》させるものだ。

言ってしまえば存在の消滅を招く凶悪《きょうあく》な呪術ながら、減少させる力は極《ご》くわずかでしかなく、八の位階を持つ呪術の中でも最下級の代物でしかない。

だがアルバートはこの呪術こそが必要で、己のスキルと恐ろしいほどのシナジーを生み出すと予想していた。

スキル、反転。

これまでは明確な効果が判明していなかったそれだったが、魔導書の山に埋《う》もれていたスキルの研究書で正体が明らかになっていた。研究書に記載《きさい》されていたのはたった一文。

曰《いわ》く、自身にかけられた呪術の効果を反転させる。

「俺にとってはまさに最高のスキルということだね」

呪術など遥《はる》か神代の時代に消失した魔導の技だ。

反転というスキルが何の役にも立たない謎《なぞ》のスキルだったのも当然だ。むしろ牛鬼が放った即死《アストロア》に効果を発揮したことが僥倖《ぎょうこう》だったと言うべきか。

まさしく幸運、単なる偶然《ぐうぜん》……いや、そこに神の意志が介在《かいざい》していたのは間違いない。

そもそも呪術はカルロが手ずから作り上げた術であるはずで、それを反転させるスキルなどという好都合なものが存在する時点で、神の意志の介在など疑う余地がない。

敷《し》かれたレール？

それがどうしたというのか、喜ばしいではないか。

望んで何も得られぬ人生が良いとでもいうのか。

己が望みを叶《かな》えるためであれば、道化《どうけ》と謗《そし》られてもレールに乗ろうとも。

「なら……最後まで信じて、愚直《ぐちょく》に賭《か》け続けるのみか」

恐らくだが、このスキルを使えばアルバートの悩《なや》みを解消できる。

つまるところ、呪力不足だ。

杯を壊し、呪力にアクセスすることができるようになる前から、杯の中身が少ないことには気づいていた。明らかに魔導書に記載された呪術を使用するには足りず、第一階梯《かいてい》の最も初歩的な呪術を数発も行使するのがやっとというところ。

そこで悩みに悩み、ようやくたどり着いた答えが呪詛調印の呪術である。

魂根の力を減少させる呪術を自分にかければ、反転のスキルによって魂根の力が増加するのではないか？

魂根とはすなわち呪力の源だ。

単純な思いつきながら、それは真理のように思えた。

上手《うま》く行く確証はない。

果たして想像した通りに反転するのか？

あるいは逆効果になる可能性はないか？

そんなもの、わからないに決まっている。

それでも必要に際して悩むほど愚《おろ》かなこともあるまい。

アルバートはすでに己を賭けの天秤《てんびん》に乗せることを決断していたのだ。

「どちらにしろ呪力がなければこの魔導書の山もただの紙束だもんな。どうせ死にはしないんだ。なら、試《ため》すしかないさ」

多少の不安はその一言で押《お》し殺し、アルバートはそっと呪力を唱え準備を整えた。

「呪詛調印《ルレア・ア・ロア》」

指先に青白い炎が灯る。

先ほどと同様に炎は虚空を舐《な》めるように解き放たれ、一瞬《いっしゅん》の停滞《ていたい》のあと、くるりとその向きを変えてアルバートの体を呑み込んだ。

その効果は劇的だ。

青白い炎がするりと体に潜《もぐ》り込むや、視界が弾けたと思うほどの激烈《げきれつ》な痛みが襲った。

「あ、があぁぁぁあぁぁぁあぁぁぁぁあっっ！！！」

杯を破壊《はかい》する痛みにも慣れ、同じ程度の痛みはあるかもしれないと覚悟《かくご》していたが、それはそんなアルバートの予想を嘲笑《あざわら》うように軽く飛び越《こ》えていった。

彼は知る由もないことだが、呪力は魂根《ルギ》を器とするものだ。

当然、魂根《ルギ》の大きさと呪力の総量はイコールであり、増減などはしない。

だが、反転のスキルは概念《がいねん》に干渉《かんしょう》するのである。

魂根《ルギ》という存在への干渉は、カルロですら永遠の研究テーマとするほどに人智《じんち》を超えたものである。それこそ、神の所業に等しい代物だった。

肉体の痛みと魂の痛みとでも言うべき差異。

あえて例えるならば、むき出しの神経を直接引きずりだし、刻み、繋《つな》ぎ直して元の場所に戻すような行為《こうい》だ。限界まで中身が入った器にさらに中身を注ぎ、溢れようとするそれを無理やりに押し込めてでもいるような、得体の知れない感覚に体がぎしぎしと軋《きし》む。

そして、突然《とつぜん》その痛みが消えた。

時間にすればものの数秒。

激しすぎる痛みゆえに逆に意識が活性化し、時間間隔を喪失することがない地獄《じごく》の時間だった。

「ふふ、ふふ、はは……」

我知らず、笑いがこみ上げてくる。

ああ、これが笑わずにいられようか。

体の奥底《おくそこ》から源泉のように溢れ出す呪力を感じるのだ。匙《さじ》の上にすくい取られた一滴《ひとしずく》に過ぎなかったそれが、匙からわずかながら溢れるほどに増えているのである。

ほんのわずか、ほんの一滴の違い。

されど、確かな増加、確かな進化であった。

「くはっ、は、ははっ、はあぁぁ……っ！」

地面に這《は》いつくばり、痛みに震《ふる》えて体を動かすことすらままならない。歯を噛み締めることすら許されぬ体の麻痺《まひ》に、阿呆《あほう》のように開かれた口元から涎《よだれ》の糸が垂れていた。

なんともはや情けないことこの上ないが、しかしそれでも成功したのだ。

推測は正しかった！

醜態《しゅうたい》を晒《さら》している己を気にすることもなく、確かな手ごたえを感じるアルバートの哄笑《こうしょう》はしばらく止まることがなかった。

◇
◆

人間はそれぞれ異なる時を生きているという説がある。

それはある意味において正しく、ある意味において間違《まちが》っているといえるだろう。

なにせ物理法則という鎖《くさり》に囚《とら》われている以上、人か否《いな》かという以前に、時間は不変ではない。静止している個が光速で動く物体を観測した時、光速で動く物体の時は止まっており、重力が空間と時間を歪《ゆが》めると提唱した学者は誰だったか。

灯火《トーチ》の光が消えて急に薄暗くなったことで、魔導書から顔を上げたアルバートは時間の経過を感じてふとそんなことを考えた。

灯火《トーチ》の効果時間は使用する魔力量によって異なるが、彼の記憶が確かであれば一日は保つように魔力を込めておいたはずだ。つまり、一日近くも書に没頭《ぼっとう》していたことになるわけで、己の集中力に感心するやら呆れるやら、難しいところである。

真新しい灯火《トーチ》を打ち上げ、時は変化するというが、感じ方という意味であればなおさらだなと苦笑《くしょう》した。

年を重ねれば重ねるほどに時間の流れる速度は速く感じるという。これは過去を忘却《ぼうきゃく》する性質と、生活に追われる繁忙《はんぼう》雑多な生活ゆえの弊害《へいがい》と言えるかもしれないが、とかく年を重ねるほどに時間というものは短く感じるものなのだ。

それは不死《イルフエンノ》という特殊《とくしゅ》な性質を持つアルバートにとっても同様で、ふと気づけば一年、二年が経っているということもざらだった。

いや、あるいは年月など関係なく、単なる探究心からなる極度の集中の結果であるかもしれないが。

「……駄目《だめ》だな。どうにも時間を忘れがちだ」

果たしてどれほどの時をここで暮らしているのか、もうほとんどわからない。

しかしわかったところで意味はなかろうと、アルバートは小さく笑う。

時を知る術を失って久しい。

この場所で時を知る唯一《ゆいいつ》の方法は、一日ごとに本棚《ほんだな》に刻んでいた傷痕《きずあと》のみ。それとて明確に一日とわかるわけではなし、己の体内時計に頼るそれはほとほと信頼性《しんらいせい》に欠ける。

それにどちらにせよ、だ。

呪力増強《じゆりよく》の手段を手に入れてからこちら、時を刻む手は止まっていた。

それほどに彼は魔導の道にのめり込んでいたのだ。

世界平和という大目標を達成するための手段として学んでいたはずが、魔導の真髄《しんずい》に至ることもまた人生の目標足りえる、そう確信するに至っていた。

「呪詛調印《ルレア・ア・ロア》」

一日の習慣となっている呪文の詠唱を行い、呪力を増加させる。

途端《とたん》、アルバートは痛みにもんどり打ち、地面に転がった。

痛みに耐える獣《けもの》のような低い唸《うな》り声が漏《も》れる口元からは、石を擦《す》り合わせるような不思議な音も聞こえていた。

否、石ではなく、歯だ。

強い痛みを堪《こら》えようと噛み締めた歯が擦り合わされ、耳障りな不協和音を奏《かな》でていた。

杯《さかずき》を砕《くだ》く痛みには慣れ、耐えられた。しかし存在を強制的に変容させる痛みは、どれほど経験しようとも慣れるということがない。どれほど準備しようと、身構えようと、耐えがたい苦痛に身を引き裂かれそうになった。

だが、望むところですらある。

「……呪詛調印《ルレア・ア・ロア》っ」

痛みがある程度引いたところで、再び呪文を唱える。

これまでの経験から呪力がある一定より少なくなると意識を失い、呪力が回復するまで目が覚めないことがわかっている。

逆を言えば、その限界を見極《みきわ》めさえすれば何度でも使えるわけだ。

全ての呪力を消費したところで増加する呪力量は微々《びび》たるものではあるが、その積み重ねは確実にアルバートという存在を強大にしていた。

ようやく日課をこなした時には、奥歯《おくば》が数本砕けて血が滴《したた》っていた。

「今日も折れちゃったか」

ため息を一つ、その間に折れた奥歯は逆再生のように元に戻っている。

奥歯の嚙み具合を確かめるように指を突《つ》っ込み、数度触《さわ》って確認する。違和感《いわかん》はあるものの特に問題ないと判断すると、読みかけていた本を手に取って再び魔導書に視線を落とした。

呆れた偏執狂《へんしゆうきよう》じみた執着心《しゆうちやくしん》だった。

あとはまた灯火《トーチ》の光が消える一日後に日課を行う、その繰《く》り返しである。

だが、ふと誰かの視線を感じて顔を上げた。

「……カルロ？」

声を掛《か》けても返答がないことはわかっていた。

これまで何度も視線を感じていたが、一度たりと答えが返ってきたことはないのだ。

代わりに視界に入り込んだのは、暗闇《くらやみ》に霞《かす》んだ違和感。

「壁《かべ》だよな？」

目を凝《こ》らしてみれば確かに壁だった。

ただしただの壁ではなく、驚くべきことに、無限に続くと思っていた図書館の終点の壁がほんの目と鼻の先にあったのである。

本棚は天を貫《つらぬ》くほどに高く、終点は近くに見えるとも、全てを読み終わるのはまだまだ先だ。しかし確かな終わりが目に見えれば、活力も湧こうというものだ。

すべての魔導書を読み、魔法《まほう》の習得が終わればここを出ることも叶うはず。そうなれば、ついに世界に平和をもたらすという大目標に向かって踏《ふ》み出すことができる。

「喜ばしい……そのはずなんだけどな」

沸き立つ心とは別に、アルバートは妙に冷めた、相反する自分を発見していた。

不思議に思いながら再び手にした魔導書の表紙をなぞり、あぁそうかと腑《ふ》に落ちる。

なんのことはない、単純なことなのだ。

魔導の海にどっぷりと浸《つ》かったこの生活が、ただただ名残惜《なごりお》しかったのである。

面白い発見、不知を既知《きち》とする喜び、技術の習得による達成感――それらが混然一体《こんぜんいったい》となって生まれる陶酔《とうすい》は麻薬《まやく》のようで、ただそれだけのために己という存在が生まれたかのような、存在美ともいえる純粋《じゅんすい》なる充足《じゅうそく》感を感じさせるのだ。

あるいはそれはただの勘違《かんちが》いかもしれない。

それでもアルバートという男が長い年月の中で魔導の探究者を自認《じにん》するようになり、その立場からの脱却《だっきゃく》が近づくことに寂《さび》しさを感じていたのは紛れもない事実だった。
「何を馬鹿なことを……」
やるべきことは変わらず、己が欲でそれを忌避《きひ》するなど馬鹿馬鹿しい。
終わらせたくない？
だからここに留《とど》まると？
そんなことなどできようはずもない。
世界に平和を、その信念を胸に彼はまた魔導書の山に没頭した。
世界はもうすぐそこまで近づいていた。

第三章 絶望の女王

その日、森は静けさと無縁《むえん》だった。

詩人の類であれば、動けぬ我が身《み》を嘆《なげ》き業火《ごうか》に焼かれる苦悶《くもん》に叫んでいるとでも詠《うた》うのかもしれない。

しかしそれは、単に戦火に焼かれる木々の燃える音で、水気を含んだ枝の爆《は》ぜる音だ。

普段《ふだん》は人っ子一人寄り付かぬ大樹海、いわゆる帰らずの森と呼ばれる類のそれ。

だが今日この日にあっては、十万を超《こ》えるヒルデリク王国軍の将兵が入り込んでいた。

相対するは大樹海の先に居を構える人類の敵、呪族《じゅぞく》と呼ばれる異形どもだ。

それが現れたのがいつ頃《ごろ》だったのか、歴史書を紐解《ひもと》いてもはっきりとはわからない。

それほどに遥かな昔からそれは存在した。

人と相容《あいい》れぬ生態、人とは異なる醜悪極《しゅうあくきわ》まりない容姿、そして何よりも人を食うという性質。まことしやかに語られるそれらの風評と、何よりも呪術王《カース・ロード》が生み出した呪《のろ》われた生命であるとされるそれは、いつの世にあっても人類の共通の敵だった。

とはいえ呪術王の死後に彼らが姿を見せることはなく、絶滅《ぜつめつ》したとも囁《ささや》かれていた。

遥か伝説の彼方《かなた》に消えた邪悪《じゃあく》なる種族、幼子に言うことをきかせるための脅《おど》しとして語られる程度には落ちぶれた者ども。

ああ、だがしかしそれは誤りであったのだ。

彼らは伝説の帳《とばり》の向こうに確かに息づき、種を繋いでいたのである。

長い年月彼らが見つからなかった理由は、ひどく単純だった。

一つは生存圏《けん》が海でわかたれていたことだ。

人間が暮らす南大陸は十分に広く、貿易のために北大陸に飛び地の港を作るまでは、誰も荒《あ》れた北の大陸を目指す者はいなかった。

さらにもう一つ、彼らが住む土地が荒れた北大陸のさらに内陸、広大な森の向こうだったこともある。ただでさえ人が訪《おとず》れぬ未開の地、目的もなく北上して人類未踏《みとう》の大森林を越えてみようなどという酔狂《すいきょう》な者でもいなければ、決して発見されぬはずだった。

不運であったのは、人間の中には決して社会とは相いれず、己が興味に命を懸ける愚か者が一定数存在する、ということである。

決して現れるはずのない酔狂者。

それが長い年月の果てに現れたことで、伝説の向こうに消えたはずの呪族達の存在が露呈してしまったのだ。

見つけたならば殺さねばならない。

相いれぬ種族の存在を許せるほど、人という種は度量が広くない。おぞましい虫が家の中に巣食うと知れば、害を受けずとも殺したくなる、それが人という生き物なのだ。

そして人は今日、ついに呪族の殲滅《せんめつ》に王手をかけていた。

「失礼致《いた》します、伝令です！」

ヒルデリク王国軍第一軍の軍団長である陸軍大将ラーベルクは、森の手前に突貫《とっかん》工事で作り上げた巨大《きょだい》な土山の上に座《すわ》り、無造作に伝令から奪《うば》った書状を一瞥《いちべつ》した。

ただ書状を読むだけの動作であるにも関わらず、人生の大半を戦場で過ごしてきたラーベルクのそれは十分な圧力を伴《ともな》うものだ。

丈夫《じょうぶ》さだけが売りの椅子《いす》が軋む巨躯《きょく》も相まって、幕下《ばっか》の幕僚達《ばくりょうたち》は息を潜《ひそ》めて書状を読み終わるのを待っていた。

長年戦場で付き従ってきた幕僚達は、十分にラーベルクの沸点《ふってん》の低さを知悉《ちしつ》していた。

特に戦場で剣《けん》を振《ふ》るう際の興奮状態と、王宮からの現場を知らぬ命令を受け取り不機嫌《ふきげん》になった時の扱《あつか》い辛《づら》さは筆舌《ひっぜつ》に尽《つ》くしがたいのだ。

「ふん、小癪《こしゃく》なことだ」

書状を握《にぎ》り潰《つぶ》したラーベルクから苛立《いらだ》ちの少なさを感じ取り、露骨《ろこつ》にほっとした。

「王宮からは何と？」

安堵《あんど》の息を吐《は》く副官に、ラーベルクは鼻を鳴らす。

「討伐《とうばつ》を終えたあとの処遇《しょぐう》についてだ。俺《おれ》を公爵《こうしゃく》に叙勲《じょくん》した上で、ユーフォリア公国の姫《ひめ》と添《そ》わせる腹積もりらしい」

「それはまた……おめでたい、のでしょうか？」

上官の機嫌《きげん》を読み解き、それに合わせて必要な諫言《かんげん》をすることにかけて副官の右に出る者はいない。あらゆる作戦を己の裁量で決めるラーベルクという男に仕えるには、むしろそれこそがもっとも重要な資質なのだ。

だが、その副官をもってしても結婚《けっこん》という重要事をラーベルクがどう考えるか聞いたことがなく、鉄のように引き結ばれた表情から感情を読み取ろうと必死だった。

「めでたいさ、俺ももう四十だ。そろそろ子の一つも作っておくべきだろう。例えそれが大国の傀儡《かいらい》に甘んじる三流国家の姫君《ひめぎみ》で、我が愛すべき祖国が大国にすり寄りたいがための繋ぎ程度の婿《むこ》入りだとしてもな」

「それは……本当にめでたいと言えますか？」

「さてな。だが、叛逆《はんぎゃく》の狼煙《のろし》を上げるわけにもいくまい。俺は勇猛《ゆうもう》ではあるが、無謀《むぼう》ではない。我が祖国の王とその近衛どもとやり合えば、勝率は五割というところだからな。それに、意外に楽しみでもあるぞ。ユーフォリア王国の姫といえば剣姫《けんき》と名高い男勝《おとこまさ》りの剣術狂《けんじゅつぐる》いらしいじゃないか」

副官は上官の嗜好《しこう》を思い出し、またぞろ悪い癖《くせ》が出たかと苦笑する。

「相手は姫です。いつものように強い女と見て蹂躙《じゅうりん》するのはいかがなものかと」

「なに、気の強い女らしいからな。多少躾《しつ》けるくらいなら構わんだろうよ。妻となるのだから壊しはせんさ。俺の下に組《く》み敷いて、誰が主人であるかを教えてやるとしよう」

「は、左様で……」

副官はどうやら存外乗り気らしい上官に胸を撫《な》で下ろした。

言葉尻《ことばじり》一つで首が飛ぶこともある世界で、どうやらまた生き抜《ぬ》くことができたらしい。

そんな副官の安堵も知らず、ところでとラーベルクは続けた。

「妻となる女には贈《おく》り物の一つも必要だろうな」

「そうでしょうな。結婚の祝いとあらば光物の類が定番ですが、さて、剣術狂いがそんな物を気に入りますか」

「いらんだろうなぁ。が、そんな物よりもっと相応《ふさわ》しいものがあるだろう」

どうやら上官の中ですでに贈り物を何にするかは決まっているらしい。

ラーベルクはにんまりと嗤《わら》った。

「伝説の化け物達の王の首など、剣姫への土産《みやげ》にちょうど良いと思わんか」

「それは……！」

言葉の裏に隠《かく》された事実に、副官は息を飲んだ。

確かにヒルデリク王国軍は精強で、呪族が防衛線を敷く大樹海の制圧を目前にしている。

それはつまり、呪族の殲滅に王手をかけているということでもある。

だが、実際に殲滅するまでにはまだ長い時間が必要で、ラーベルクの任務は大樹海の制圧と前線基地の構築までだ。その先にある本拠地《ほんきょち》の制圧と呪族の殲滅は、大樹海制圧後に派遣《はけん》される第二軍と第三軍が行う予定だった。

しかしラーベルクはすべての命令を無視し、第一軍の総力でもって一息に敵陣《てきじん》を駆《か》け上がり、首級をあげてみせると言っているのである。

相手が人の国であれば、喉元《のどもと》に剣を突きつけることで降伏《こうふく》させることができるだろう。属国となるか、あるいは王族から捕虜《ほりょ》を出すか。どちらにしても殺されるのは王族だけで、国民は新たな国王にかしずけばいいだけだ。

だが、相手が呪族となれば話は違う。

人類の敵は殲滅することこそが最良で、その他の選択肢《せんたくし》などありえない。

降伏が許されぬ戦いにあって、剣を捨てる愚か者がいようか。いいや、絶対にいないとも。剣を捨てても殺され、逃《に》げても地の果てても追い掛けられると理解しているならば、最後の一人となるまで抵抗《ていこう》するしかない。

喉元に剣があれば、喉《のど》を裂《さ》かれながら後続の味方のために反撃《はんげき》するだろう。

そんな状況《じょうきょう》であるから、王手をかけてなお軍の消耗《しょうもう》は激しい。それが幕僚達の一致《いっち》した見解だったが、ラーベルクは自信を漲《みなぎ》らせていた。

「本気ですか？」

「俺が本気でなかったことがあったか？」

「ございません。では、棺桶《かんおけ》に片足を突っ込《こ》む覚悟が必要ですな」

「ふん、それが我が第一軍の本懐《ほんかい》だろう」

ラーベルクは体を揺《ゆ》すって愉快《ゆかい》すぎると笑う有様だ。

その様子を目にすれば、どうにもお手上げと諫《いさ》めることを放棄《ほうき》するしかなかった。

口で言っても聞かぬのもそうだが、副官もまたラーベルクの元で長年戦ってきた男だった。戦争狂《ぐる》いのラーベルクについていくのに、おべっかや追従だけで生き残れはしない。

ラーベルク旗下一兵卒に至るまで、その本質は笑顔《えがお》で渡《わた》り歩く戦争狂いである。

おめおめと気にくわぬ他軍に栄誉《えいよ》を奪われると思っていた。

それがどうだ、彼《かれ》らの到着《とうちゃく》を待たずに敵将の首をかっさらう。

ようやっと到着した彼らは、さぞや悔しく地団太を踏むことだろう。

自分達は多くの将兵の屍《しかばね》が転がる栄光の丘《おか》で、名誉《めいよ》を手にそれを見下ろすのだ。

その光景を思《おも》い浮《う》かべて上官に見つからぬように笑《え》みを深めながら、副官は第一軍に進軍速度を上げるように指示を発した。

◇◆

彼らは自分達を呪族と称《しょう》した。

だが、そもそも彼らは一つの種族ではない。

数多《あまた》の種族が創造主の元に集結したというのが正しく、統率者《とうそつしゃ》たる一族も明確に決まっているわけではなかった。

その時々の統率者が死ねば、力ある五つの種族の長――君主達が集まり、次代を担《にな》うに最も相応しいと思われる君主を新たな統率者として選択《せんたく》する。

長い隠遁《いんとん》の歴史の中で絶対数を減らしているがゆえに、その選択は呪族の存亡に直結する。だからこそ揉《も》めることも、争うこともなく、粛々《しゅくしゅく》と種を存続させるに足る才を持つ者が選ばれていた。

そして現在の統率者は紅眼族《くがんぞく》の君主、コルネリア・ヘルミーナという呪族の歴史でも珍《めずら》しい女帝《じょてい》であった。

とはいえ、彼女《かのじょ》自身は女帝と呼ぶにはいささか容姿に妖艶《ようえん》さが足りぬだろう。

腰《こし》よりやや長い炎のように赤い髪が印象的で、毛先だけがくるりと波がかり炎がちらつく様を思わせる。彼女が豊満な肢体《したい》を揺らして歩く度、揺れた髪の隙間《すきま》から艶《なま》めかしい臀《でん》部《ぶ》の膨《ふく》らみが微《かす》かにのぞいた。

それは男ならずとも引き付けられる強烈《きょうれつ》な魅力《みりょく》を醸《かも》し出すのだが、もちろん後ろ姿だけではなく、前から見てもそれは変わらない。意志の強い鋭《するど》い瞳《ひとみ》は凛々《りり》しく、薄《うす》い唇《くちびる》が笑みを形作れば蕩《とろ》けるような官能が脳髄《のうずい》を揺さぶる。

すこぶるつきのいい女ではあれ、男を知らぬ少女のような雰囲気《ふんいき》を持つ、それがコルネリアという女だった。

彼女をよく知る者であれば、その評価に大いに納得したに違いない。

なにせ齢《よわい》二百を超えてなお結婚はおろか浮いた話の一つすらない。紅眼族の君主として子を生《な》す必要性を説かれれば、赤く染めた顔をそむける有様なのだ。初心《うぶ》と言えば聞こえはよいが、いささか行き遅《おく》れを心配される年頃《としごろ》になってきて、君主連中からは失笑《しっしょう》されてばかりだった。

そんな彼女の美しい顔には、いまは笑みではなく、祈《いの》りが浮かんでいた。

「偉大《いだい》なる我らが創造主、呪術王様。我が願いに声を……我らが種の滅亡《めつぼう》に救いの手を……どうか、我らの祈りにお応えください」

それはただの祈りではなかった。

つい今しがたまで行っていた儀式《ぎしき》の結果が最良であるようにという希望だった。

すでに呪族の防衛線である大樹海は突破《とつぱ》され、前線の砦《とりで》の幾《いく》つかが占領《せんりよう》されている。種の存亡をかけた生存戦争、元より兵力の出し惜《お》しみなどはなかった。

だというのに、単純な力の差に遅滞《ちたい》行動すら許されず、呪族達は押し込まれている。

呪術王が建設した呪族の都、廃都《はいと》が戦火に包まれるのも時間の問題と思われた。

「ひ、姫様《ひめさま》……本当に大丈夫《だいじようぶ》でしょうか。禁呪の行使など、本当に……？」

「大丈夫です。呪術王様は我々を見捨てたりはしません。必ずお助けになります」

コルネリアは部屋の石床《いしどこ》に刻まれた魔導陣《じん》の前に跪《ひざまず》いたまま、不安そうな顔をする紅眼族の護衛騎士《きし》を励《はげ》ました。

実のところ、不安なのは彼女も同じだった。

強力な呪術王の眷属《けんぞく》を召喚《しようかん》する呪法《じゆほう》。

呪族が呪術王の眷属の末裔《まつえい》を自称《じしょう》するのは、この呪法があるからだ。

人類に行使ができないことは過去の眷属達《けんぞくたち》の実験で証明されていた。自分達にだけ許されたかつての王との繋がり、それは呪族にとって誇《ほこ》りであり、切り札だ。

だが乱用するわけにはいかない事情もあった。

呪法によって召喚された僕《しもべ》が召喚者に従順とは限らないのだ。

多くの場合は問題がない。仮に従順でないとしても数で押せば倒《たお》すことができる。

しかし一度だけ例外があった。現れた化け物の暴威《ぼうい》によって廃都の住人の半数が血に沈《しず》み、都市の三分の一が崩壊《ほうかい》した。倒すことができたにしろ、代償《だいしょう》が大きすぎた。

それ以来、誇りであったはずの儀式は禁呪とされていた。

身の丈《たけ》に合わぬ力は破滅《はめつ》の類語でしかなく、護衛騎士が怯《おび》えるのも致し方《かた》ない。

されど、どれほど怯えようともこれしか方法がないのだ。

コルネリア達の戦力ではヒルデリク王国の軍勢を打ち破ることはできない。血気に逸《はや》る者達は現状を理解しようとせず、打って出ることを進言してくる。コルネリアはそれを唾《だ》棄《き》すべき妄念《もうねん》だと端《はし》から切り捨てていた。

状況を見ようともせず、ただ蛮勇《ばんゆう》を頼《たよ》りに前に出るのも良いだろう。

自死を望むのならば好きにすればよいとすら思う。

だがそんな愚行《ぐこう》に呪族の民を巻き込むことだけは許すつもりはない。

ならばこそ最後の最後まで足掻《あが》いてくれよう、その一心で手を出した禁呪の儀式は確かに成功していたようだった。

「ひ、姫様……」

震える護衛騎士の声に顔を上げると、魔導陣の中心がぼんやりと光っていた。

それは次第《しだい》に輝《かがや》きを増し、石床に刻まれた魔導陣の線をなぞるようにゆっくりと進む。

やがて陣全体が煌々《こうこう》と輝き出した頃《ころ》、光球が陣の中央から分離し、凝縮《ぎょうしゅく》した。

「お、おお……呪術王様……！」

歓喜《かんき》に震える護衛騎士だったが、その声はすぐにくぐもった呻《うめ》きに変わった。

神々《こうごう》しさすら感じさせた光が一点に凝縮したかと思うと、光の中心から泥《どろ》のように粘《ねば》り気《け》のある闇《やみ》が溢《あふ》れ出したのだ。

「ひ、ひぃっ」

「静かに。呪術王様の僕が来られます」

どろりとした闇は意志を持つように蠢《うごめ》き、天井《てんじょう》に達するほどに伸《の》びあがる。休息に質感を伴い始めたそれは、やがて重厚《じゅうこう》な扉《とびら》を形作った。

「扉……？」

重々しい音を立て、両開きの扉が開いた。

全開まで開いたその向こうに見えるのは、闇だ。

護衛騎士が万が一に備えてコルネリアの前に立つのと、その喉笛《のどぶえ》から奇妙《きみよう》な笛の音が響《ひび》いたのは同時だった。

「な……っ⁉」

コルネリアの眼に映ったのは、喉元を切り裂かれた護衛騎士の姿だ。

屈強《くつきよう》でどんな打撃《だげき》にもびくともしないと豪語《ごうご》していた太い首は、筋肉の二束でかろうじてつながっているにすぎず、背中の側にだらんと頭を垂らしていた。

笛の音に眉根《まゆね》を寄せて目を凝らせば、噴《ふ》き出す血と呼気がまるで笛のように鳴り響いていた。それに気づくと同時、コルネリアは背筋に走る怖気《おじけ》に咄嗟《とつさ》に身を投げ出す。

それが彼女の生死をわけた。

首筋にちりと何かが触《ふ》れる感触《かんしよく》が走り、熱く燃え上がるように感じた。

地面を転がりながら首筋を触《さわ》ると、ぬるりとした血の手触《てざわ》り。

皮一枚、瞬時《しゆんじ》の判断で命拾いしたことに安堵する暇《ひま》もなく、コルネリアは闇の中からゆっくりと姿を現すそれに目を奪われた。

「なんてこと……」

豪奢《ごうしや》ではあるが薄汚《うすよご》れた全身鎧《よろい》。裏地に丸い装飾《そうしよく》物を幾つも吊《つ》り下げた外套《がいとう》に身を包み、右手には血塗《ちまみ》れの大剣《たいけん》をぶら下げている。

一見すると流浪《るろう》の騎士を思わせたが、高い天井につかえそうなほどの巨躯《きよく》と、首から上が存在しないという点が尋常《じんじよう》の存在ではないと理解させた。

ああ、なんというおぞましき姿よ！

その姿を見た刹那《せつな》、コルネリアは悟《さと》らざるをえなかった。

その姿は廃都の半分を殺しつくし、儀式を禁呪に貶《おとし》めた怪物《かいぶつ》と同じだったのだ。

「は……はは……っ！　最悪を引いてしまった……！」

失敗は元より織《お》り込み済み。成功するまで何度でも繰り返すつもりだったが、よりによって一度目の儀式で最悪の札を引いた己《おのれ》の不運ときたら！

これではもはや、運命が呪族に対して処刑台《しよけいだい》を用意したとすら思えるではないか！

乾《かわ》いた笑いしか浮かべることができず、コルネリアはそれでも気が狂《くる》ってはならぬと懸《けん》命《めい》に努力した。

からからに干上《ひあ》がった喉を湿《しめ》らそうと口を動かす。

恐怖《きようふ》のせいか唾《つば》の一つも出て来なかったが、それでも幾分《いくぶん》か冷静にはなれた。

ほんのわずか、死の瞬間《しゆんかん》まで頭が働くようになったというだけでしかないが、それでも何もせぬよりはいい。考えれば最悪を打開する術も生まれるかもしれぬのだから。

そこでふと、彼女は視線を感じた。

召喚された呪術王の眷属には頭がない。

それにも関わらず、粘りつくような視線が確かにコルネリアの肢体を舐め回している。

意味はないと知りつつも、一種の強迫《きようはく》観念にも似た思いに駆られたコルネリアは、その視線の元を探し、すぐに後悔《こうかい》することになった。

外套の裏に鈴生《すずな》りになった丸い装飾と思っていたもの……それが全て干《ひ》からびた人の頭で、視線の元がその頭部の怨嗟《えんさ》に満ちた瞳の群れだと気づいてしまったからだ。

「呪術王、様……！」

ああ、無情なるかな。

絶望に打ちひしがれたコルネリアの頭上に、血の滴る大剣が容赦《ようしや》なく振り下ろされようとしていた。

◇
◆

「さて、お別れだな。吾輩《わがはい》の役目もこれで終わり……老人は潔《いさぎよ》く消えるとしよう」

突然現れて殊勝《しゅしょう》な言葉を口にしたカルロに、アルバートは言葉を失った。

ようやく最後の呪術《じゅじゅつ》を習得してほっと息をついた瞬間だっただけに、意表を突かれてしまったのだ。

驚《おどろ》いたのが半分、人と話すのが久しぶりすぎて言葉が出てこなかったのが半分。

思えば独り言ばかりが多くなってしまったものだと、妙《みょう》な感慨《かんがい》を感じてしまう。

軽い咳払《せきばら》いで喉の調子を確かめ礼を言うと、カルロ笑って手を振った。

「これが吾輩の仕事で、呪術王の遺志であるがゆえな。それ、最後にこれをやろう」

「これは？」

渡された黒い宝玉に疑問を投げると、カルロはにやりと嗤う。

「呪術王の魂根《ルギ》を精製したものだ。彼が彼として生きた証として、死ぬ間際《まぎわ》に作り出した遺物だよ。これをくれてやるのも呪術王の遺志であるからしてな。君の役に立つかどうかは時の運というものだが……まぁ、彼もまた新たな呪術王の門出《かどで》を見たいんだろう。老人の戯言《ざれごと》と思って貰《もら》ってくれたまえ」

「それなら……ありがとうございます。暗黒空間《ダグア・ヴェロウ》」

第三梯呪術、暗黒空間《ダグア・ヴェロウ》。

空間の裂け目《め》に異空間を作り、無機物を保管する呪術だ。

呪力の消費を最小限に空間を保持し、呪術自体が無力化さえされていなければどんな場所でも入口を開くことができるだけに、効果に比して位階は高い。

薄暗《うすぐら》い闇の中に宝玉を放《ほう》り込むのを確認《かくにん》し、カルロは外への出口を示した。

出口といっても地面に刻まれた魔導陣だ。

これを使って転移することができるらしいが、いきなり言われても心の準備ができていない。ましてや一方通行で戻《もど》ることはできないという説明に、奇妙に後《うし》ろ髪《がみ》をひかれた。

「あの、魔導書を持って行くのは駄目ですよね？」

「何をいまさら、全部読んだだろう。これは君の頭の中にだけあるべきものだ。君が転移すると同時にこの空間は消失するし、本も一緒《いっしょ》に消えるよ」

「そうですか……ちょっともったいないですね」

「ちなみにだがね、君のお気に入りの数冊……暗黒空間《ダグア・ヴェロウ》の中に収納しているようだが、それも漏れなく消えるからね。こっそり持っていこうとしても無理な話――おい、そんな顔をしても駄目なものは駄目だ。欲《ほ》しければ向こうで探せ。あるいは自分で書けばいい。それじゃあ、本当にお別れだな」

一人が長かったせいか、カルロとの会話すら名残惜しいと感じてしまう。

だが、すでに空間の消失は始まっているようだった。

遠くのほうで書棚《しょだな》が崩《くず》れる地響《じひび》きとともに、闇がじわじわと近づいてきているのが見える。その速度は遅《おそ》く焦《あせ》る必要もないが、なんとも恐怖を煽《あお》る演出だ。

文句を言うと、カルロはからからと笑った。

「残りたいと子供のように喚《わめ》かれてもこまるのでね。さて、転移先は吾輩の城だ。城にあるものは好きに持っていってかまわん。城について記した書物もあったはずだから、眼は通してあるだろう。ひとまず身を守るくらいはできるだろうさ」

「ええ、見ましたよ。ありがとうございます」

「では、早く行け。最後の時は、一人でここを眺《なが》めて回ると決めているんだ」

「わかりました。それでは……ああ、師匠《ししょう》。ちなみに、一緒に来る気はないですか？」

カルロは少し驚いたように目を大きくし、嬉《うれ》しそうに拒絶《きょぜつ》した。

「ないよ。もう吾輩は十分に戦った。古きは滅《ほろ》び、呪術王の力と名は君に受け継《つ》がれる。新しい呪術王の誕生というわけだね……ふむ、それにしては威厳《いげん》がないか」

アルバートは自分の姿を見回した。

長い年月でも歳《とし》を取っておらず、以前とまったく変わらない姿だ。

カルロにもらった貴族然とした服は品格があるが、容姿が若いせいか、どうにも着せられているという印象が拭《ぬぐ》えなかった。

「ないですか、威厳」

「ないね。顔つきは仕方ないとしても、少しは威厳のある話し方を意識してみたらどうだい。そう、吾輩のようにね。舐《な》められてしまえば、それだけで物事はうまくいかなくなるものだよ」

「確かに、一理ありますね。心しますよ」

見た目や言動で侮《あなど》られてよいことはない。

中身が伴わなければ意味がないが、形から入ることも大切だろう。

納得《なっとく》してうなずくアルバートに、カルロは思いついたように願った。

「城の外には我《わ》が眷属達の街があるはずだ。まだそこに暮らしていればだがね。少しでいいから優《やさ》しくしてやってくれるか。もう生きているかすらわからん……彼らもまた、吾輩と共に戦った戦友なのだ」

「わかりました。出会ったら必ず」

別れの挨拶《あいさつ》は終わり、アルバートが足を踏み入れるとすぐに魔導陣が光を放ち始めた。

「良き旅を。君がここにいた時間はとても楽しかったよ」

「よく言いますね。最初と最後しか出てこなかったくせに。覗《のぞ》き見《み》趣味《しゅみ》は嫌《きら》われますよ」

「そうだな。次の機会があれば心しようか」

そんなものはないとわかっていながら、お互《たが》いに湿っぽい言葉を避《さ》けて笑いを選ぶ。

別れは惜しむべきという者もいるだろうが、アルバートは違《ちが》う。別れの際は互いの未来を祈り合うべきだと思っていた。相手にその未来がないとわかっていればなおさらだ。

涙《なみだ》ではなく、笑顔で。

行く者も、残る者も、互いにしこりを残さぬように。

アルバートは光に包まれる刹那、薄れゆくカルロに頭を下げた。

「……なんだこれは？」

頭を上げると、すでにカルロの姿はなかった。

代わりに目の前に広がっていた光景に虚《きょ》を突かれ、一瞬《いっしゅん》思考が停止する。

数多の魔導書が並べられた書棚の谷はなく、炎《ほのお》のように赤い髪をした現実とは思えないほどの美女と、彼女を容赦なく叩《たた》きつぶさんとする巨大な首なし鎧の化け物がいたのだ。

カルロの言葉を信じれば、ここは彼の城のはずだ。

ならばどちらかが眷属なのだろうと思うが、一瞥で判別できようはずもなし。

時は金なりという言葉が日本にはあるが、この場合は時は命なりだろうか。

そんな馬鹿なことを考えたのも一瞬、善悪の判断はつかないまでも、ひとまず赤髪の女への攻撃《こうげき》を防ぐべく呪術を紡《つむ》ぐ。

「呪怨縛鎖《アグニエール》！」

第二梯呪術。

八つある位階のうち下から二つ目ではあるが、その効果は絶大だった。

詠唱《えいしょう》とともに地面から現れたのは頭蓋骨《ずがいこつ》の鎖《くさり》だ。ただの骨だというのに、赤黒いオーラを纏《まと》ったそれは異鎧の化け物の全身に絡《から》みつくや、鎖の終端《しゅうたん》を壁や天井に突き刺《さ》し、一切《いっさい》の動きを封《ふう》じてのけた。

捕縛《ほばく》に特化した呪術であるからこそ、そう易々《やすやす》と脱出《だっしゅつ》できるものではない。

「────────っ！！！」

鎧の化け物は形容し難《がた》い叫《さけ》び声を上げる。

しかし、事実として化け物がどれほど暴れようと、鎖はびくともしなかった。

それでも油断はしない。

アルバートは納得できるまでじっくりと観察を続け、ようやく女に向き直った。

驚くべきことだが、女もまた鎖で封じられていた。

もちろんアルバートの意図した行為《こうい》だ。

どちらが善か悪かを断じることができない以上、どちらにも同じ対応をする。彼にとって片方が醜悪《しゅうあく》な化け物であることなど関係がない。どんな容姿であれ、その気になれば人は殺せるし、善良たりえる。

その逆もまた然《しか》りだ。

「だ、誰《だれ》ですかっ！」

驚愕《きょうがく》する彼女は扉の中から現れたアルバートに気づいたらしく、目を見開いていた。

そこまで驚くこともないと思うのだが、良く考えてみれば状況は最悪だ。言ってみれば、暴漢に襲《おそ》われると思ったら暴漢ともども身動きを封じられ、その犯人と思《おぼ》しき男が現れる。

日本であれば、即《そく》通報事案だろう。

やってしまったことは今更《いまさら》取返しがつかない。

かといってどうしたものかと頭を捻《ひね》っても、咄嗟にいいアイデアは浮かばぬもの。悩《なや》んだ挙句、アルバートはひとまず面倒《めんどう》な思考を棚《たな》に上げて質問に答えることにした。

だが、ここでまた困った。

敵か味方かわからない状態で安易に名を名乗るのはいささか不用心にすぎる。

偽名《ぎめい》の一つも名乗るべきか。

そこでふと、先ほどのカルロとの会話を思い出した。

カルロはアルバートに言ったのだ。

新たな呪術王の誕生だと。

そして、威厳が大切だと。

威厳のある一人称《いちにんしょう》とはなんだろうか？

私、俺、我、余……どれもしっくりこない。幾つかの案を検討し、そういえばカルロは妙に堂々としていたなと思い出し、あれが威厳というものかと推察する。

模倣《もほう》は創造の母とも言う。

形から入ることもまた大切だろうと決断し、アルバートはできるだけ害意を感じさせないように口を開いた。

「初めまして、美しいお嬢《じょう》さん。吾輩は呪術王だ。ご機嫌はいかがかな？」

「え、あ……機嫌ですか……？」

予想外に礼儀正《れいぎただ》しいアルバートの問いかけに呆気《あっけ》にとられたのか、少女の返答は間が抜けていた。

しかし少なくとも敵意は感じられないから良しとして、アルバートはもう一人の捕縛者を振り返る。

さて、こちらはどうか。

「君もご機嫌よう。吾輩のことは呪術王と呼んでくれたまえ。とはいえ、君に知能があるようには見えないな。言葉が話せないだけで理解はできるのか。どうだね？」

試《ため》しに右手を上げるように指示をしてから鎖を緩《ゆる》めてみると、鎧の化け物はこれ幸いと大剣へ手を伸ばそうとする。これは話が通じないらしいと見切りをつければ、どちらを優先するかは定まった。

であれば、あとは対処するだけだ。

一気呵成《いっきかせい》に断行すべしと鎧の化け物に手を伸ばし、胸鎧に指の先で触れる。

「腐《くさ》れ落ちた巨人の拳《オルルーラ・エレ・ゲレハウラ》」

第四梯呪術。

鎧の化け物の強さがわからぬがゆえに、少々強めの呪術を選択した。

呪術が解き放たれると同時、指先から現れた腐りかけの巨大な拳が鎧の化け物を打ちすえる。衝撃《しょうげき》で腐臭《ふしゅう》のする液体が部屋中に飛び散ったが、そんなものは気にならないほどの轟音《ごうおん》と衝撃が二人を襲った。

とはいえ怪我《けが》の一つも負いはしない。

常時展開されている防御壁《ぼうぎょへき》をわずかに広げ、赤毛の彼女も範囲内《はんいない》に収めれば、飛来した石くれの全てがアルバート達《たち》の眼前で何かにぶつかり、爆散した。

「予想より威力《いりょく》があるな。本来の使い方とは違うが……これはこれで面白《おもしろ》いか？」

ぼそぼそと一人ごちたアルバートは、行使した呪術の結果を確かめるために粉塵《ふんじん》をかきわけ、すぐに完膚《かんぷ》なきまでにひしゃげ潰れた鎧を発見した。

すでに動く気配はなく、活動を停止しているのは一目瞭然《いちもくりようぜん》だ。

「ふむ、やりすぎだな。もう少し威力の低い呪術でもよかったか」

その姿を粉塵の切れ間から目を輝かせて見つめる少女がいたのだが、術の結果を分析《ぶんせき》するのに忙《いそが》しいアルバートがそれに気づくのはもう少しあとのことだった。

◇◆

魔法《まほう》の検証に没頭《ぼつとう》したアルバートに放置される美貌《びぼう》の女……廃都を治める女王、コルネリア・ヘルミーナには心を落ち着ける時間が必要だった。

人は自分の理解を超《こ》えた時、脳が受け入れることを拒否《きよひ》してしまうのだ。

生物の精神は高度化すればするほどに脆弱《ぜいじやく》さを孕《はら》む。己を守るための自己防衛機能の発《はつ》露《ろ》であるわけだが、それは呪族であるコルネリアにしても同様だった。

戦況《せんきよう》を打破するための存亡を懸けた召喚の儀式は失敗し、喚《よ》び出されたのは廃都を滅ぼしかけた化け物。護衛騎士は一瞬で命を絶たれ、コルネリアもその後を追うしかない、そのはずだったのだ。

それがどうだ、突如《とつじょ》現れた謎《なぞ》の青年は見たこともないような魔法であっさりと化け物を蹂躙してのけ、化け物の死体をいじくりながら興味深そうに思案に耽《ふけ》っている。

それもひどく楽しそうに、まるで新しい玩具《おもちゃ》を観察する子供のように、だ。

なにより、青年が口にした言葉よ。

「吾輩は呪術王だ」

その一言の、なんと強烈なことか。

それは呪族にとって、神と敬うべき存在の二つ名だった。

その名の前には誰もが頭《こうべ》を垂れて敬服すべき、いと尊き異能の王である。

その名を騙《かた》ることは我が身《み》を汚《よご》されるよりも許し難い侮辱《ぶじょく》であり、全ての呪族の敵と見なされてもおかしくない。言い過ぎなどではなく、厳然たる事実なのだ。

それほどのことだというのに、呪術王と名乗る青年のなんとしっくりとくることか！

暴虐《ぼうぎゃく》の化身《けしん》とも言うべき化け物の前に立ちふさがる堂々たる姿、恐《おそ》ろしくも気品に溢れた呪術で相手を屠《ほふ》る様といったらどうだ！

青年を見つめるうちに、コルネリアの中には神話に謡《うた》われる呪術王その人だという確信が芽生えていた。

愚《おろ》かだろうか？

いいや、そうとも言い切れまい。

彼女の名誉のために弁解すれば、そもそも魔導陣は呪術王の眷属が現れるものと言い伝えられているが、呪術王本人がそう説明したわけではない。

古の眷属達が召喚の魔導陣であることを突《つ》き止《と》め、幾度《いくたび》もの試行錯誤《しこうさくご》の末に、魔導陣から現れるものが呪術王の眷属であると仮定したに過ぎないのだ。

その魔導陣から呪術王本人が現れて悪いという道理はない。

伝承によればこれまで知恵《ちえ》ある眷属が現れたことは一度たりともないが、そんなものは反証とはなりえない。むしろ、いまこの時だからこそ、だ。

呪族が滅亡に瀕《ひん》したこの時に現れ、呪術王を名乗る。

廃都を半壊《はんかい》させた怪物を歯牙《しが》にもかけず、威風堂々《いふうどうどう》たる態度で屠《ほふ》って見せるのだ。

コルネリアにとってこれ以上の根拠《こんきょ》は不要であった。

彼女は歓喜とともに、心の中で爆発《ばくはつ》する閃光《せんこう》のような祈りに震《ふる》えた。

おお、神よ！

我らが呪族の神よ！

それは敬虔《けいけん》なる信徒の感情に似た、いわば畏敬《いけい》の念、あるいは妄念だった。

鬱屈《うっくつ》とした絶滅《ぜつめつ》への不安から解放され、いささか舞《ま》い上がっていたということもある。

しかしコルネリアは、その感激ゆえにアルバートに熱のこもった視線を送った。

「ふむ？」

果たしてそれが功を奏したか、アルバートは背筋に寒気を感じて振《ふ》り返り、ようやく彼女を放置していたことに気づいた。

「すまんな、少し自分の世界に浸《ひた》っていたようだ。長く一人だったせいか、どうもな。悪いことをしたようだ」

「と、とんでもないことでございます、呪術王様！」

そこでコルネリアは自分が芋虫《いもむし》のように這《は》いつくばっていることに思い至り、顔を青ざめさせた。

神の前で礼を失する行動……なんという不敬であることか！

コルネリアを拘束《こうそく》したのはアルバート本人なのだが、そんなことはすでに忘却《ぼうきゃく》の彼方《かなた》だ。己の不敬を詫《わ》びるために必死に体をくねらせ、頭を地面にこすりつけて謝罪する姿は異様極《きわ》まりない。

「ま、誠《まこと》に申し訳ありません！　このような姿で、遥《はる》か高き異能の王に拝謁《はいえつ》するなど、万死《ばんし》に値する所業……！　誠に、誠に申し訳ありません！」

「……そうか」

正直なところ、アルバートは困惑《こんわく》していた。

コルネリアは地面にこすりつけすぎ、おでこをすりむいてさえいるのだ。

口をつぐんだのは単に呪術王という呼び名が自分のことだと理解するのに時間がかかっただけなのだが、それ対する過剰《かじよう》な反応が想像の斜《なな》め上だ。

見た目が美人なだけに、はっきり言って引いてしまっていた。

とはいえ、良い兆候だと思ったのも事実だ。

舐められないようにしろとカルロに忠告されたが、早速実践《さっそくじっせん》できているらしい。少しわざとらしい演技かと心配したが、案外と良い線をいっているようだと気を良くする。

「いまから拘束を解く。暴れれば再び捕《と》らえねばならん。面倒はかけるな」

激しく頷《うなず》くコルネリアが暴れるとは思えないが、念のため釘《くぎ》を刺して拘束を解いた。

立ち上がった彼女が膝《ひざ》を突いて頭を垂れるまで警戒《けいかい》していたが、やはり攻撃する意志はないようだ。むしろ映画の中の騎士のような、忠誠心のようなものすら感じた。

「顔を上げろ」

「はっ」

言われるままに顔を上げたコルネリアは、やはり美女という表現がぴったりとくる。

頭のネジが飛んでいると揶揄《やゆ》されていたアルバートだが、美醜《びしゅう》の感覚に関してはそれほど異常というわけではない。

化粧《けしょう》やら流行やらを追いかけるだけで中身のない人間に良い感情を抱《だ》かないだけで、美しい者を美しいと思うのは普通《ふつう》の男と同じだ。むしろ化粧や服装で飾《かざ》り立てず、本来の生物としての美しさを好むだけに、普通よりも厳しいかもしれない。

そんなアルバートから見て、コルネリアはこれまで見たことがないほどの美しさだった。

「ど、どうかされましたか……何か至らぬことでも……？」

恐る恐る問うコルネリアの表情にはわずかな不安の曇《くも》りがある。

惜しいと思った。表情に陰《かげ》りがあっても美しさは損なわれないが、アルバートの好みから言えば笑顔のほうが好もしい。

「お前は笑顔のほうが美しいだろう。そのような顔をするな」

思ったことをそのまま口にしただけなのだが、さすがに人の気持ちを察するのが苦手なアルバートでも発してから気づいた。

これでは口説き文句である。

セクハラという四文字が頭を過《よ》ぎり、胸がひゅうと締《し》め付けられる。

しかし予想に反し、彼女は目を見開いたあとで顔を真っ赤に染めてうつむいた。

「お、お褒《ほ》め頂き……こ、光栄の至りでございます……」

震えるような小声でかろうじて絞《しぼ》り出された台詞《せりふ》に、アルバートは彼女の気分を損《そこ》ねたかと後悔の息を吐《は》いた。

普通ならば初心な女の羞恥《しゅうち》がゆえと判断もつこうが、お前は人の心が理解できないと友人に太鼓判《たいこばん》を押《お》された彼であったがゆえの悲しい勘違《かんちが》いだった。

どう取り繕《つくろ》うべきかと悩むアルバートを尻目《しりめ》に、コルネリアは地面を凝視《ぎょうし》し、恥《は》ずかしさから顔を上げることができずにいた。

そんな場合ではないというのに、荒《あ》れ狂う胸の鼓動《こどう》と、美しいという言葉が脳内を激しく飛び回り続けている。政治に関わることで男勝《おとこまさ》りとあげつらわれ、女として見られることもなく浮いた話がない人生だ。むしろ統治者が男に流されることなどあってはならず、都合がいいと納得していたほどの女傑《じょけつ》である。

とはいえ遠ざかれば遠ざかるほどに想《おも》いは募《つの》るもの。寝《ね》る前に恋《こい》する乙女《おとめ》の物語を読みふけることは数少ない彼女の楽しみの一つだった。ただしそれが原因か、彼女にはいささか妄想《もうそう》を好む傾向《けいこう》があり、己の窮地《きゅうち》を救う騎士への憧《あこが》れを抱いていたのである。

まさに、いまこの時、この御方《おかた》こそ騎士のようではないか？

そう思えば、顔を覆《おお》ってしゃがみ込《こ》みたくなるような恥ずかしさに身を焦《こ》がされる。

しかしそれが愛情であったのかと言われれば少し違い、恋愛《れんあい》に不慣れであるがゆえの暴走とでも言うべき感情だった。

「おい、お前」

色々諦《あきら》めたアルバートが声をかけると、コルネリアはようやく顔を上げた。

まだ顔は真っ赤だが、あえて無視した。

怒《いか》りか、あるいは興奮か、判断はつかないが、どちらにしろさきほどまでの会話から忠誠心は見て取れたのだ。ならば、なんとか使うしかない。

なにせここがどこなのか、あれから何年が経《た》っているのかもわからないのだ。

アルバートが生きた時代の常識はあるが、十年も経てば常識は変わる。

ましてやそれが数百年という単位であれば考えるまでもない。

魔導の深淵《しんえん》に近づいたという自負はあるが、この世界で果たしてどこまで通用するか。

己こそが最強と考えるのは自惚《うぬぼ》れを通り越し、愚行であると考えるべきだった。

アルバートの時代であれば恐らく世界に名を轟《とどろ》かせることができたと思うが、あの時代にも多くの強者が存在した。

氷剣《ひょうけん》と呼ばれた冒険者《ぼうけんしゃ》や、世界に覇《は》を唱える軍事国家の大将軍、宗教国家で聖人と謡われた司祭――実際に相対したことこそないが、呪術王として立つ上で注意を払《はら》わなければならない人間達だ。

とはいえ経過した年月ゆえに、すべて死んでいると考えるのが妥当《だとう》ではある。

しかしあれらと同じか、それ以上の強者が生まれている可能性はあるだろう。

この世界で世界平和を実践《じっせん》するために情報はどれほどあっても困らない。

そのためにも、目の前の女から話を聞き出すのは実に理に適《かな》った行動なのだ。

それになにより、コルネリアのすがるような瞳。

中途半端《ちゅうとはんぱ》な儀式といい、何か不穏《ふおん》な事態が進行しているように思えた。

「お前の名は？」

「コ、コルネリア・ヘルミーナです、呪術王様！」

「そうか。良い名だな」

コルネリアとは確か、古代呪語で〈情熱〉を意味する言葉だったはずだ。

片膝《かたひざ》を突くことで地面に広がった長い赤髪が燃《も》え盛《さか》る炎のように見え、なるほど、よく似合うと思えた。

ふと、コルネリアの肩《かた》が震えていることに気づく。

それは名を褒められた歓喜ゆえではあったが、心の機微《きび》に疎《うと》いアルバートはまたぞろ失言したかと首を捻った。

「まあいい。ひとまず、いまの状況《じょうきょう》を詳《くわ》しく聞こうか」

◇◆

結果的に言えば、やはり情報を得るという行為は大切だと再認識《さいにんしき》させられた。

アルバートの記憶《きおく》でこの世界の一般《いっぱん》常識を理解したつもりだったが、本の虫になっている間に立派な時代遅《おく》れになっていたのだ。

というより、もはや化石と言っていい。

「つまり、エルメニア帝国《ていこく》が崩壊したのが二千年前ということで間違《まちが》いないか？」

「そういう建前です。正直に申しまして、ロゼリア神聖国家が箔《はく》をつけるために数字を盛っていると判断したほうがよいかと。エルメニア帝国崩壊《ほうかい》後、当時の帝国の大司祭が信者を集めてロゼリアを建国したのは間違いない話のようですが、神の声を聞いただの、五千年不滅《ふめつ》の約束をしただの、話半分でも言い過ぎな国です。それでも近隣《きんりん》の歴史書から見るに、最低でも五百年前には存在していたようです」

それ以上前の歴史は周辺国家の衰亡《すいぼう》とともに歴史書が失われていてわからないらしいが、コルネリアは二千年という数字に懐疑的《かいぎてき》だ。

確かに宗教が絡むような国であれば、歴史の改ざんが行われているのは前提だろう。

そういった事実は前の世界でも散々見てきた。どんなに優《すぐ》れた宗教であっても、政治と権力が結びつく。年月とともに聖典が捻《ね》じ曲げられ、最後には醜悪な糞《くそ》になり下がるのだ。

いや、むしろ宗教だからこそとも言えるか。

人が説く以上、腐敗《ふはい》しない宗教など存在するわけがない。

より権力を、より金を、追い求めた先に自我《じが》の増大を招き、捻じ曲げられていく。

己に都合の良い改変が横行し、同じ神を信じる者でも解釈《かいしゃく》が異なるようになればもう終わりの合図だ。

その結果が宗教論争であり、宗教戦争なのだ。

ああ、なんと愚かしいことか。

馬鹿げた話だが、それは厳然たる事実であった。

アルバートが鏖殺墓地《カタコンベ》に潜《もぐ》る前、エルメニア帝国の大司祭の権力が増大し、帝国皇室との確執《かくしつ》が絶望的な状況になっていた。じきに戦争が起き、場合によってはエルメニア帝国が地図から消えると噂《うわさ》されていたくらいだ。

仮にアルバートが鏖殺墓地《カタコンベ》に潜ったと同時に帝国が崩壊《ほうかい》したとして、そこから最低五百年。眉唾《まゆつば》を信じるのであれば二千年が経過していることになる。

「浦島太郎《うらしまたろう》もびっくりだな」

「は、うらしま……？　それはどなたでしょうか？」

「いや、気にするな。ただの戯言だ」

案ずるなと身振《みぶ》りで示しつつも、二千年という月日には眩暈《めまい》を覚える。

元々アルバートの知識も限定的だった。一介《いっかい》の冒険者が詳細《しょうさい》な世界情勢など知る由もない。それでも土台とする情報があるとないではまったく違うのだが、これでは限定的に過ぎて己の知識を盲目的《もうもくてき》に信じるなどできようはずもなかった。

コルネリアが従順に情報を提供してくれているから助かっているが、それでも足りるとは言えない。むしろ主観混じりの情報では精度の面で不安が残る。

必死に役に立とうとする彼女《かのじょ》の情熱には申し訳ないが、アルバートは早々に他の情報源の確保を検討していた。

そうとも知らず、コルネリアは目を輝かせる。

「そ、それで、呪術王様……我ら眷属《けんぞく》、赤子に至るまで呪術王様の剣となって戦う覚悟《かくご》ができております。まずは皆《みな》にそのご尊顔を拝謁させて頂ければ幸いですが……その、いかが致《いた》しましょうか？」

何を求めた質問かわからず、アルバートは目を瞬《まばた》かせた。

どうにもコルネリアとアルバートの間には相互《そうご》理解というものが欠けている。

彼女が求めているものが何かと悩んだが、ふとコルネリアの言葉にひっかかりを覚えた。

「眷属と言ったか？」

「はい、我々は呪術王様が生み出された呪族の末裔《まつえい》……過去の英霊達《えいれいたち》には力及《およ》ばずとも、呪術王様の眷属である誇《ほこ》りは忘れておりません！」

「ふむ。末裔か……」

眷属のことはカルロから聞いていたし、魔導書にも記載《きさい》されていた。

カルロが作り出した究極の魔導生命体。

忠実な兵であり、友であった。

中でも真なる五人《イル・アクタ》と称《しょう》された五体の呪族は、カルロの魔導学と呪術の粋《すい》を結集して作られた強大な存在で、人間との戦争では主軸《しゅじく》となる特級戦力として活躍《かつやく》していた。

「真なる五人《イル・アクタ》はいまも健在か？」

「いえ……残念ながら、皆さま御隠《おかく》れになられたと伝えられています。現在は真なる五人《イル・アクタ》様方に連なる五つの種族が呪族を導いています。我が紅眼族もまた、その一つです」

「そうか。全員逝《い》ったか」

その言葉にコルネリアは悲しみを感じた。

呪術王の配下として君臨した真なる五人《イル・アクタ》、いわば盟友であるはずの彼《かれ》らの死を悼《いた》んでいる、そう思ったのだ。

だが、実際のところアルバートは露《つゆ》ほどの感情の発露も感じていなかった。

それはそうだろう、かつて真なる五人《イル・アクタ》とともに戦ったのはカルロであって、アルバートではない。強力な力を持つ眷属が失われたことは残念に思うが、顔も見たことがない者の死に悲嘆《ひたん》を覚えるはずもない。

彼らに連なる五つの種族が残っている、その事実のほうがよほど重要だった。

呪族を己の庇護《ひご》下に置くべきだ。

兵士として運用することができれば、世界平和は大きく前進する。

「とはいえ時期尚早《じきしょうそう》だな。ああ、待て。戦う覚悟ができていると言ったか？」

アルバートとともに世界平和のために戦う覚悟、などであるはずもなし。

まだ世界に対し戦いを挑《いど》むとも、世界平和が目的とも伝えていないのだ。

伝説上、呪術王が世界の敵と恐れられ、人族を相手に戦争をしていたという話はある。

もしかすれば、呪術王が現れた暁《あかつき》には再び戦争を起こすと思っているかもしれない。

だが、コルネリアの異常な雰囲気《ふんいき》と言葉から推測するに、そうではないはずだ。

恐らくは何者かと戦争中だ。

それもひどく劣勢《れっせい》にあるのだろう。

呪術王の眷属が敵対するとなれば、相手は人間。それも理性的なコルネリアがこれほどに危機感を覚えるまで追い込まれているとなれば、種の存亡をかけた規模だろう。

その裏付けに、呪術王と名乗ったアルバートの登場にこれだけ喜色を示している。王への畏敬というには過剰すぎ、危機を脱《だつ》する希望がためと考えるのが妥当だ。

そこまで推察したアルバートに生まれた懸《け》念《ねん》は、敵の規模だった。

眷属の力が衰《おとろ》えているという論調ではあれ、それにしても呪術王の眷属だ。そう弱いとも思えず、ただの人間の力で対抗《たいこう》できるとは考えにくい。

実力はピンキリだが、果たしてどれが来ているのか。

「敵は人間だろうが、眷属達《けんぞくたち》をここまで追い込むとはかなりの強者だろうな。英雄級《えいゆう》……いや、聖人級か……なるほどな」

「さ、さすが呪術王様、あらゆる理《ことわり》を理解される魔導の王と謳《うた》われるはずですね！　私どもの窮状《きゅうじょう》をすべてご存じとは……！」

感動に身を震わせて言い募る様は狂気《きょうき》じみ、少しばかり腰《こし》が引けた。

アルバートにしてみればただの誘導《ゆうどう》である。

英雄級と口にした瞬間《しゅんかん》のコルネリアの顔色で違うと判断し、一段階上の聖人級に言い直しただけなのだ。

しかしこれで人の強さにおける価値観はアルバートの生まれた時代とそう違いがないことがわかった。

人の最高峰《さいこうほう》である英雄級、人を超越《ちょうえつ》した聖人級。

これらは全て魔力量《まりょく》で区別される。

魔力が多いということは、すなわち肉体的にも強度が高く、あらゆる剣技や魔導の理に使える魔力が多いということだ。そのアドバンテージは計り知れず、魔力の強さと戦闘力《せんとうりょく》はおおむね比例する。

とはいえ、技術で超越する者がいるのもまた事実。

英雄級の魔力しか持っていないのに、聖人級中位の剣士《けんし》と同等の戦いを繰《く》り広げる騎士《きし》というのは実際に存在したのだ。

とはいえ概《おおむ》ね魔力量こそが強さのバロメータと考えるのは妥当で、伝説に謳われる膨大《ぼうだい》な魔力と戦闘《せんとう》技術を有する規格外達をどうすべきか論じる必要がある。

そうして作られたのが、王級である。

彼らはみな類まれな魔力量と戦闘技術を持ち合わせ、一個で国を相手取る強者だ。

有名な王級だと、呪術王《カース・ロード》、聖騎士王《ルイン・ロード》、破壊王《バラケロ・ロード》、暗手王《レイム・ロード》、聖神祈王《フィラー・ロード》……どれもこれも人の枠《わく》に収まらず、神にも届くと称されるのだ。

果たしてそんな人外ども相手に己《おのれ》がどれほど戦えるものか。

己の魔力量だけを考えれば王級に足を踏《ふ》み入れているだろう。

しかし、戦う技術はどうか。

呪術は覚えたが、呪術を用いた戦闘が通用するか？

正直に言えば不安が残り、できるならば己の実力を試す機会が欲しいところだ。

その点で、今の状況は非常に都合がいい。

少なくともかつての王達は死に絶え、呪術王の時代からアルバートの時代に至るまで王に至る者は現れていないはずだ。

さらにいえば、戦力の逐次《ちくじ》投入など愚策《ぐさく》中の愚策。薄氷《はくひょう》の上で踊《おど》り狂《くる》うほどに愚かしい行為だ。ならば呪族を滅ぼすために送られた戦力は人類の最大戦力か、またはそれに近しいものと考えるのが妥当だった。

つまり、いま戦場に姿を見せているのが聖人級であるならば、それ以上の存在はいまの時代には存在しない、または動けない状況にあると推測できる。

己を試すには格好の状況であろう。

ひとまずの情報整理を終えてそう結論づけたところで、熱っぽい視線に気づいた。

憧憬《しょうけい》、あるいは妄信《もうしん》、その類の瞳《ひとみ》に閉口して釘を刺す。

「吾輩《わがはい》とてすべてを知っているわけではない。当たり前だが、知っていることだけしか知らん。現にこの世界の常識をお前に聞いているだろう？」

「そのように謙遜《けんそん》されずとも……緊張《きんちょう》する私を落ち着かせようという配慮《はいりょ》、ありがたく存じます」

「……配慮か。まあわかればいい」

これは駄目《だめ》だ、折れない。

アルバートは早々に理解させることを放棄《ほうき》した。

舐められるならともかく、過大評価をされている分にはまだいい。

狂信者《きょうしんしゃ》とは恐ろしい生き物だと思うが、その反面都合がいいのだ。

「追いつめられているのだろう。ここで時間を浪費《ろうひ》するのも惜《お》しいのではないか？」

「仰《おっしゃ》る通りです。すでに敵軍は呪術王様の都、廃都《はいと》まで三日の距離《きょり》に接近しています。遅《ち》滞戦闘《たいせんとう》は行っていますが、良くても一週間ほどしか時間は稼《かせ》げないでしょう」

「そうか、ならば早速《さっそく》行動に移るとしよう。軍議を開くゆえ、眷属の長を一堂に集めよ。遅《ち》滞《たい》行動も不要。戦闘を避け、全軍を我が元へ結集させるのだ。戦闘中止より以降は兵士の生存を最優先に撤退《てったい》せよ」

「ははっ！」

やる気に満ち満ちた表情で踵《きびす》を返し、コルネリアは颯爽《さっそう》と部屋を後にした。

創造主であり、敬愛する呪術王からの直々の命令だ。

種の絶滅を確信していたこともあり、体の奥底《おくそこ》から噴《ふ》き上がる戦意を自覚しながら、その興奮を抑《おさ》えることができなかった。

そんなコルネリアとは真逆に、当の呪術王――アルバートは冷ややかにコルネリアの背中を見送った。

◇◆

早馬はすぐに出立した。

君主達の到着《とうちゃく》までにはまだ時間がかかる。

特に、前線で遅滞戦闘を繰り広げている二名に関しては一日はかかると予想された。撤退戦の指揮を副官に任せるにしても、距離の問題はいかんともしがたい。

その時間もアルバートは無為《むい》に過ごすことなく、呪族の状況や世界情勢について可能な限り情報を収集することにした。

いまもっとも大切なのは、情報だ。

情報源が全てコルネリアでは情報の多面性の観点で不安が残るかと思ったが、渡《わた》された資料の精度と量を見れば早々に余計な心配だと理解できた。

さすがは呪族の統率者《とうそつしゃ》というべき情報収集能力だ。

「素晴《すば》らしいな、コルネリア」

「はっ、な、何がでしょうか……？」

突然褒《とつぜんほ》められたことで驚《おどろ》いたのか、コルネリアはびくりと体を震わせた。

新たに持ち込んだ大量の書類束を抱《かか》えたまま、挙動不審《きょどうふしん》にあたふたしている。

アルバートは気にせずにその手から書類を受け取ってざっと目を通すと、やはり素晴らしいと感嘆《かんたん》の息を吐いた。

「書類の数値は細かく、記載された所感も全て論理的な思考の結実だ。感情や希望などは皆無《かいむ》。無味乾燥《むみかんそう》と言ってしまえば悪く聞こえるかもしれんが、これほどに己を排《はい》した分析と国家運営がなされているとは思わなかったぞ」

「そ、そうでしょうか……？」

アルバートは大きく頷いた。

なんともはや、素晴らしいではないか。

呪族が暮らす廃都という都は、いわば隠《かく》れ里《ざと》である。

他国との貿易などできるはずもなく、全てを個で完結させねばならない。

食料の自給に、疫病《えきびょう》の対策、治水への備え、閉塞《へいそく》した環境《かんきょう》ゆえに起きる無理難題の数々。

軽視できるものなど何一つなく、一手間違えば種の滅亡《めつぼう》へ繋《つな》がりかねない。

そんな危険の上に危険を重ねる、綱渡《つなわた》りのような政務を成り立たせる手腕《しゅわん》。

あるいは種族ごとにわかれた小さな集落が点在するというならば話もわかるが、恐るべきことに廃都はあらゆる呪族が種の垣根《かきね》を越えて暮らす数十万規模の大都市なのである。

「まったくもって、とんだ拾い物だな」

書類をめくり、アルバートは笑《え》みを深めた。

用意された書類は、ここ数百年分の国家運営の道筋をまとめたものだ。

これを見れば、一目瞭然だった。

過去の統率者の時代と比較《ひかく》しても、コルネリアが統治を始めたここ二百年の廃都は群を抜《ぬ》いて平和であり、発展していた。

過去の統率者が無能なのではない、コルネリアが優秀《ゆうしゅう》にすぎるのだ。

「お前は優れた政治家であり、指導者であるらしい。よほど師がよかったか、それともお前の才か。どちらにしろ、お前の力は吾輩にとって必要不可欠となろう」

「あ、有難《ありがた》く存じます……政務については祖父から厳しく教育されていましたので……」

「祖父殿《どの》か。存命か？」

これほどの逸材《いつざい》を教育した者なら使い道はいくらでもある。

だがコルネリアは静かに首を振った。

残念極まりなし。

「二百年ほど前に病で倒《たお》れました。そこからは私が後を継《つ》いでいます」

「ふむ。それは残念……いや、欲をかくべきではないな。祖父殿の死は惜しいが、お前という宝玉を手にすることができたのだ。実に幸運であったと喜ぶとしよう」

「それほどの評価……初めてでございます」

その言葉に、アルバートは驚いて目を丸くした。

これほどの質の高い政務をこなし、廃都に暮らす呪族の生活の質を向上させているのだ。

書類を見るだけでも廃都の食料事情の改善と、疫病への予防、治水工事による河の氾濫《はんらん》の抑制《よくせい》、さらに軍備の増強と、あらゆる必要を抜群《ばつぐん》の嗅覚《きゅうかく》で均衡《きんこう》を取り、成り立たせている。

それほどのことをしておいて、これだけの評価とは？

疑問はすぐにコルネリア自身の口から語られた。

「呪族の思想は力に偏《かたよ》っていますから、仕方ないのです。紅眼族のように政治に優れた種族というのは少数派……私も戦うのは得意ではありませんから、どちらかと言えば五種族の君主の間では下に見られることが多いのです」

「力だけで国は回らんだろう」

「仰る通りです。ですから私が統率者の座についていますが、いざ戦となった時に戦えぬ者は軽《かろ》んじられるのが呪族なのです。しかし、これも理解できることです。なにせ私達呪族は、呪術王様の剣となり戦うために生み出されたのですから」

　戦う力がない者は剣となることができない。

　どれだけ政治がうまく使い勝手がよかろうと、種としての本懐《ほんかい》を果たせぬならば総じて価値がないというわけだ。

「くだらんな」

「そう、でしょうか？」

　不思議そうに首を傾《かたむ》けた拍子《ひょうし》に、赤い髪《かみ》の束が頬《ほお》に落ちる。

　白い肌《はだ》にかかる艶《あで》やかな赤は美しく映《は》え、アルバートは「美しいな」と思わず口にした。

「……は、なにが……はぇっ⁉」

　一瞬《いっしゅん》自分のことだとわからなかったようだが、理解した瞬間に飛び上がるように後ずさる姿はある種の玩具のようである。

「ああ、すまんな。思ったことがそのまま口から出た。それよりもだ、実にくだらんよ」

「お、思ったこと……い、いえっ、それよりも何がくだらないのでしょうか」

「戦う力だけを重視し、政治を軽んじることだ。どちらが欠けても国は成り立たない。どちらかだけを強化した先にあるのは滅亡だけだ。政治しか能がない？　実に結構ではないか。戦う力しかない者と、政治しか能がない者、そこに差などあろうか。どちらも同じだ。つまるところだ」

机を指先でとん、と叩《たた》く。

「お前が戦う戦場はここだ、それだけの話だろう」

アルバートにしてみれば実に当たり前のことである。

複雑化し、高度化した日本という国家ですらそうなのだ。

自衛隊という戦力がなければ他国から侵略《しんりゃく》を受け、政治では対処できない。

逆に戦力があっても政治家がいなければまともな施策《しさく》ができずに国内は荒廃《こうはい》し、外交によっていいように食《く》い荒らされるのだ。

どちらかが優れているという話ではなく、どちらもが重要なのだ。

だが、長い年月そうではないという価値観の下に生きてきたコルネリアにとって、その言葉は天啓《てんけい》であったろう。

我知らず、頬を涙《なみだ》が伝った。

ぎょっとしたのはアルバートである。

「な、なぜ泣く⁉」

「申し訳ありません、わかりません……なぜか、涙が……」

コルネリアにもよくわからない感情が、ただただ胸の奥《おく》から溢《あふ》れる。

それは堪《こら》えようのない涙となってあとからあとから零《こぼ》れ出て、主君を困らせているとわかっているのに止めることができなかった。

だが、それも当然のことだったかもしれない。

力こそが絶対という考えが浸透《しんとう》する呪族の中にあって、力以外に特化した紅眼族は軽んじられるのが普通なのだ。

さらにその紅眼族にも女が政治に手を出すのを忌避《きひ》する価値観がある。

祖父の後を継いで呪族を率いるコルネリアを認める者は、同じ一族でもほとんどいない。

まさに針の筵《むしろ》、それでも呪族のためにと我慢《がまん》に我慢を重ねてきた澱《よど》み。

それがアルバートの一言により決壊《けっかい》していた。

結局女の涙を止める方法など思いつかないアルバートは、謝《あやま》りながら泣くコルネリアを前に十分近くも仏頂面《ぶっちょうづら》を続けるしかなかった。

「ま、誠に申し訳ありません……お恥ずかしいところを」

「よい。泣きたくなることもあろう。許容できぬほど狭量《きょうりょう》ではない」

「有難《ありがと》う存じます……奥様《おくさま》が羨《うらや》ましいですね。きっと素敵《すてき》なご関係なのでしょう」

涙を拭《ぬぐ》い嬉《うれ》しそうなコルネリアの言葉に、首を傾《かし》げる。

彼女もその反応に不思議そうな表情で、これは何やら重大な齟齬《そご》があると思えた。

「奥様、だと？」

恐る恐る問えば、コルネリアは当たり前のように頷く。

「呪術王様には奥様がいらしたと……我々に残された歴史書にはそう書かれております。そういえば、奥様はいまどちらに？　呪術王様が生きていらっしゃるということは、奥様もご健勝でございますよね？」

「そ、そうか。それもそうだったな。奥様か、そうか」

まったくもって初耳である。

少なくともアルバートの時代に発見された歴史書の類には呪術王に妻がいたという記載はなかったはずだが、よく考えてみれば相手は呪族の王だ。人間側の歴史書よりも呪族側の歴史書のほうが詳しいのは道理である。

ただ、いきなり知らない事実を突きつけられるのは心臓に悪かった。

なぜ教えてくれなかったのかと心の中でカルロに恨《うら》み節《ぶし》をぶつけながら、取り繕うように話をでっちあげた。

「確かに、妻はいたがな。そう、死別したのだ。うん」

「なんと……なんと失礼な発言をしてしまったのか、申し開きもありません！」

凄《すさ》まじい勢いで頭を下げたコルネリアの額が、ごづん、と机に打ち付けられた。

正直引くほどの勢いである。

全力で平静を装《よそお》うことに成功したアルバートの演技力を褒めるべきか。

「やめよ、もはや遥か昔のこと……お前に言われるまで忘れかけていたくらいだ。だから、その、なんだ。まずその額をなんとかしないか？」

顔を上げたコルネリアの額から、赤い鮮血《せんけつ》が流れていた。

先ほど地面にこすりつけてすりむいていた部分がぱっくりと割れたのだろうが、彼女は微塵《みじん》も気にした様子がなく、謝罪こそ優先すべきという顔なのだ。

「謝罪はもうよい、まず、それを治療《ちりよう》しろ。女の顔に傷が残るなど考えたくもない」

「やはり呪術王様はお優《やさ》しい……ですが、傷の心配でしたら不要です。我《わ》が紅眼族は政治だけではなく、医術も得意としておりますので、この程度であれば――」

懐《ふところ》から取り出した軟膏《なんこう》のようなものを額に塗《ぬ》りつければ、毒々しい緑のそれは一瞬で色を失い、肌の色と同化した。それだけで滴《したた》っていた血は止まり、綺《き》麗《れい》に割れていた傷が目を凝《こ》らさねばわからないほどに塞《ふさ》がっていた。

凄まじい効能に、さすがに笑うしかない。

この世界には回復や蘇生《そせい》といった魔法《まほう》や呪術はない。

必然、原始的な医術に頼《たよ》らざるをえないわけだが、異常とも思える薬を創り出せる紅眼族がいれば、とてつもないアドバンテージとなるだろう。

政治だけではない、医療《いりょう》の面でも呪族を支える柱だ。

「戦えぬ者に価値がない……あり得ぬ話だ」

コルネリアは褒められたことで照れたのか、顔を伏《ふ》せながら軟膏を差し出した。

「私の手製ですが、よろしければお納めください。その、この程度の傷であれば二、三日もすれば消えます」

「ああ、もらっておこう。ありがとう」

コルネリアはぱたぱたと手を振《ふ》り、とんでもないと顔を真っ赤に染めた。

「あの、それより奥様がいらっしゃらないのであれば、後添《のちぞ》えについてのお考えを伺《うかが》っておいてもよろしいでしょうか。呪術王様ほどの器量であれば、声を上げる者も多いでしょうし……お好みを伺えれば選定時にある程度絞り込んでおけますよ」

「後添え、だと？」

「はい。主君である呪術王様のお子を残すことを望む者は多いでしょうから、必然その手の話は多く舞《ま》い込んでくるものかと……もちろん不要と仰《おお》せであれば対処は可能ですが、英雄色を好むとも申します。後宮を建設することを前提に考えていますが――」

「い、いらんいらん！　後宮も後添えも不要だ！」

アルバートは必死の形相で拒絶《きょぜつ》した。

「そ、そうですか？　わかりました。では、そのように対処致します」

「ああ、そうしてくれ。いまは嫁《よめ》など考える暇《ひま》もないのだ。それでもどうしても必要と言う者が出るなら、お前が吾輩の後添えということにしておけ。それなら対面も保てるだろう」

「かしこまり……は？」

あまりにも素《す》っ頓狂《とんきょう》な声が漏《も》れた。

それがコルネリアから出た声とは思えず、思わずアルバートは辺りを見回したほどだ。

とはいえ、アルバートも鈍感《どんかん》というわけでもない。

誰《だれ》も潜《ひそ》んでいないことを確認《かくにん》してから視線を戻《もど》し、一瞬前までの白い肌が茹《ゆ》で蛸《だこ》のように真っ赤に染まっているのを確認すれば、すぐにコルネリアの声だと察する。

しまった、またセクハラか、と思った。

だがコルネリアは顔を俯《うつむ》かせ、ドレスの裾《すそ》を両手できゅっと握《にぎ》りしめ、絞り出すように言うではないか。

「わ、私がよろしいので……？」

その意味を理解するのに五秒。

どうすべきかを考えるのにさらに五秒。

アルバートにしてみれば偽装結婚《ぎそうけっこん》で誤魔化《ごまか》せと言ったつもりだが、これではプロポーズの言葉と取られてもおかしくない。というより、取られている。

しかし、ここで違《ちが》うと否定すればまたぞろ頭を机に打ち付ける狂気を見せつけられるのか、そう思えば躊躇《ちゅうちょ》せざるをえなかった。

さすがに日に何度も美しい女が額を血みどろにする姿など見たくもなし、女に恥《はじ》をかかせるのも忍《しの》びない。

ならばどうにかして傷つけることなくさりげなく違うことを気づかせるしかないが、どう考えても妙案《みょうあん》は浮《う》かばなかった。

結局、アルバートは全ての思考を放棄した。

「……どうしてもの場合だけだ。そうならないようにお前がうまく処理をしろ」

「は、はい……っ」

後に残されたのは真っ赤になって使い物にならなくなったコルネリアと、何も言うことができずに天井《てんじょう》を眺《なが》め、現実逃避《とうひ》に勤《いそ》しむアルバートの姿だけだった。

なんともはや、初心と鈍感の組み合わせほど辛《つら》いものはないということだろう。

◇
◆

廃都という都市がある。

名は体を表すというが、その都にさびれた様子はない。

都市人口は一万ほどだろうか。多くの呪族が生活するその場所は人の国家とは違う文化形態を持つが、それでも明確に都市として設計され、整備されていた。

その街で何よりも目を引くのは、都市の中央に位置する巨大《きょだい》な塔《とう》だろう。

街の建物とは比較にならないほどに高い。

槍《やり》の穂先《ほさき》を思わせる光を反射しない黒い建造物は、街のどこにいても目に入る。

権力者という生き物はとにかく単純な生き物である。

金があり、時があり、暇を持て余せば巨大な建造物を造り、高みから人々を見下ろしては悦《えつ》に浸《ひた》ることしか能がないものなのだ。

ではこの塔もその例に漏れず、権力者の象徴《しょうちょう》たる存在というだけなのか。

いいや、違う。

この塔に権力者は住まわず、また象徴としての役割も期待されていなかった。

ただ街に強固な結界を張る魔導装置として、また地下に広がる真なる廃都への入り口としての役割を期待されているに過ぎない。

ああ、驚くべきかな。

中堅《ちゅうけん》都市として一万ほどの人口を有する地上部分は氷山の一角でしかなく、真なる廃都はその地下にこそ広がっている。その巨大さは実に地上都市の四十倍という馬鹿げた規模で、およそ現在の技術で同じ都市を作り出すことはできないだろう。

呪術王の力によって作り出された巨大な地下都市は、塔を破壊せねば何人も侵入《しんにゅう》することのできない鉄壁《てっぺき》の防御《ぼうぎょ》に鎧《よろ》われた要塞《ようさい》都市だった。

そしてその都市よりもさらに地下には巨大な空洞《くうどう》が広がり、そこに呪術王のかつての居城、メギナ・ディートリンデが存在した。

現在はその都度選ばれる呪族の統率者が住まう。

度重《たびかさ》なる改修を経《へ》ているが、それでも呪術王の時代の名残《なごり》はいまもなお色濃《いろこ》く、特に謁《えつ》見《けん》の間は創造主への不可侵《ふかしん》の畏敬《いけい》から大幅《おおはば》な改修が禁じられていた。

現状を維持《いじ》する補修作業のみに留《とど》められた広間は、当時のままに保存されているのだ。

真夏の日中ですら冷たい空気が漂《ただよ》い、ふと気づけば、いるはずのない王座の主の息遣《いきづか》いを感じる。

「何度訪《おとず》れても身が引き締《し》まるな。外とはまるで空気が違う……くはっ」

伝説の中に存在した偉大《いだい》なる王の存在を感じ、王座の前で男が笑った。

近づかずともわかる、鼻につく焚《た》き込《こ》められた香の匂《にお》い。

薄《うす》く薫《かお》る程度であれば心地《ここち》よい匂いであろうが、男の体から発せられたそれはあまりにも濃密《のうみつ》で、まるで失敗した絵を塗りつぶす絵具のように、周囲の空間にべっとりと漂っていた。

鼻に自信がある者であれば、あるいはその香りの向こうに顔をのぞかせる腐臭《ふしゅう》に気づいたかもしれない。生きたまま腐《くさ》った肉の臭いをまき散らす、果たしてそんな存在が人間であろうか。

とはいえそんなことは考えるだけ無駄《むだ》というもので、男は人ではなかった。

羊のように丸くとぐろを巻いた黒い角が二本生える、その特徴的《とくちょうてき》な容姿から、黒蟲族《こくちゅうぞく》と呼ばれる呪族であることがわかる。

神経質そうに体を揺《ゆ》する彼の体は、ほとんど露出《ろしゅつ》していなかった。

体の線がわからないほどたっぷりと布を使ったフード付きの外套《がいとう》を着込み、口元は薄布で隠し両の手すら手袋《てぶくろ》で覆《おお》う念の入りようだ。

全身が黒に塗り潰《つぶ》される中で、唯一《ゆいいつ》白銅色の肌が見えるのは目元だけだった。

「ウベルト、は、早いな……」

呼びかけられた黒ずくめの男──ウベルトは振り返り、声の主を認めるや露骨《ろこつ》に顔をしかめて不快を露《あら》わにした。

「ふん、ダナか。早いのではなく、お前達《たち》が遅《おそ》いのだ。まがりなりにも主命による集合だというのに、ずいぶんとゆっくりだな？」

「そ、それは、準備が、色々ある……他の奴《やつ》も、来てない……ぞ」

現れたのは屍狼族《しろうぞく》のダナだ。

活舌の問題だろう、きちんと言葉を発するために短く区切る癖《くせ》がある。

他が来ていないなど関係なく遅参《ちさん》は遅参だ、とウベルトの目は語っていたが、それ以上言葉を重ねないのはダナという男との相性《あいしょう》の問題か。

ウベルトのダナを見る視線は嫌悪《けんお》のそれだった。

その目に恐怖《きょうふ》を感じてでもいるのか、顔面を蒼白《そうはく》にしたダナは背中を丸めてきょろきょろと辺りを見回し、入り口に二つの人影《ひとかげ》を見つけて助けが来たと目を輝《かがや》かせた。

「イ、イグナーツ！　リ、リーゼロッテ……！」

同じく遅参してきた仲間を見つけたわけだが、その仲間であるはずの二人もまた、ダナを見るや嫌《いや》そうな顔をしているのだから救いがない。

イグナーツは死鬼族《しきぞく》の偉丈夫《いじょうふ》で、青い肌と人並外れた筋肉に覆われた巨体が特徴的だ。その隆起《りゅうき》した筋肉は服の上からでもよくわかる。野卑《やひ》でありながら、上等な布地と革《かわ》を使った服が、筋肉ではちきれそうになっていた。

背丈《せたけ》が異常に高く、彼が一歩を踏み出す度に地面が揺れているのではないかと錯覚《さっかく》してしまう。腰に巻いた毛皮には彼が狩《か》った大型の肉食獣《にくしょくじゅう》の頭が、いまにも吠《ほ》え猛《たけ》りそうな形相でへばりついている。

蛮族《ばんぞく》、あるいは筋肉の城塞《じょうさい》、そう形容するのがぴったりとくる男だった。

もう一人のリーゼロッテは妖剣族《ようけんぞく》の女だが、女と評するにはやや大きい。

身長も、つんと上向く双丘《そうきゅう》もだ。

褐色《かっしょく》の肌に白い髪が映えるが、残念なことに短く刈《か》り込むことで女性らしさはやや減じられていた。それでも、妖艶《ようえん》な上品さを纏《まと》う立ち姿は劣情《れつじょう》を掻《か》き立てる。白金の全身鎧に身を包んでいるが、胸元《むなもと》と太腿《ふともも》だけはしっかりと口を開け、男の視線の全てを飲《の》み込まんとするかのごとく美しい褐色を見せつけていた。

背中に背負った身《み》の丈《たけ》ほどもある無骨な剣がなければ、きっと多くの男が恋《こい》を囁《ささや》きたがるだろう。

「遅いな、二人とも」

ウベルトの声には非難の色が込められていた。

近づくなりダナを邪魔《じゃま》だと突《つ》き飛ばし、イグナーツは面倒臭《めんどうくさ》そうに頭を掻く。

「文句を言われても困る。俺達《おれたち》は前線から舞い戻ってきたんだぞ。これでも早いほうだ」

「その通りですわ。廃都に詰《つ》めているだけのあなた達と比較されても困りますわね」

リーゼロッテも同意した通り、二人はつい一日前までヒルデリク王国軍との戦争を最前線で指揮していたのだ。

コルネリアの最優先命令に従って副官に撤退戦を任せ、替《か》え馬を数頭潰してまで帰って来たというのに文句を言われる筋合いはない。

そう態度で示すが、ウベルトはそれすらも鼻で笑った。

努力は当然、結果が伴《ともな》わなければ意味がない。

ましてや最善を尽《つ》くしていないとなればなおさらだ。

「城に着いた後、どこで何をしていた？　食堂で酒をひっかけていたのはお前達ではないとでも？」

その言葉に、二人の顔色が変わった。

どちらも焦《あせ》りではない。

リーゼロッテは呆《あき》れ、イグナーツは怒《いか》りだ。

「またやったな、貴様。こそこそと人の監視《かんし》ばかりしおって。臭《くさ》くて鼻が曲がりそうだぞ、この腐肉《ふにく》の糞《くそ》が……！」

言葉と同時にイグナーツの体の青さが色味を増した。

全身からにじみ出るほどの魔力がそう見せているのだ。

すると、イグナーツの服の隙間《すきま》から小さな虫が悲鳴を上げて飛び出し、それを太い指で器用に摘《つ》まむや、ウベルトに見せつけるように揉《も》み潰した。

「痛いな……やめてもらえるか、それは私の体の一部なんだ」

「貴様もこれと同じにしてやろうか？」

イグナーツの岩のような拳《こぶし》に力が込められ、何かを砕《くだ》くような奇怪《きかい》な音が響《ひび》き渡る。

それは強靭《きょうじん》な筋肉を力任せに圧縮させ、硬《かた》い拳を作り上げることで発生していた。信じられないことに、ただ純粋《じゅんすい》な肉体の動作から発生する音なのだ。

「その言葉、そっくりそのままお返しするさ」

ウベルトもまた冷やりとした声を漏らすと、両手をわずかに広げた。

しゃらりと金属の擦《す》れる音が鳴り響き、たっぷりとした服の下で何かが蠢《うごめ》く。

「と、止めなくて、いいのか……？」

「放っておけばいいでしょう。いつものことですし、どちらが死んでも大した問題ではありませんもの。それより、話しかけないでくれますか？　あなたと同じ空気を吸うことすら気分が悪いんですの。できる限り呼吸を止めていて下さいませ」

「む、無理を、言う……」

「あら、本気ですわよ？」

彼女《かのじょ》が真実そう思っていることはダナにもわかっていた。

ここにいるのはダナを含《ふく》め、全員が一族の君主だ。

それぞれが一族をまとめる実力者であり、最大戦力。

自身の力に対する絶対の自信と種族を率いる矜持《きょうじ》を併《あわ》せ持つだけに、自ら折れるということを知らない。むしろ己さえいれば他はいなくてもいいと思っている節がある。彼《かれ》らにとって協調性など笑い話。どんな死地でも助けを求めることなく散歩気分で独りで歩き回る。

ただし、そんな己への自信はダナにはなかった。

戦う力ではなく、知恵《ちえ》で君主に選ばれたダナは戦闘力において三人に大幅に劣《おと》るのだ。

同じ一族の中で数えても、半分より下といったところだ。

死を越《こ》えるごとに力を増すという種族の特性ながら、いつ限界を迎《むか》えて死ぬかわからぬがゆえに、死を忌避して逃《に》げ回る臆病者《おくびょうもの》、それがダナという男だ。

紅眼族のコルネリアもまた戦力という点ではさして変わらぬが、彼女には政務能力という圧倒的《あっとうてき》な優位性がある。何もなくただ臆病《おくびょう》なだけのダナが軽んじられるのは当然の帰結というわけだ。

ダナは乾《かわ》いた笑いを口元に貼《は》りつけ、いつものごとく嫌な嵐《あらし》をやり過ごしていた。

だが、いつもなら季節外れの嵐のように長く続くかと思われたそれは、思ったよりもすぐに終わりを告げた。

イグナーツとウベルトが全身に緊張を漲《みなぎ》らせ、いつ開戦してもおかしくないというタイミングで、王座の後ろにある扉《とびら》が開いたのだ。

王の居室がある居住部へと続くその扉から出て来るのは、当然呪族の現統率者であるコルネリア・ヘルミーナ——ではなかった。

男がいた。

それは真なる闇《やみ》であった。

あるいは、震撼《しんかん》せし恐怖。

あるいは、絶望の体現であったかもしれない。

彼を目にした瞬間、四人の全身を駆《か》け抜けた感情がいかなるものであったのか。

少なくとも、その男を尋常《じんじょう》の存在と思った者は誰一人《だれひとり》としていなかった。

◇
◆

アルバートは苦悩《くのう》していた。

これまでの人生でこれほどの衝撃《しょうげき》を受けたことがあっただろうか。

眷属達《けんぞくたち》が集まるまでと誘《さそ》われて茶を嗜《たしな》んでいるのだが、そこで出された茶がまずい。

それはもう、驚くほどにまずいのだ。

過食美食の日本の出身だからではなく、アルバートとして生きた経験を総動員してもここまでひどいかと思えるほどのそれだった。

嫌がらせに豚《ぶた》の餌《えさ》でも出されたと思ったほうがまだ信じられる。

しかし当のコルネリアが最高の笑顔《えがお》で手ずから給仕《きゅうじ》してくれるのだ。好意と考えるのが妥当《だとう》で、それほどに呪族という種族は困窮《こんきゅう》しているということなのだろう。

コルネリアの治世で生活の質が向上したとはいえ、元が最低であれば多少上がったところで低い水準は脱《だっ》しえないというわけだ。

それでもコルネリアなりの心遣《こころづか》いではあるわけで、我慢をすべきだ。

そう思ったが、泥水《どろみず》でもすすったほうがましと思えるそれに思わず声が漏れてしまっていた。

「まずいな」

お茶のお代わりを注ごうとしていたコルネリアの肩《かた》がびくりと震《ふる》えた。

しまったと思ったが、もう遅い。

せめてすぐに謝罪をして傷口を浅くしようと思うが、それよりも早くコルネリアが神妙《しんみょう》な面《おも》持ちで頷《うなず》いてみせた。

「さすが呪術王様、私の懸念《けねん》をすでに理解しているとは……」

「懸念？」

茶のことかと思ったが、どうも違うらしい。

コルネリアは言いにくそうに口ごもり、しかし主君のためと言葉を紡《つむ》いだ。

「呪術王様が人間であったとは知りませんでした。お恥《は》ずかしい限りですが、呪術王様に関して伝えられた話も年月とともにぼやけております。多くの者は人間の絶対なる敵対者……私達と同じ呪族だと思っているのです」

言われてみればもっともな話で、アルバートも納得《なっとく》した。

同時に失言に気づかれなかったことに安堵《あんど》したが、それよりもいまは重大事に意識を向けるべきだ。

呪術王の種族はアルバートも知らない。

カルロが説明しなかったからだが、知らぬという点ではこの時代の者達も同じだ。

だからと言って私は人間ですよと大っぴらにやるのはいかにもまずそうだ。

人間と生存権を懸けた戦争をしている最中、お前達の王だと現れたのが人間なのだ。

考えずともわかる、波風が立つに決まっている。

コルネリアの反応が全ての呪族のスタンダードだと考えるのは楽観的にすぎる。

むしろ人とわかった時点で命を狙《ねら》われるくらいは覚悟《かくご》すべきだ。いまは見つかっていないだけで、どこから呪術王の種族に関する書物が見つかるかもわからないのだ。

考えれば考えるほどに、アルバートの種族が人間だと知る者は少ないほうが良いと思われた。

「ただの人間ではない。寿命《じゅみょう》も強度も、存在の在り様までも、呪術によって作り変えている。吾輩《わがはい》は人にあって人にあらず……それでも、不要な楔《くさび》は打たぬに限るか」

「い、いえ、きっと大丈夫《だいじょうぶ》です。呪術王様のお力を知れば種族などという些事《さじ》は気になららないでしょう。大切なことは、あくまでも呪術王様が我らの王であられるということなのですから！」

必死に言い募《つの》るコルネリアは、まるで自分に言い聞かせているように見えた。

少しばかりの悪戯《いたずら》心から、アルバートは問いを重ねる。

「気にする者が現れたらなんとする？」

「そ、その時は……」

逡巡《しゆんじゆん》は一瞬、見つめ返す決意の瞳《ひとみ》に溜息《ためいき》をつく。

粛清《しゆくせい》するつもりだと悟《さと》るのは容易で、その愚直《ぐちよく》なまでの想《おも》いに呆れかえる。

窮地《きゆうち》を助けた印象が強すぎるのか、あるいは呪術王という名前の呪縛《じゆばく》か。どちらにしても盲目《もうもく》すぎる信仰《しんこう》は都合が良い反面、思考の激化を招いているようだ。

「不要だ。立てずにすむ波は立てなければよい。それで、他の呪族に人とわからぬようにするにはどうすれば良いと思うか？」

「それならば、お顔をお隠しになられてはいかがでしょうか。肉体的には人とさほど変わらぬ種族も多くおりますので、顔を隠してさえいれば誤魔化せます」

「なるほど、お前もその肉体的には人とさほど変わらぬ種族か？」

問いに、コルネリアは小さく頷いて自身の目を指差してみせた。

目をこらせば、そこに揺れるのは炎《ほのお》である。

いささか信じられぬことながら、コルネリアの瞳は猫《ねこ》科の肉食動物のように縦に光彩《こうさい》が割れ、その奥の炎の動きに合わせて揺らめいて見えるのだ。よほど間近でじっくりと観察せねばわからぬほどの違いではあるが、確かに人間とは違う生き物だった。

「炎とともに生きる我が一族は、体内に炎を宿します。これが誇《ほこ》りであり、呪族である証明です」

「確かに人とは違うな。わかった」

アルバートは素直《すなお》にコルネリアの言葉に従った。

この世界の常識を知らぬ彼からすれば、信仰心《しんこうしん》すら抱《だ》いているコルネリアの言葉に悪意はないと判断したのだ。

「顔を隠す、か……」

どうしたものかと悩《なや》むアルバートの視界に、壁《かべ》の飾《かざ》りが目に入った。

剣が二振り壁掛《かべか》けとともに飾られているのだが、そのすぐ下に黒い全身鎧が飾られていた。どうやら兜《かぶと》と面頬《めんぼお》がわかれているようで、手に取ってみると顔を隠すのにかなりよさそうに思えた。

顔全体を覆い、見えるのは目元と口元のみ。日本でいう鬼のようにも見えるそれは、額から二本の角が直角に生え、その後急な弧《こ》を描《えが》いて直上に上がる。口元はわずかに開き、鋭《するど》い金色の牙《きば》が並んでいた。

固定する紐《ひも》の類が見えず試《ため》しに口元にあててみると、体内からわずかに呪力《じゅりょく》が引きずり出された気がした。同時に面頬が脈動し、肌に吸い付くように形を変え、密着する。

軽く頭を振ってみても取れる様子はなく、しっかりと固定されていた。

「ふむ？　これならどうだ、コルネリア」

意見を聞くと、コルネリアは一瞬《いっしゅん》頬《ほお》を引くつかせた。

アルバートは知らぬこととながら、その鎧は紅眼族の真なる五人《イル・アクタ》が愛用したとされる鎧なのだ。

呪術王から下賜《かし》されたそれは、高い防御力《ぼうぎょりょく》と引き換《か》えに装備するだけで膨大《ぼうだい》な呪力を吸い上げ続ける。例え面頬だけとはいえ、現在の紅眼族には装備できる者がいない。

圧倒的な防御力を得るかわりに死へと直行する狂気《きょうき》の鎧だった。

「その、平気なので……？」

「なにがだ？」

「呪力を……」

アルバートは首を傾げ、ああ、と頷いた。

「顔に密着するためか、わずかに呪力を消費しているな。便利な機能だ」

主君の力量を己《おのれ》が物差しで測ることの愚《おろ》かしさを噛《か》み締め、コルネリアは気持ちを落ち着かせるように息を吸い、言葉を返した。

「大変、よろしいかと思います。さすが呪術王様と言わざるをえません」

「そうか。なら良い」

眷属《けんぞく》が集合すると、コルネリアの後ろに付いて謁見の間への扉をくぐった。

まずに目に入ったのは、驚《おどろ》くほど広大な何もない空間だ。

いや、何もないは正しくない。

王座があり、その前に多くの臣下が傅《かしず》くための場所が用意されているのだが、単にその空白部分が恐《おそ》ろしいほどに広いというだけの話だ。

一万や二万程度なら余裕《よゆう》を持って並ぶことができるほどの広さだ。最も奥には臣下達が使うだろう荘厳《そうごん》な装飾《そうしょく》の鉄扉《てっぴ》が見える。扉から王座までの道は指先が埋《う》まりそうな毛足の長い赤絨毯《じゅうたん》が敷《し》かれ、その上にはすでに四人の男女がいた。

アルバートは恐らく彼らが眷属の君主達だろうと見当をつける。

彼らも気づいているようで視線を感じるが、そこで彼らの表情の違和感《いわかん》に気づいて怪訝《けげん》に眉《まゆ》を寄せる。

目を見開き、固まっているのだ。

石化の魔法でもかかっているのかと思ったが、そんな魔法の気配はない。

魔法を使えば残り香のような魔力《まりょく》の残滓《ざんし》が残り、それほど時間が経っていなければという条件付きだが、アルバートはそれがどんな魔法だったか判別することすらできる。だからこそ、魔法の類が行使されたわけではないと断言できた。

考えを巡《めぐ》らせているうちに王座に辿《たど》り着いて座《すわ》ると、コルネリアは横に控《ひか》えるようだった。


四人の男女は己が目にしたものを信じられなかった。

王座に本来座るべき主人が、脇《わき》に控える。

つまりそれは、権力が譲渡《じょうと》されたことを意味する。

四人の君主を差し置き、呪族の統率者《とうそつしゃ》を独断で決める？

そんなことが許されるのか？

いいや、許されるはずがない。

そんなことが許されるとしたら、唯一絶対の古《いにしえ》の王くらいのものだ。

四人の困惑《こんわく》と敵意、そして恐怖の入り混じった視線を受け止めて、コルネリアは片手を高く上げた。

「控えなさい、眷属達よ。呪術王様の御前《おんまえ》です」

朗々と響くコルネリアの言葉は、電撃《でんげき》のように四人の間に広がっていった。

◇◆

さあ、いよいよここからが本番だ。

失敗すれば世界平和に向けた大きな手札を一つ、失うことになる。

そう考えれば体が心地よい緊張《きんちょう》感を覚え、喉《のど》がひりつくようだ。

居並ぶ四人の異形を睥睨《へいげい》し、アルバートはできるだけ尊大な口調を心がけた。

「さて、眷属達よ。吾輩はお前達のことを知らぬ。簡潔に教えてくれるか」

部下を知るのは上司の務め。アルバートにとってはそれだけの意図でしかない質問だったが、彼らにとってはまったく違う意味に捉えられた。

すなわち、忠誠を誓《ちか》う気があるか、である。

彼らは混乱の真っただ中にあった。

コルネリアが女王となってから二百年、生意気な小娘《こむすめ》ながらも前王であった彼女の祖父に劣らぬ――いや、時によっては上回りさえするその政治手腕《しゅわん》に不安はなく、治世は安定していた。

しかし力によってなる彼らが心からの忠誠を抱くことはなく、失策があればすぐさま取って代わらんと虎視眈々《こしたんたん》と目を光らせる危《あや》うい関係が長く続いていた。

そこに来てのヒルデリク王国の大攻勢《だいこうせい》だ。

絶対防衛線たる大樹海は容易に突破《とっぱ》されている。

それはコルネリアの失策というにはあまりにも不憫《ふびん》な事態ではある。

なにせ彼女の本領は政治である。

予測し、備えることが重要であるとはいえ、呪族という種族が持つ潜在《せんざい》能力以上の軍勢など用意できるはずもない。最高戦力が英雄《えいゆう》級のイグナーツとリーゼロッテという時点で、聖人級のラーベルク陸軍大将有する十万の大軍勢に備えるなど不可能なのだ。

とはいえ事態は急を要した。

血の気の多い彼らは呼び出されたのを好機と、王座を奪《うば》い取る心づもりだった。

種族の存亡が間近に迫《せま》るいま、争うのは愚かと思うかもしれない。

だが、こと戦いにおいて呪族の中で二人を上回る存在はいない。いまこの時にあっては
むしろ二人のどちらかが王となることが唯一の生存への道だ、そう信じていたのである。

それがどうだ?

蓋《ふた》を開けてみればコルネリアは怖気《おじけ》が走る鬼気《きき》を纏《まと》った男に従者のごとく従っている。

あまつさえその名を呼ぶことすら畏れ多い、我らが創造主と呼ぶのだ！

ついに気が狂《くる》ったか、あるいは幻惑《げんわく》の魔法でもかけられたか、薬、脅《おど》し、拷問《ごうもん》──様々な可能性が浮かび、それら全てがただ一つの事実で否定された。

目の前に座る男の放つ呪力の強大さ、比類なし。

己が存在の矮小《わいしょう》さを悟るにこれ以上の証明はないだろうと言わんばかりの、見せつけるがごとき莫大《ばくだい》な呪力が男の体から放たれているのだ。

いいや、事実見せつけているのだと悟るのに時間はかからなかった。

目の前の呪術王と名乗る男は、その圧倒的な呪力でもって異論を握りつぶし、逆らうならば殺すがどうするのか、と問うているのだ。

顔を上げることすら恐ろしく、それでも恐れているのは自分だけではないかと淡《あわ》い期待を抱いて左右を見回しても、同じ眷属の君主である実力者達は例外なく恐怖に顔を歪《ゆが》めている。

是非《ぜひ》もなし。

我らが前に座するは真なる創造主であると断じ、膝《ひざ》をついて頭を垂れるしかなかった。

最初に口を開いたのは、褐色の肌《はだ》に白い髪《かみ》が映《は》える、身の丈に合わぬ大剣《たいけん》を背負った女だった。

膝をついた姿勢ながら不自由を思わせぬ流麗《りゅうれい》な動きで大剣を引き抜《ぬ》き、両手に乗せるようにアルバートへ捧《ささ》げる。

「妖剣族が君主、リーゼロッテと申しますわ。偉大なる死の王に我が剣を捧げましょう」

「そうか。ならばその剣、戦場で使い潰させてもらうぞ」

妖剣族にとって戦場で剣折れ死ぬるは最上の死に様である。

むしろそれ以外の死に方は許容できず、どれほど過酷《かこく》に剣をすり潰すかこそが重要だ。

そんな彼女に、剣を受け取るだけではなく戦場で使い潰すまで使うと告げたのだ。

ああ、なんと愛《いと》しき御方《おかた》よ。

リーゼロッテは恋に焦《こ》がれる少女のように頬《ほお》を染め、陰惨《いんさん》な笑《え》みを浮かべた。

次に口を開いたのは目元だけしか見えない黒衣の男。

「黒蟲族の君主、ウベルトです。闇に潜みし我らの力、深き王のお役に立てましょう」

「そうか。お前の闇に期待しよう」

リーゼロッテとは異なり、ウベルトは静かに頷いただけだ。

しかしその服の下が激しく蠢き、彼の心の激情が並々ならぬものであることは容易に読み取れた。

三人目は病的な肌色《はだいろ》をした痩躯《そうく》の男だ。

「屍狼族が君主、ダナで、ございます……わ、我らが呪族の父神に、忠誠を誓、います」

「そうか。一度目だな」

「い、一度目、ですか……？」

先の三人とは違う返答に、ダナは困惑した。

「屍狼族のダナ。吾輩に忠誠を誓うな？」

「も、もちろんで、ございます！」

勢《いきお》い込むダナを冷ややかに見つめ、二度目と呟《つぶや》くアルバート。

異様な雰囲気《ふんいき》に気づいた他の君主達の視線が集中し、ダナはより一層慌《あわ》てた。

「お、お待ち、ください。呪術王様、何か誤解がある、ようです。私は真実忠誠を……」

「もうよい」

言葉を手で制し、アルバートは息を吐《は》いた。

これ以上の問答は無用、罪は裁かれねばならない。

「お前達と会うにあたり、吾輩は一つの魔法《まほう》を行使した。虚言看破《ルーン・ファクト》……意味はわかるな？」

ざわり、とダナを除く三人から殺気が立ち上った。

アルバートへではない。

ダナに向けて、だ。

中級魔法、虚言看破《ルーン・ファクト》。

その魔法自体は全員が知っていた。

相手の嘘《うそ》を見抜《みぬ》くことができるそれは、権力を手にする者にとって良くも悪くも重要な意味を持つ代物《しろもの》だ。相手の嘘を見抜くこともできるが、逆に自身の嘘を暴《あば》かれることにも繋《つな》がる。

当然、対処法はある。

魔法自体を拒絶《きょぜつ》するものではなく、魔法の発動を察知するという対処と呼ぶには弱いものだが、それでも魔法の発動を察知すれば言葉を弄《ろう》し最悪を回避《かいひ》することは可能だ。

君主達の立場であれば全員が察知できる、そのはずだ。

だが、事実としてこの場にいた君主達の誰一人として察知していなかった。

それはつまり、アルバートが虚言を弄しているか、あるいは魔法の発動を察知させぬほどの高次元の何かを行っているかである。

君主達は目の前の王の底知れぬ呪力ゆえに、後者であると断じざるをえなかった。

「な、何かの、間違《まちが》いでございます……！」

「そうか。では皆《みな》に問おう。お前と、吾輩の魔法と、どちらが信ずるに値するか？」

三人の反応はそれぞれ違ったが、それでもそこに込められた意味は同じだ。

すなわち、ダナは信ずるに値せず。

膨《ふく》れ上がる殺意と裏腹に行動に移さないのは、一重に忠誠を誓った呪術王、アルバートが命令を下していないからだ。

一度命令されれば、弓から放たれた矢のように一瞬《いっしゅん》にして素っ首を叩《たた》き落とし、アルバートの前に供するだろう。

それがわかるからこそ、ダナは青い顔をさらに青く変じ、何とか命を保つ術を探そうとした。

そんなものはないとわかっていながらも、すがるように、祈《いの》るように、視線をあちらこちらに彷徨《さまよ》わせ、ついにアルバートの視線と交わった。

「知性ある生命であれば自由な思想を持つものだ。それゆえの失敗、叛乱《はんらん》、それもあるだろう。一時の感情の迷い、未熟ゆえの過《あやま》ち……失敗から学ぶことは重要だ。ゆえに、二度ならば許す。だがお前は三度嘘《たびうそ》をついたな。罰《ばつ》を与《あた》えるが……眷属としてのこれまでの働きに感謝を示さなければ適当とは言えんな」

「か、感謝、ですか……？」

もしかしたら。

万が一にも。

そんな意識が見て取れる媚《こ》びた顔に、コルネリアが眦《まなじり》を吊《つ》り上げた。

アルバートは片手で落ち着けと示し、ダナに右の掌《てのひら》を差し出した。

「お前に最後の奉公《ほうこう》の機会を与える。喜び、勤めを果たすがよい」

死屍蟲《ナジュレリア》の舞踊。

アルバートが口にした言葉はたったそれだけ。

その瞬間《しゅんかん》、ダナの足元から紐のように細い茶褐色《ちゃかっしょく》の蟲の群れが飛び出し、絡《から》みつくように体を拘束《こうそく》したかと思うと、皮膚《ひふ》を食い破って体内へと侵入を始めた。

「あぎゃ、いだぎゃぁぁぁぁっ、いだっ、がぎゃ、だずげ、だずげで、あがががぎ……っ⁉」

言葉にならない命乞《いのちご》いがダナの口からほとばしる。

しかし蟲にそんな懇願《こんがん》が通じるはずもなく、アルバートの指の動きに合わせて踊《おど》るように体外へと飛び出し、再び体内へと潜《もぐ》り込んでいく。

おぞましきは体中に穴が開き、体内に蟲が通る道が穿《うが》たれているというのに、血の一滴すらも出ないことだろう。

第三梯《てい》呪術、死屍蟲《ナジュレリア》の舞踊。

慈悲《じひ》なき蟲達《むしたち》の狂宴《きょうえん》に、誰《だれ》もが息を呑《の》んだ。

「呪術王様……これは……？」

顔を強張《こわば》らせて問うたコルネリアに、アルバートはよくぞ聞いてくれたと破顔した。

「これには吾輩に嘘をついてまで忠誠を誓わない理由を喋《しゃべ》ってもらわないといかんからな。拷問用の呪術だが、これはすごいぞ、痛みはあるが、死なないらしい。体中に穴が開くが、開いた端《はし》から蟲の体液が血止めをして殺さないようにする。食い破れば死ぬ場所は避《さ》け、痛みだけを与え続ける知性も持つ……こればかりは相手がいないと試せなくてな。一度使ってみたかったんだ。どうだ、蟲とはいえ賢《かしこ》いだろう？」

これほど状況《じょうきょう》に適した呪術はないだろう、面白《おもしろ》い呪術だろう、そう口にする子供のようなアルバートの異常な一面に、三人にはそれ以上言葉を発することはできなかった。

理解の範疇《はんちゅう》を超《こ》えた発言を、脳が理解を拒《こば》んでいたのだ。

ただ蟲を操《あやつ》る創造主の指先を凝視《ぎょうし》し続け、それが自分でなくてよかったと心の中で安堵の息を吐く。

それだけが彼らに許された唯一の行動だった。

第四章　恐怖の王

いったいどれほどの苦痛を感じているのか、ダナは面白いように囀《さえず》った。

聞かれたことどころか、聞かれずとも必死に、臆面《おくめん》もなく、涙《なみだ》と鼻水で顔を汚《よご》し、穴という穴から蟲を生やしながら。

拷問に耐《た》えられぬなど呪族《じゅぞく》としての誇りはないのか、平時のイグナーツであればそう公言して憚《はばか》らなかった。

それが彼の誇りであるし、麾下《きか》の第一軍にもそうあれと訓練をしている。呪族たるもの、人間に捕《と》らえられてどのような責め苦を与えられても耐えるだけの矜持が必要なのだ。

だがアルバートの行った拷問は、そんな彼の心を容易《たやす》くへし折る。

あれに耐える？

何を馬鹿なことを。

心の中に泡《あわ》のように湧《わ》いた自問をせせら笑うほどの恐怖ゆえに、彼は自らの想像の埒外《らちがい》が存在することを認めるしかなかったのである。

しかして、イグナーツは己を恥じてはいなかった。

むしろ、神を畏《おそ》れぬ者など滑稽極《こっけいきわ》まりなかろうと開き直ってすらいた。

あれほどに異常な呪術《じゅじゅつ》を行使しておいて、その身から放出される呪力に一切《いっさい》の目減りも感じられない。あれが呪術王《カース・ロード》であるかどうかはともかくとして、少なくともこの程度のことでは減りすら感じぬほどの呪力量を持っているということなのだ。

戦場で遠目に見た敵将すら幼子に見えるそれは、もはや神に等しいと断じさせた。

しかしそれでも、イグナーツは心の中に突き刺《さ》さる一本の棘《とげ》を無視することができなかった。

いや、むしろそれこそが、それだけが重要なのだ。

「……ふぅむ。これで終わりかな？」

ダナはすでに限界と見え、しばらく前から悲鳴とも、嗚咽《おえつ》とも、喘《あえ》ぎ声とも判別できない声を漏《も》らす、不快なオブジェと化している。

時折意味がある言葉を口にしたとしても、死を望む懇願のみだ。

その様子をじっくりと観察したアルバートは、それでも執拗《しつよう》に質問を繰《く》り返し、死を望む言葉しか返って来ないことを入念に確認《かくにん》してからようやく納得した。

あまりにも慎重《しんちょう》、あまりにも無慈悲《むじひ》だった。

しかしアルバートを擁護《ようご》するなら、その慎重さも理解できはする。

ここは異世界で、己の知らぬ時代、己とは違《ちが》う種族の只中《ただなか》にあるのだ。

情報は何よりも貴重で、精度の高い情報には万金の価値がある。

石橋を叩いて渡《わた》るという言葉があるが、この時のアルバートは石橋を砕くまで叩いてでも必要を為《な》すつもりであったのだ。

だがそうとは知らぬ者が見れば、それはまさしく蛮行《ばんこう》に他ならない。

四人は流れ出る冷《ひ》や汗《あせ》を拭《ぬぐ》うこともできず、ただひたすらにアルバートの言葉を待った。

「さて、得るべき情報は以上のようだ。といっても、大したことは知らなかったな。敵の将が聖人級であるということ、名前がラーベルクであること、十万規模の軍勢であること、それくらいか。最後の奉公にしては些《いささ》かお粗末《そまつ》と言うべきかな？」

ダナを拷問することでわかったことはそれほど多くはないが、最も重大な事実として彼が呪族を裏切っていたことが挙げられる。

屍狼族《しろうぞく》が裏切っていたわけではない。己の命を安堵しラーベルクの腹心として迎えることを条件に、ダナはすべての呪族を裏切っていたのだ。

敵側に漏れた情報は多岐《たき》にわたる。

各種族の特性、数、行動パターン、地形や防衛設備の敷設状況《ふせつじようきよう》。

それに比べてダナが持っていたラーベルクの情報はひどく少なく、二人の間に交《か》わされていた契約《けいやく》は立場に大きな差があるものと考えられた。

「裏切りに気づかないとは……まことに申し訳なく、言い訳のしようもありません」

コルネリアは苦虫を万匹も噛み潰《つぶ》すように震えた声を漏らしたが、それは他の三人も同じ心境だったろう。

まさか人間が呪族を篭絡《ろうらく》しようとし、それに応える者がいるなどとは露とも考えていなかったのだ。

アルバートは現状を正しく認識《にんしき》するために確認の言葉を発しただけだが、一同は羞恥《しゅうち》のあまりその言葉を弾劾《だんがい》と捉《とら》えていた。

アルバートはやれやれ、と息を吐く。

「何を謝罪することがあるものか。お前達《たち》は仲間を信ずるという成功を繰り返して来たのだ。それは誇るべきことだろう」

「そ、それは詭弁《きべん》ですわ。お言葉ですが、我々は……！」

耐えられず顔を跳《は》ね上げたリーゼロッテは、しかし冷たい視線に射《い》竦《すく》められて口をつぐんだ。

「吾輩が詭弁を弄すると？」

たった一言で全ての反論は封殺《ふうさつ》された。

残るのは、ただ畏敬《いけい》のみ。

失敗をむしろ誇れと、すべてを理解しつつ赦免《しゃめん》する王への忠誠は、イグナーツを除き極限に至っていた。

「ご容赦《ようしゃ》ください、呪術王様」

「ふむ。何かあったかな。吾輩には特に容赦するようなことがあったとは思えんが」

リーゼロッテはその言葉に目を細めて深く一礼し、落ちた髪を耳にかけた。

そうすると鋭い眼差《まなざ》しがより一層はっきりと強調される。美しいというよりも凛々《りり》しい顔立ちと合わせ、大抵《たいてい》の男であればそれに心酔《しんすい》するような魅力《みりょく》に溢《あふ》れていた。

しかしリーゼロッテの真の魅力はそこではない。

全身からにじみ出る武の気配。

己の信念に従って前進する気骨、その無骨なまでの雄々《おお》しき精神性にある。

アルバートはその気配を確かにリーゼロッテの瞳から見て取った。

そしてそれは他の面々からも同様だ。

力は足りぬ、なれど他に換えようもなく得難《がた》き代物である。

コルネリアに限らず、優《すぐ》れた人材を手に入れたことは僥倖《ぎょうこう》であった。

あとは最後の一人と青白い肌の巨人《きょじん》を眺《なが》め、ふむ、と顎《あご》をしゃくる。

これもまたリーゼロッテと同じ武人なのだろう、全身から漲る武の気配は彼女《かのじょ》と同等か、それ以上だ。

しかし、彼女と唯一《ゆいいつ》違《ちが》う点がある。

アルバートの言葉や動きに対して見せる反応、それが絶対的な忠誠を誓うリーゼロッテとは異なるのだ。

膝を突《つ》き、頭を垂れ、従順に振《ふ》る舞《ま》ってはいる。

しかし、拭いようのない違和感がへばりついていた。

「余計な邪魔《じゃま》があったせいで途中《とちゅう》までだったな。残るはお前一人だが、さて……念のため言っておくが、虚言看破《ルーン・ファクト》はいまも発動したままだ。本心で語ることを奨励《しょうれい》するが……どうかね？」

その言葉に、イグナーツは心胆《しんたん》寒からしめられた。

他の者とは違う、虚偽《きょぎ》は止めておけとの忠言。

その言葉の裏に秘《ひ》められた意味を悟れぬほど愚かであるはずもなし。

目の前の男を完全に信ずることができぬ、その心を見透《みす》かされたことを悟れば、イグナーツも覚悟を決めるしかなかった。

「いかにも、その通りだ」

ゆっくりと立ち上がり、強大な呪力を放つ異形と相まみえる。

「忠誠は誓えん」

「しかし……とでも続きそうな顔をしているが？」

「貴方《あなた》は神の眼でも持っているのか」

恐怖《きょうふ》にひくつく頬を気合で抑《おさ》え込《こ》み、イグナーツはその通りと頷いた。

「貴方が強大な呪力を持ち、呪術を操ることは理解した。だが、それがすなわち強者であるとは限らん。俺《おれ》には大切な部下があり、一族がある。守れぬ者に忠誠を誓うわけにはいかん」

「ふむ？　それにしては、お前よりコルネリアのほうが戦いに向いていないようだが」

「あれに忠誠を誓ってなどいない。戦い以外では役に立つから任せていただけだ。事実、俺とリーゼロッテが城に戻《もど》って来たのは呼び戻されたからではない。まともに指揮を執れぬその女から、統率《とうそつ》権を奪う心づもりだったのだ」

そうなのか、と目で問えば、リーゼロッテは躊躇《ちゅうちょ》なく頷いて返した。

彼女にとってそれは当然の権利とでも言いたげで、コルネリアも苦笑《くしょう》するにとどめ文句を言う様子はない。

なるほど、それが呪族という種族の在り方かと納得する。

「つまり、お前達を守るだけの力を示せということでよいか？」

「ああ。俺と戦い、力でもって忠誠を誓わせてみせろ」

あまりにも傲慢《ごうまん》、しかしだからこそ拒否《きょひ》をすることなどできようはずもなかった。

ウベルトも、リーゼロッテも、そして狂信的《きょうしんてき》な忠誠を見せるコルネリアですら、イグナーツの言葉に理を認めた顔で様子を窺《うかが》っている。これで拒否をすれば、彼《かれ》らの忠誠を失うことはないにしろ、いらぬ亀裂《きれつ》が入ることは間違いない。

「よかろう。では、力を見せようか」

その言葉に、イグナーツはごくりと喉を鳴らした。

力無き者とは到底《とうてい》思えぬ即断《そくだん》に、己がとてつもない失敗をしたような気すらしてくる。

しかしそれでも、退くわけにはいかない。正しく見極《みきわ》めねばならぬと勢い込む。

「いい度胸だ。では、距離《きょり》を取ってから開始だ。好きな距離で合図を――」

「よい、面倒《めんどう》だ。この場で始めよう」

「……本気で言っているのか？」

先ほどの呪術といい、身のこなしといい、男が戦士ではなく魔《ま》導士であることは明白だ。

魔導士の戦闘《せんとう》といえば距離を取っての魔法戦に他ならず、近間によればいかな強者であれど敗北は免《まぬが》れない。

だからこそ男が本領を発揮できるだけの距離を取ると伝えたというのに、このままで良いと言うではないか。

王座とイグナーツが立つ距離など、ものの数十歩。

イグナーツにしてみれば歯牙《しが》の距離も同然で、間を詰《つ》めるに一呼吸も必要としない。

いわんや、呪文《じゅもん》を唱える暇《ひま》など与えるはずがないのだ。

しかし目の前の男は何を当たり前のことを問い返すのかと言わんばかりで、王座から立ち上がりさえしなかった。

その傲慢よ、後悔《こうかい》させるべし。

生涯《しょうがい》においてこれほどに愚弄《ぐろう》された経験などなく、瞬時《しゅんじ》に沸騰《ふっとう》した激情に突き動かされ、彼我《ひが》の距離を一歩で踏《ふ》み越《こ》える。

「待てはなしだぞ、王よ」

握《にぎ》りしめた拳《こぶし》は大槌《おおつち》のごとく、振り抜かれたそれは大地をへし割る威力《いりょく》を秘める。

捉えた、そう思った。

間違いなくイグナーツの拳はアルバートの顔面を捉え、頭蓋《ずがい》を粉砕《ふんさい》し――そこまで想像したところで、現実との乖離《かいり》に気づく。

巨大《きょだい》な大槌のごとき拳がアルバートの眼前で動きを止め、空間に亀裂を走らせていた。

「な、なんだこれは……!?」

「ただの障壁《しょうへき》だ。驚くには値しない」

飄々《ひょうひょう》と答えるアルバートだが、その実、内心では舌を巻いていた。

アルバートは攻撃《こうげき》と防御《ぼうぎょ》の役割を備える障壁を七枚、常時展開しているが、その全てが強固な防御力を持っている。英雄級のイグナーツには一枚たりと破壊《はかい》できぬと踏んでいただけに、たった一枚といえどひびを入れられたことに驚愕《きょうがく》していたのだ。

されど、ここは余裕を見せるべきところである。

「ひび一つ、それがお前の実力というわけだ。さて、覚悟は良いか？」

危機を察知して咄嗟《とっさ》に飛びすさろうとする反射神経も、足に絡みつく呪怨縛鎖《アグニエール》の呪縛の前には意味をなさない。

気づいた時にはアルバートの筋張った手がイグナーツの額に触《ふ》れていた。

「傀儡の獄牢《カーマ・ルスタ》に至る者よ」

赤い光が手の平から放たれると、それは意志を持つ触手《しょくしゅ》のようにずるりとイグナーツの額の中に入り込んだ。

側で見るコルネリア達は、なぜイグナーツが抵抗《ていこう》をしないか不思議で仕方ないだろう。

それほどにイグナーツは後ろに下がろうとする不自然な姿勢のまま動きを止めていた。

だが、すぐに動かないのではないと気づく。

あれは動けないのだ。

その証拠《しょうこ》に、イグナーツの瞳《ひとみ》は恐怖の色に染まり、眼前のアルバートを凝視しながらおぞましいほどの汗を滴《したた》らせているのだ。

動けるならば危機を察知した草食動物のように飛び跳ね、すぐにでも距離を取るに違いない。それは常の彼の姿からは到底想像できないものだった。

「己が身が自由に動かぬ……これほどに恐ろしいことはあるまい。とはいえ、まだこれからなのだがな」

アルバートがゆっくりと手の平を動かすと、それに合わせてイグナーツも動く。

掌にぴったりと吸い付くように——いや、そうではなく、イグナーツの体から彼とまったく同じ形をした赤く光る透明《とうめい》の何かが抜け出てくるのだ。

それは、魂根《ルギ》だ。

あるいは魂と言い換えてもよい。

第二梯呪術、傀儡の獄牢《カーマ・ルスタ》に至る者よ。

本来であれば魂根《ルギ》を別の器に移《うつ》し替《か》え、一定時間行動することができるという呪術である。いわば移身の術とでも言えばよいか。攻撃手段などはなく、器が破壊されれば魂根《ルギ》は元の体へと戻るだけだ。

発動には相手に直接触れる必要があり、せっかく魂根《ルギ》を移し替えても本人が戻りたいと念じれば一瞬で元に戻る。移し替えた後で無防備な本体に一撃《いちげき》できるのであればまだしも、移し替えと同時に元に戻れるのでは意味がない。

だが、知らぬということは恐怖である。

動けぬ状態を脱《だっ》したいと願うは生物の性であれば、移し身に移動させられた後なら何もせずとも勝手に元に戻る。しかし移動が終わるまでの間はどうか。移動は制限され、身動き一つ取れないのだ。

果たしていま己がどうなっているのか、理解できぬままに上半身まで引きずり出されたところで、イグナーツは己の死を確信した。

このままでは、死ぬ。

戦場において自由を奪われるというのは死と同義である。

それがゆえの直感だった。

まずい、そう思った。

死ぬことはイグナーツの本意ではないのだ。目的はあくまでも呪術王と名乗る男の力を知ることだ。拒絶して逆らうのが目的であればこのまま誇《ほこ》りとともに死に没《ぼっ》するのもよいが、そうでないのであればここが引き際だった。

「負けを認める、そんな顔をしているが……さて、どうかね？」

アルバートが手を離《はな》せば、それだけで赤い光は体に逆再生のように吸《す》い込まれ、体の自由を回復したイグナーツは勢いのままにその場に尻《しり》をついた。

情けない姿だが、気持ちはよかった。

これほどに徹底的《てっていてき》に負けたことなど、生まれてからこれまで味わったことがない。

涙こそ流さぬにしろ悔《くや》しくて悪態の一つもつきたくなるものと思っていたが、ゆったりと見下ろし言葉を待つ絶対者の顔を見上げるのは存外に清々《すがすが》しい。

「呪術王様、足の枷《かせ》を外して頂けますか」

「かまわんよ」

拘束が解かれたイグナーツは、すぐに膝をつき、頭を垂れた。

さきほどまでの形だけのそれではない、心の底からの姿勢である。

「我《わ》が一族、そして呪族を守るに足る力をお持ちであると理解致《いた》しました。これまでの無礼にご容赦を。強き王に忠誠を捧げる許可を頂きたく」

「謝罪を受け入れよう。しかし」

そこで言葉を区切られ、イグナーツは一瞬息を呑んだ。

許可を与えぬ、というほど狭量《きょうりょう》には思えないが、妙《みょう》なところで区切るもので、試《ため》すような粘《ねば》りつく視線まで感じるのである。

何事かと思っていると、アルバートが漏らしたと思《おぼ》しき溜息《ためいき》が聞こえた。

「その程度でよいのか」

「ど、どのような意味でしょうか」

「……よい、吾輩《わがはい》が少しばかり期待しすぎただけだ」

意味がわからず、しかし己《おのれ》の誇りが傷ついたことだけは否定しようがない。

怒《いか》りではなく、羞恥ゆえに顔を上げ、問いを重ねる。

アルバートは再び溜息をついた。

「お前を下す力を見せる、それで一族と呪族を守るだけの力があると判断したのだろう。つまり、その程度の力を見せるだけでいいのか、と残念に思っただけだ。いや、かまわんのだよ。お前という物差しで見た結果ということなのだろうからな。だが、お前と同等の力を持ったところで現状を打破できぬ。だというのに、その程度の力を見せるだけで納得《なっとく》するのかと思ってな」

言葉は抉《えぐ》るほどに鋭《するど》く、しかし正論ではあった。

イグナーツはぐぬぅと息を詰める。

「それでも、俺には俺自身しか有用な物差しがないのです」

「そうか？　あるではないか、特大の物差しが」

何のことだ、と目で問うイグナーツに、アルバートは本当に理解できていないのかと不思議がる。

一族、そして呪族を守るだけの力を持つか知りたいのだろう。

ならば何から守るのかを考えればいいのだ、適切な物差しなど一つしかあるまい。

「来ているのだろう、軍勢が」

「……あれを、物差しと呼ぶと？」

「いまこの時にあって、あれ以上の物差しはあるまい？」

到底理解できぬほどの規模の物差しがあったものだが、しかし確かにこれ以上適切なものはあるまい。

納得の色を見せるイグナーツに、アルバートは満足げに頷《うなず》いて立ち上がった。

「然《しか》るに、王とは民を守るもの。呪族を滅亡《めつぼう》の危機に陥《おとしい》れている蛮族達《ばんぞくたち》を殺しつくし、吾輩という存在を測る物差しとすればよい。異論はあるか」

「異論はない、ないが……一つだけ質問をさせてほしい。まさか、お一人であれを相手にすると？」

　まさかとは思いつつの質問に、答えはあっさりと返された。

「吾輩の手で、と言ったが。意味が伝わらなかったかね？」

「本当にお一人で……？」

「その通りだ。ああ、とはいえ吾輩は一人しかおらぬのでな。廃都《はいと》の裏手門に回る敵がいれば、そちらはお前達に任せよう。それぐらいならばできるだろう？」

　明らかな挑発《ちょうはつ》だったが、イグナーツはぎりりと歯を噛み締めて耐え、最も重要な質問をした。

「正面門には軍勢のほとんどが集結するはず。あなたは一人でそれを相手取ると仰《おっしゃ》られるのか？」

「然《しか》り」

　気負いも偽《いつわ》りもなくただ頷かれればイグナーツも納得せざるを得ない。

　恐《おそ》ろしいことながら、目の前の男は本当にそれができると考えているのだ。

「とはいえ、まだすぐにやって来るというわけでもなかろう。敵軍が現れたら知らせよ」

　そう告げると、アルバートはコルネリアを伴《ともな》って居住区へと消えた。

　後には畏怖《いふ》と歓喜《かんき》に震《ふる》える二人の君主と、呪族を守るために忠誠を誓《ちか》った己の判断に誤りがなかったか、いまなお微《かす》かな不安を覚えるイグナーツが残された。

◇◆

アルバートと君主達の邂逅《かいこう》から一日。

ついに廃都を望む位置までヒルデリク軍が到達《とうたつ》していた。

廃都は北と南に道が刻まれたお椀《わん》状の岩山、その中心のくぼみに築かれた都市だ。

岩山に刻まれた道は城壁《じょうへき》で塞《ふさ》がれ、それぞれ正面門と裏手門が設置されている。

岩山は峻厳極《しゅんげんきわ》まりなく、人の足で踏破《とうは》することは難しい。

つまるところ廃都に至るには二つの門を突破《とっぱ》するしかなく、斥候《せっこう》の報告でそれを確認したラーベルクはあくびを噛《か》み殺しながら副官に命じた。

「俺が正面から蹂躙《じゅうりん》する。逃《に》げた先をお前が塞ぎ、全員殺せ」

「了解《りょうかい》しました。では、五千ほど連れて裏へ回ります」

頷けば、副官はラーベルクの命を即座《そくざ》に履行《りこう》せんと駆《か》け足で陣幕《じんまく》を離れる。

即断即決《そくだんそっけつ》、命じられれば何をおいても忠実たれ。

それこそがラーベルクが求める資質であることを知り尽《つ》くした動きだ。

「来たか」

合図となる炎《ほのお》の塊《かたまり》が空高く撃《う》ち上げられたのは、それから半日後のことだった。

「全軍、進軍開始。一匹たりとも見逃《みのが》すな！」

「応っ！」

副官とともに動く五千の兵はいなくなったが、それでもなお十万を僅《わず》かに下回る程度の大軍勢。それがラーベルクの号令一下、生き物のように動き出す。

「鬨《とき》の声を上げ、心を殺せ！　復唱せよ、呪族を殺せ！」

「応っ！　呪族を殺せ！」

「呪族を殺せ！」

「呪族を殺せ！」

「呪族を――」

狂《くる》おしいほどの殺意を秘めた獣《けもの》の群れは、刻一刻と廃都へと迫《せま》る。

その時、廃都ではもう一人の巨獣《きょじゅう》が低い嗤《わら》いを発していた。

◇
◆

「ようやく来たか」

かかっ、と低く嗤い、アルバートは王座から立ち上がった。

リーゼロッテ、イグナーツはすでに裏手門の防備に回っている。

残ったウベルトとコルネリアの期待に満ちた目に応えるように、アルバートは言った。

「お前達が従う王の力を見せる。目に焼き付けよ」

「御意《ぎょい》のままに」

謁見《えっけん》の間を後にし、訪《おとず》れたのは転移鏡の間だ。

居城たるメギナ・ディートリンデには幾重《いくえ》にも魔導的結界が張り巡《めぐ》らされ、この転移鏡を使ってしか出入りは不可能になっている。不便極《きわ》まりないが、敵の進入路の限定という意味では効率が良く、またこの門を自由に通る許可を得ることは呪族のステータスにもなっていた。

「どこへ転移いたしますか？」

「敵軍が見える場所だ」

アルバートの明快な指示に、ウベルトが手早く鏡を操作する。

鏡に認証紋《にんしょうもん》を読み取らせて起動すれば、鏡の表面が波打ち、反射すべき鏡面に転移先の景色が映し出された。

転移鏡は対となる鏡が存在し、それらは廃都の各所に設置されている。今回選ばれたのはその中の一つ、廃都の中央にそびえる結界の塔《とう》だ。天を穿《うが》つほどの巨大な塔の頂上、バルコニーへとつながる転移鏡を出ると、高さゆえに激しい風が吹《ふ》き荒《あ》れていた。

眼下を見下ろせば、遥《はる》か下方に廃都と迫り来る軍勢があった。

「思ったよりも多い……裏手門に五千ほどの移動を確認しましたが、それでもほとんどが正面門に向けられているようだ」

「十万となると、やはり圧迫感《あつぱく》がありますね」

ウベルトとコルネリアの感想を聞きながら、アルバートは小さく高鳴る胸の鼓動《こどう》を抑える。

己の力がどこまで通ずるのか。

世界に平和を強要するためには、まずそれを知ることが重要だった。

◇◆

太陽は天頂にあった。

整然と歩を進めるヒルデリク王国軍は、ものの十数分で城門に到達するだろう。

ふと横を見れば、緊張《きんちょう》に身を硬くするコルネリアの姿があった。

ウベルトはさすがと言うべきか、ゆったりと構えている。それに比べれば、いかにも脆《もろ》い。これでは戦闘が始まる前に心臓を止めてしまいかねんと心配になるほどだ。

部下の緊張を解きほぐすのも上司の役割か。

どうせ時間はあるのだと、水を向ける。

「コルネリア、質問がある」

「はっ、なんでしょうか」

アルバートは眼下の軍勢を睥睨《へいげい》しながら問うた。

「呪術についてどれほど知っている？」

「そうですね。偉大《いだい》なる呪術王様《カース・ロード》が開発した秘術にして、栄光ある力……呪術王様が姿をお隠《かく》しになられてから行使できる者がいない、魔法《まほう》とは異なる力と理解しております」

コルネリアの答えは、アルバートの予想と概《おおむ》ね一致《いっち》していた。

アルバートが冒険者《ぼうけんしゃ》として生きていた時代も同じ見解だったのだ。呪術王が行使したとされる呪術は存在こそ確実とされていたものの、再現不可能な技術であり魔法とは別体系の技術とされていたのだ。それこそ、呪術王のスキルだったという説を掲《かか》げる学者までいたのである。

だが、アルバートはそれを否定する。

「呪術は魔法とは異なる。その認識は間違《まちが》っているぞ」

「はっ、といいますと……」

教えを乞《こ》う生徒が二人、ならば教師役が一人必要だ。

呪術王の書庫でため込んだ知識を披露《ひろう》するのはアルバートにしても望む所で、むしろ嬉々《きき》として臨《のぞ》んだ。

「呪術は魔法の一体系に過ぎない。特殊《とくしゅ》すぎる性質がゆえに、行使できる者が限られるということ……あとは、目撃《もくげき》した者のほとんどが理解できぬがゆえだ」

「な、なるほど……理解できぬほど高度な魔法ということですか……」

アルバートはちらりとコルネリアを一瞥《いちべつ》し、両手を軽く広げた。

「魔法の授業だ、生徒諸君。一度しか説明せぬから居眠《いねむ》りをせぬよう心せよ」

「はっ」

アルバートが短い詠唱《えいしょう》を連続して唱えると、現れたのは六つの光の球。

恐ろしいほどの高次元な魔力《まりょく》が込められたその光の球は、各々《おのおの》六色の光を放ちながらアルバートの周囲をゆっくりと回遊する。

「魔法には六つの属性がある。火、水、風、土、闇《やみ》、光だ。それらを組み合わせることで別の属性とすることも可能となる。例えば、水と風で氷というように。しかし、決して混ざり合うことのない属性もある。さて、生徒ウベルト。その属性が何かわかるかね」

「はっ、闇と光かと……」

「その通り！　闇と光は相反する属性で、二つは決して交わらぬ。だがね、あるところに闇と光以外のすべての属性を合一させた男がいる。その男は、新たに生まれたその属性を〈死〉と呼んだ。男は狂喜《きょうき》し、人生をかけて研究に没頭《ぼっとう》したよ。その過程で、決して混じり合わぬとされた闇と光が、〈死〉を介在《かいざい》することで生まれながらの親友のように手を取り合うことを発見したのだ」

アルバートの両の掌《てのひら》に月白色《げっぱくしょく》と至極色《しごくしょく》の光球が飛来する。

すると、周囲を旋回《せんかい》していた六つの光球が混じり合い、灰色の光の球を作り上げる。

闇、光、そして死。

三つの珠は混じり合い、生き物のように内部から蠢《うごめ》きながらその色味を変化させた。

黒、と表現するのははばかられた。

それは色がないと表現すべきだ。周囲のあらゆる光、色を吸収した結果、そこに黒だけが残った。黒よりもなお暗き濃密《のうみつ》な闇を思わせる漆黒《しっこく》だ。

「これらを混ぜ合わせることで、呪術の基となる〝呪〟が完成する。呪術とは、全ての属性を一定の順番で混ぜ合わせることで生まれる複合魔法だ。男はいまだかつて誰《だれ》も発見したことのない、魔導の極みに至ったわけだ」

「それは……確かに、発見できないでしょうね」

ウベルトの言葉に、コルネリアも同意を返した。

魔法の複合と簡単に言うが、容易い技術などではありはしないのだ。二つの属性の複合であればまだわかる、一流の魔導士であればなんとか達成するだろう。

だが、それ以上となれば話は変わる。

三つの合成などそれこそ聖人級の世界の話だ。

それを、四つ！

平然と言ってのけたその難易度たるや！

さらに生まれた新たな属性に、闇と光という暴れ馬を合成してのける！

計七つの属性の複合という偉業《いぎょう》。

誠に恐ろしきは、それを達成してなお魔法の一体系に過ぎないと言ってのける男の異常さだろう。

「一体、どれほどのお力をお持ちであるのか……」

「呪術王様……」

感嘆《かんたん》の声をあげる二人の反応も致し方《かた》ないが、アルバートは説明した技術にさほどの特別さを感じていなかった。

なにせ、時間さえかければ魔導のスキルがない自分でも習得できたのだ。

難しいのは属性の合一ではなく、新たに生まれた呪の属性を操作するために必要な燃料の確保である。呪は魔力では維持《いじ》できない。呪を維持することができるのは、呪力《じゅりょく》だけなのだ。つまり、自由に呪力を操《あやつ》れるようになって初めて呪術は完成を見るのである。

とはいえ真に魔法の才に恵《めぐ》まれた者であれば、習得できていてもおかしくはない。

むしろ、それ以上の力を発見している可能性もある。

それこそ王級と呼ばれる存在の中でも、かつての呪術王のように魔導に特化したものであれば。

可能性を否定する根拠《こんきょ》は示せぬ。

アルバートが習得した技術は遥か昔に存在した呪術王の到達点《とうたつてん》、言ってみれば古臭《ふるくさ》い時代遅《おく》れの遺物だ。

今に通じるか、否《いな》か？

真っ向から打ち破れぬまでも、搦《から》め手《て》で阻害《そがい》されればどうか？

その見極めは非常に重要で、失敗すれば虚《きょ》を突かれて世界平和を成しえないかもしれない。

懸念《けねん》は尽きず、アルバートの思考は慎重にも慎重を重ねることを求めていた。

何より彼は呪術王の呪術を理解することに努め、深淵《しんえん》を知るべしとあの書庫で一人研鑽《けんさん》を積んではいるが、生粋《きっすい》の魔導士として戦場で戦った経験はない。

冒険者として培《つちか》った技術は接近しての戦闘技術のみ。

それも素人《しろうと》に毛が生えた程度の補助要員だったのだ。

魔法を覚えた、呪術を覚えた、では戦いに生かす術は？

問われて、自信があるわけではない。

だからこそ、試金石が必要だった。

賭《か》けるべき時は、大きく賭けなければならない。

それも、できる限り勝利の目が大きい時を狙《ねら》ってだ。

そのためにちょうど良さそうな存在が近くに来てくれているのだ、利用しない手はないと、彼は自身でも気づかぬうちに笑《え》みを浮《う》かべていた。

「窃視する邪悪な瞳《イーデル・ジグ》」

第一梯《てい》呪術、窃視する邪悪な瞳《イーデル・ジグ》。

呪術としては最も低位のそれは、驚《おどろ》くべきことにこの世に仮初《かりそめ》の生命を生み出す。

ヘドロのように地面から滲《にじ》み出た紫色《むらさきいろ》の液体がふわりと宙に浮かび、拳大《こぶしだい》の眼球を作り出したのである。蝙蝠《こうもり》の羽と先の尖《とが》った爬虫類《はちゅうるい》のような尻尾《しっぽ》を持つそれは、歪《いびつ》ではあれ、確かな意思をもってアルバートの望むままに空を切り、瞬《また》く間《ま》に敵陣《てきじん》の最奥《さいおう》へと至った。

「欺き動く鏡《ログナ》」

同じく第一梯呪術、欺き動く鏡《ログナ》。

しかし二つ目の呪文の行使は難易度を第二梯と同等に跳ね上げる。

それでもアルバートはわずかも術式を乱すことはなく、空中に巨大な鏡を生み出した。

それは同時に、裏手門で五千の軍勢と睨《にら》み合うイグナーツ達の元へも作り出されている。

「見えたな」

「あ、あれは……?」

鏡に映し出されたのは多くの鎧姿《よろい》の人間と、その中心で厳《いか》めしく仁王《におう》立ちする巨漢《きょかん》。

先ほどの異形の瞳が見た光景が映し出されている、そう察するのに時間はかからなかった。

◇◆

目の前に突如《とつじょ》として現れた歪な鏡に、リーゼロッテとイグナーツは思わず身構え、それが敵の攻撃ではないと気づいて息を吐《は》いた。

「これが呪術王様が仰っていたてれびというものか？　戦闘の様子がこれで見られると仰っていたが……」

「少しばかり気持ち悪いですわね。とはいえ、あちらも積極的に戦う様子はないようですし、しばらくは呪術王様の雄姿《ゆうし》を拝見させて頂きましょう」

イグナーツ達が守る裏手門側には、ラーベルク陸軍大将の副官が率いる五千の軍勢があった。

しかし、彼らはあくまでもラーベルクによって押《お》し出された残り滓《かす》を刈《か》り取るために存在する。決して自分達から攻める《せ》ためではなく、蓋《ふた》をしているに過ぎない。

だからこその余裕《よゆう》でもって、二人は鏡に映し出される光景に目を釘付《くぎづ》けにしていた。

◇◆

眼前に映し出された遠隔《えんかく》視の鏡を、コルネリアとウベルトは食い入るように見つめる。

アルバートから目を離したのはわずか一瞬《いっしゅん》、だからこそ驚愕した。

なぜ、いま目の前にいたはずの我らが王が鏡の中にいらっしゃるのかと。

「呪術王様……?」

驚きに喘《あえ》ぎ、それでも現実を受け止めきれず、コルネリアは主人の姿を探して辺りを見回した。

そんな彼女の耳に、錆《さ》びた割れ鐘《がね》を擦《こす》るような奇怪《きかい》な音が届く。

耳に触《さわ》る不快な音の元を探せば、アルバートが魔法で作り出した遠隔視の鏡、その優美な枠《わく》に刻まれた数多《あまた》の口が、奇奇怪怪《ききかいかい》と言葉を紡《つむ》いでいた。

それは鏡の中の王と、鎧の男達《たち》の会話だ。

数多の口が、それぞれに、途切《とぎ》れ途切れに、叫《さけ》びながら、不快な音で会話を紡ぐ異様な光景が繰《く》り広げられていた。

「ご機嫌《きげん》よう!」「君が!」「ラーベルク君かね!?」「誰だお前は!」「名を!」「名乗れ!!」

常ならば耳を塞ぎたくなるような不協和音だが、彼らは息をするのも忘れてそれに耳をそばだてていた。

◇
◆

ラーベルクの前に現れたアルバートは、転移呪術の成功に気を良くしていた。

転移呪術は存外扱《あつか》いが難しく、使える場面も限られる魔法だ。

目視の範囲《はんい》か補助の魔導陣《じん》がある場所へしか転移できない上に、人数が増えたり距離が遠くなればそれだけ必要な呪力が増加する。発動までの時間も数秒を要し、およそ敵の前で使う気が起きない、完全なる移動用だ。

それでも城からラーベルクの本陣《ほんじん》へ移動するという状況《じょうきょう》であれば、問題なく使用できた。

「ご機嫌よう、君がラーベルク君かね？」

ラーベルクは突如現れたアルバートに呆気《あっけ》に取られ、しかしさすがの反応で我に返るや剣《けん》に手をかけ、部下に視線で指示を送りながら誰何《すいか》の声を上げた。

「誰だお前は！　名を名乗れ！」

練度の高さや良し。

誰何の声すら敵の注意を引く目的があるのだろう。ラーベルクの視線に反応し、周囲の騎士達《きしたち》もまた即座に戦闘態勢に入っている。

素早《すばや》くアルバートを包囲する手際など、過去に冒険者だった時代にもついぞ見たことがない練度だ。さすがは一国の騎士団《きしだん》、精鋭《せいえい》とは何と素晴《すば》らしいものかと手を叩《たた》く。

その行動は単に良いものを見たと感動を表明したに過ぎないが、ラーベルク達は小馬鹿にされていると捉《とら》え、ぎりりと歯を鳴らした。

「さて、吾輩が何者かという話だが……ふむ、君に名乗る意味をあまり感じないな」

「どういうことだ？」

落ち着き払《はら》ったアルバートとは逆に、ラーベルクの心胆《しんたん》は凍《こご》えていた。

焦《あせ》りと困惑《こんわく》が脳内を巡っている。

ラーベルクの目にはアルバートはとても強者には見えない。

なにせ、明らかに戦闘に慣れた者の動きではない。動きの端々《はしばし》に戦士の嗜《たしな》みは見えるものの、どうあがいても人間の領域を出てはいない。人を超越《ちょうえつ》した聖人級のラーベルクの水準から見れば、両手両足を押さえつけた赤子を前に「さあどうぞおやりなさい」と言われているようなものだ。

見れば素人目《しろうとめ》にはわからぬほどの魔導障壁を展開している。

魔法は門外漢ではあるが、それでも数多の戦場を渡《わた》り歩いたラーベルクの目は、そこに確かに壁《かべ》があることを見て取っていた。

だが、それがどうしたというのか。

魔導障壁など全霊《ぜんれい》の魔力を纏《まと》わせれば紙切れも同然である。

己がその気になれば、横たわる距離などわずか二歩、瞬《まばた》きすら許さず生意気な口を胴体《どうたい》から切り離す自信があった。

だというのに、目の前の男にはそれが通用しないと感じるのだ。

アルバートはふむ、と頷いて両手を大きく広げた。

どうせなら派手に行こうじゃないか、そう言いたげだ。

「君達は死ぬんだ。誰一人《だれひとり》として逃がすつもりはない。老いも、若きも、男も、女も、馬の一頭すら許さんとも。吾輩の領地に踏み込《こ》んだことを悔《く》いる暇さえなく無情に死に絶える……さて、死が確定した君達に名乗る意味があるかね？」

「ふ、ふざけるなぁぁぁぁっ!!」

あまりの妄言《もうげん》に、怒りが精神を解き放った。

委縮していた体が閃光一過《せんこう》、アルバートの眼前まで跳躍《ちょうやく》している。

ラーベルクはかつての王達を除けば人類の最高峰《さいこうほう》である聖人級である。

その肉体から繰り出された剣を目視できる者などいるはずがなく、幾多《いくた》の戦場で猛者達《もさたち》を屠《ほふ》った紫光《しこう》の剣は愚《おろ》かな男の素っ首を叩き落とすはずだった。

「…………なぜだ？」

剣を振り抜《ぬ》いた姿勢で、ラーベルクは呆然《ぼうぜん》と呟《つぶや》く。

目の前にいたはずのアルバートは消えていた。

「さて、そろそろお別れの時間といこう」

ずるり、と闇を纏うようにラーベルクの肩越《かたご》しにアルバートが囁《ささや》いた。

「く、くそっ！」

振り抜かれた剣は空を切る。

二度、三度、四度、その都度、アルバートはラーベルクの視界から消え失《う》せた。

「何だ、お前は……いったい何なのだ……！」

「世界の敵だよ、ラーベルク君」

恐ろしくも冷たい一言に身を硬くするラーベルクに、ゆっくりと人差し指を立てる。

「一つ授業だ。君には世話になるから、そのお礼だと思ってくれたまえ」

「じゅ、授業だと？　世話？」

困惑するラーベルクを置き去りに、アルバートは朗々と語る。

「遥かな神代《かみよ》の話だ。この地には一人の魔《ま》導士がいた。彼《かれ》は呪術を開発し、己を呪術師と称《しょう》した。そんな類まれな魔法の才を持つ彼は、世界と敵対したことで数多くの王達と戦うことになった。だが、彼は多くの王を相手に負けず、退かず、むしろ押し返しすらした。それはなぜか。この場所で彼に勝てる者がいなかったからだ」

アルバートの体の前に黒い球が浮かんだ。

「この場所には彼が人生を賭《と》して築いた物がある。それは彼自身よりもなお、王達を恐れさせた」

黒い球が解けるように細い糸をまき散らした。

それはアルバートの周囲を覆《おお》うように広がり球状の巨大な黒い魔導陣を描《えが》き出した。

「お教えしようじゃないか、ラーベルク君。世界を敵に回した男がこの地に築いた叡智《えいち》の結晶《けっしょう》だ。それとありがとう、これほどたくさんのお土産《みやげ》を持ってきてくれて。君は実に素晴らしい訪問者だよ……死の先に産声を上げよ《リュクメネティフス》」

唱えられた発動呪文《じゅもん》が漆黒の鍵《かぎ》を形作る。

それは球状魔導陣の中心に突《つ》き立ち、同時に黒い波紋《はもん》を世界に広げた。

その波紋は素早く、音もなく、万里《ばんり》を駆けた。

あらゆる障害物も、あらゆる人間も、どんな防壁《ぼうへき》すらも意に介《かい》さず、ただ静かに通り過ぎて消えていった。

衝撃《しょうげき》があるわけではない。

物理的な破壊力《はかいりょく》を伴うエネルギーではなかった。

だというのに、体の底から恐怖《きょうふ》が頭をもたげようとする。

「なんだ、いまのは……？　特に異変はないようだが……」

恐怖を押し殺して自分の体に不調が起きていないことを確認《かくにん》したラーベルクは、呆《ほう》けたように顔を上げた。

まさか、失敗したのか？

あれほど大仰《おおぎょう》に大言を吐いておいて？

見たこともない巨大《きょだい》な魔導陣に警戒《けいかい》していた自分が馬鹿らしくさえ思えたが、その嘲笑《ちょうしょう》は一瞬で凍《こお》り付くことになる。

自分とアルバートを除く全ての兵士が苦悶《くもん》の表情を浮かべていたのだ。彼らは声を上げることができないのか、あえぐように喉《のど》を掻《か》きむしる。

次第《しだい》に目は赤く充血《じゅうけつ》し、血の涙《なみだ》が流れた。

体中に赤黒い脈打つ血管が浮かび、穴という穴からどろりとした黒い血液が溢《あふ》れ出る。

そして何の前触《まえぶ》れもなく――彼らは弾《はじ》けた。

その様子を楽し気に見つめながら、アルバートは両手を広げた。

「楽しみたまえ、死より生まれ出ずる者達の祭宴《さいえん》だ」

部下達の死を目《ま》の当たりにするラーベルクの耳には、楽しそうなアルバートの声が、やけに大きく響《ひび》いていた。

◇◆

塔に残されたコルネリア達は、鏡を食い入るように見つめていた。

黒い波紋は彼らの体をも撫《な》でて行ったが、鏡の中の人間達のように弾けることはない。それは廃都の住民達も同様で、塔の前《まえ》の広場に集まった民の祈《いの》りの声も途絶《とだ》えることがなかった。

恐らくは呪族とラーベルクのみ対象外とした大規模な儀式《ぎしき》呪術だと思われた。

呪術自体が歴史の狭間《はざま》に消えて久しい。呪族は魔道《まどう》具を用いなければ魔法を使えないがゆえに、これほどの規模の呪術などそれこそ伝説に謳《うた》われるのみだ。

まさに規格外の規模だった。

それが自分達が暮らす足元に仕込《しこ》まれていたという事実と、それを操る呪術王の威容《いよう》を目撃した二人の反応はまったく同じだった。

すなわち、失意。

「悔しい……王とともに戦場に立つこともできない私の力の無さが……」

「力が足りないのはその通りだな。あれを見れば一目瞭然《いちもくりょうぜん》だろう」

「そんなことはわかっています！　力の差があることなど！　でも、それでも！　ほんのわずかでもお力になりたいと望んでしまうのはいけないことですか！」

怒りを吐き出すコルネリアに、ウベルトは表情を緩《ゆる》め、肩《かた》を竦《すく》めた。

「わかっている。お役に立てぬのは私も辛《つら》い……しかし、お前は政治で、私は諜報《ちょうほう》で、戦場以外の場所でお役にたつしかあるまい」

彼らにとって、神たる呪術王との間に隔絶《かくぜつ》した力の差があることは当然の現実だ。

それでも、もしかしたら、そう思っていたのだ。

だが、圧倒的《あっとうてき》な力の差をまざまざと見せつけられた。

王の横に並ぶなどそもそもが笑い話でしかない。

そう思ってしまうほど、鏡の向こうでは目を疑う事態が進行していた。

◆
◇

骨が舞《ま》っていた。

そうとしか表現できぬ事態に、ラーベルクは頬《ほお》をひくつかせる。

自分が見ているものが信じられないが、現実は現実だ。認めざるをえぬ。

精鋭たる部下達が弾けて消えたと思ったら、その骨が次々と飛来してくるのだ。

十万人分の骨が、竜巻《たつまき》となってアルバートとラーベルクを包んでいる。
骨はその密度ゆえにぶつかり合い、砕《くだ》け、ぐるりぐるりと風を巻いて回り続けた。
やがて全てが粉と砕けた頃《ころ》、ふいに混ざり合うように空に昇《のぼ》り、落ちた。
巨大な質量の塊。
それは骨の巨人《きょじん》だった。
「なんだ、これは……？」
牛の頭に、人の体。
瞳《ひとみ》のない眼孔《がんこう》に青い炎が灯《とも》る。
それは人間臭《にんげんくさ》い動作で首を回し、軽く指を鳴らすと漆黒の外套《がいとう》がその体を覆った。
アルバートはそれに向かって、懐《なつ》かしそうに声をかけた。
「久しぶりだな、牛鬼《ぎゅうき》」
見紛《みまが》うはずもない。
それこそは鏖殺墓地《カタコンベ》の守護者。
幾《いく》万の死の果てに師と仰《あお》いだ異形。
牛鬼だった。
十万人の骨という対価で生み出された魔物《まもの》は振《ふ》り返ると、わずかに驚いたように首を傾《かし》げ、アルバートの前に膝《ひざ》を突いた。

「また会えるとは思わなかったな。さて、我を生み出したる主人よ。何と呼べばいいだろうか？」

「呪術王と呼べ。お前は……牛鬼では少しばかり味気ないな。そう、モーロックと呼ぼうか。吾輩《わがはい》の故郷の伝承にある、母親の涙と子供達の血に塗《まみ》れた魔王《まおう》の名だ」

気に入ったとでも言うように、牛鬼……いや、モーロックの眼窩《がんか》で青が燃《も》え盛《さか》った。

「承《うけたまわ》った。ふふ、しかし愉快《ゆかい》。我を仕留めた勇士が我《わ》が主人となる。ずいぶんと雰囲気《ふんいき》が変わったようだがな」

「そう言うお前は流暢《りゅうちょう》に喋《しゃべ》るようになったな？」

「骨が良いのだ。以前生み出された時とは比較《ひかく》にならぬ質と量だ。礼を言わせてもらうぞ」

かかと笑い体を揺《ゆ》らすモーロックに、アルバートはなるほどと頷《うなず》いた。

呪術王の書庫で学んだ巨大な設置型魔導陣と禁呪を使った儀式呪術は、攻め寄せた軍勢を贄《にえ》として新たな魔物を作り出す。

かつての王達が恐れるのも当然だろう。

生半可な手勢では敵の勢力を拡大させる手助けにしかならない。

幾多の犠牲《ぎせい》の果てにそれを悟《さと》ったがすでに遅《おそ》く、真なる五人《イル・アクタ》が生まれていた。

とはいえ、ラーベルク達の軍勢では真なる五人《イル・アクタ》を生み出すことはできない。贄の質と量が圧倒的に足りないのだ。それならばと選んだのが、かつての敵であり師であった牛鬼だった。まさか記憶《きおく》が受け継《つ》がれているとは思わなかったが、むしろ都合がいい。

「わざわざ良質の生贄《いけにえ》を連れてきてくれてありがとう、ラーベルク君。おかげで素晴らしい配下を得ることができたよ」

その言葉に、ラーベルクは息を呑《の》んだ。

あまりの出来事に自分のことは忘れ去り、空気のように無視してくれることを祈っていた。そんなことが許されるはずはないとわかっていたが、やはり現実になると心が竦《すく》む。

彼もまた聖人級と認定《にんてい》され、人を遥かに超《こ》えた力を持つ勇士だ。

並大抵《なみたいてい》のことでは恐《おそ》れもせぬ胆力《たんりょく》があり、経験がある。

それでも十万もの人間を一息に殺し尽《つ》くし、平然と礼を言う化け物と相対したことはなかった。

「俺《おれ》を殺すのか……？」

「そうだな、それもいいと思うが。ふむ」

噛み合わない歯の根を憎《にく》らしく思いながらも、ラーベルクは決意を新たにした。

死ぬならば、せめて勇敢《ゆうかん》に。

長い戦場の生活で染《し》みついた死を友人とする心が、わずかな勇気を絞《しぼ》り出し、全身へと染み渡らせる。

「死ぬ前に聞かせろ。呪術王……なぜ、いまこの時に現れたのだ。お前は死んだはずではないのか」

「ふぅむ。吾輩はここにいる。それが答えだろう？」

そう、その通りと頷くしかない。

ならばなぜ大森林での戦いで現れなかったのか、まさか誘《さそ》っていたとでもいうのか。

いや、それはないと即座《そくざ》に否定する。なにせあの戦いでは多くの呪族の首を討《う》ちとっている。誘い込むならば他にも方法はあるだろうし、あれほど多くの将兵を失うなど愚《ぐ》の骨頂だ。

だが、事実己《おのれ》はこんな敵陣の奥深《おくふか》くに誘い込まれている。

あるいはラーベルクには到底《とうてい》想像もできない深謀遠慮《しんぼうえんりょ》があったのか。

「なぜ大森林で呪族を見殺しにした？」

「ふむ、聞き捨てならんな。少なくとも、見てなどいないさ」

その言葉で、ラーベルクは悟る。

どうやってかは知らないが、大森林での戦闘《せんとう》の時までこの化け物はいなかったのだ。

だというのに、それがいまここにいる。

天が見放したとでも言うがごとき間の悪さに、我知らず涙が頬を伝った。

悔《くや》しかった。

呪族を屠った戦士となり、聖人級を飛び越《こ》えて王として世界に認められる千載一遇《せんざいいちぐう》の機会だったというのに。

「なぜ、いま！　なぜ、俺なのだ！　お前の望みはなんだ、呪術王!!」

「なぜと問われてもな。知らぬとしか答えられないが……しかし、望みならば簡単だな」

アルバートは飄々《ひょうひょう》とそれを口にした。

「世界平和さ」

嘘《うそ》だろ？

性質《たち》の悪い冗談《じょうだん》だ、そうラーベルクの表情が語っていたが、アルバートは至って本気だった。

言葉を区切りながら、もう一度繰《く》り返してやる親切さである。

「聞こえなかったかね。平和だよ、平和。私は世界平和を希求《ききゅう》しているのさ」

目の前の怪人《かいじん》の行動と言葉が結びつかない。

あまりの予想外の返答に、ラーベルクはついに耐《た》えることができず狂《くる》ったように哄笑《こうしょう》した。

「平和！　平和だと⁉　貴様が！　この惨状《さんじょう》を生み出した貴様が！　その口で平和を語るのか？⁉」

血みどろになった平野を示し、ラーベルクは吠《ほ》える。

十万の将兵を贄とした男が平和を語るなどお笑い草だ。

いいや、冗談と称することすらおこがましい。

否応《いやおう》ない怒《いか》りが恐怖に取って代わり、驚くほど流暢に言葉が溢れる。

「平和を望むならば、お前は死ぬべきだ！　この悪魔《あくま》めが！　平然と虐殺《ぎゃくさつ》をしてのける貴様のような化け物が平和などと、そんな冗談は口が裂《さ》けても言えぬはずだ！」

「なぜだね？」

言い返そうとして、アルバートが放つ冷たい空気に言葉を呑み込んだ。

「ラーベルク君。君は虐殺がいけないと言う。だが、君達は呪族を虐殺しに来たのではないか。なぜそんなことをしに来た？　目障《めざわ》りだった？　なんとなく？　遊び気分で？　違《ちが》うだろう、平和を望んで来たはずだ。そう、呪族を虐殺することこそが平和につながる道だと信じたからだろう。では問うが、なぜ吾輩が君達を殺すことが平和につながらないのかね。そこにどんな違いがある？」

「お、お前達は世界の敵だ！　敵を殺すことの何が悪いというのか⁉」

「そう、それだよラーベルク君。世界とは何かね？」

問いの意味がわからず、ラーベルクは目を瞬かせる。

そんな彼を出迎《でむか》えるのは、哲学者《てつがくしゃ》のような好奇《こうき》の色を湛《たた》えた瞳だ。

信じ難《がた》いことながら、この状況にあって目前の化け物はラーベルクとの問答を心の底から楽しんでいた。

「世界とは社会だ。人間という種族が構築した社会を世界とした場合、なるほど、呪族は世界の敵となるだろう。人の社会が定める平和に呪族がそぐわないのであれば、確かに虐殺が正義たり得よう。だが、君達人間に社会があるのであれば呪族にも社会がある。その社会の平和にとって邪魔《じゃま》な存在は君達人間ではないか。ならば世界の敵は君達であるとも言えるだろう？」

「詭弁《きべん》だ！」

「いいや、事実だとも」

アルバートの瞳が怪《あや》しく輝《かがや》く。

言葉とともに強くなるそれは、ラーベルクを我知らず後退《あとずさ》らせた。

「真実とは見る方向によっていかようにも変貌《へんぼう》するのだよ。世界を社会と捉えるなら、社会の数だけ平和の形は存在するのだ。君達にとっての平和と、吾輩が望む平和が異なるのは当然のことであると理解できたかね？」

「で、では……貴様が望む平和は、人間の滅亡《めつぼう》だとでも言うのか……!?」

「いいや、違うとも」

そんなことは望んでいないとアルバートは高らかに宣言する。

アルバートにとっての世界平和に最初から犠牲にしていい種族など存在しない。それは日本にいた頃から変わらぬ考えだ。人種が違うから例外として良いなどとは思わない。少なくとも、意志の疎通《そつう》ができ、心を通わせることができる存在であれば、アルバートが考える社会の一員となる資格がある。

では心を通わせることができず、意志の疎通ができない動物達は違うのか。

違うとも。

それはアルバートが定めた社会の枠組みに当てはまらない。

傲慢極《ごうまんきわ》まりないと人は言う。

しかして、社会の枠組《わくぐ》みを定めたるも人であるならば、人は傲慢《ごうまん》ではないというのか。

社会とは、誰かが定めたルールの上にこそ成り立つ。

人種とは何か。平和とは、法とは、倫理《りんり》とは。

あらゆる決め事は誰かが定めた枠組みにしか過ぎないのだ。

ならば、それを己が決めて何が悪いのか。

傲然《ごうぜん》とそう言い放つアルバートは、心の底から狂っているように見えた。

「吾輩に従えばよい。どんな存在でも、意思の疎通ができるのであれば構わない。吾輩に逆らわず、吾輩が定めた決まりの中で、吾輩が与《あた》える安寧《あんねい》を享受《きょうじゅ》して生きればよい。吾輩を憎もうが、尊敬しようが、どうだってよいのだ。全存在が吾輩の社会に組《く》み込まれれば、それは即《すなわ》ち完全なる平和に至ったということだからな」

ラーベルクはその社会体制の名前を知っていた。

それがいかなる物であるかを理解していた。

恐怖政治《テロル》。

力で人民を押さえ込み、思想を、生活を、そして何よりも自由を統制する悪魔の社会である。

似たような政治体制を持つ国はこれまでに幾つも興《おこ》り、耐えかねた人々の反乱によって打ち倒《たお》されてきた。

それもそのはずだ、人は決して諦《あきら》めない生き物である。

苦境に追い込まれれば追い込まれるほど、必ず希望を見出《みいだ》そうと足掻《あが》く者達が現れる。

それは一粒《つぶ》の雨水かもしれないが、数が集まればどうだろうか。繰り返し地面に落ち続ければどうだろうか。小さな小さな力のない水滴《すいてき》は、寄り集まりやがて小川となり、激流となる。それは一国を根底から打ち砕くことすら可能とする嵐《あらし》へと変化していくだろう。

そんな当たり前のことを知らないのかと鼻で笑いかけ、しかし即座に否定した。

アルバートがそれを理解していると察したのだ。

それでもなお、目の前の狂人《きょうじん》はそんな反乱の芽一つすらも許さず屈服《くっぷく》させてのけると言っているのだ。

ああ、なんと愚かしくも恐ろしいことか！

普段《ふだん》ならば一笑《いっしょう》に付す誇大妄想《こだいもうそう》の類《たぐい》が、この男の口から語られると容易《たやす》いことのように聞こえてしまう！

「お前は、やはり世界の敵だ。いますぐに死ぬべきだと確信したよ」

「そうかね？　いま順番が来ているのは吾輩ではなく、君のようだが？」

目の前に立ち塞《ふさ》がるモーロックの巨体《きょたい》を見上げ、ラーベルクは顔を引きつらせた。

格が違うと一瞬で悟らされる圧倒的な存在感だった。

両手に握《にぎ》られた巨大な牛刀は鈍《にぶ》い光を放ち、斬《き》るというよりは押しつぶすような代物《しろもの》だ。

その一振《ひとふ》りで、ラーベルクという人間はこの世から消えうせるだろう。

だがそれでも、ラーベルクにも意地がある。

このままでは死んだ部下達に顔向けができない。せめて地獄《じごく》で意趣《いしゅ》返しをしてやったと自慢《じまん》してやらねば気が済まないではないか。

「せめて一撃《いちげき》……地獄への土産話《みやげばなし》をもらって行かねばならんな！」

「地獄か。君の部下達は誰一人いないと思うが、誰に土産話をするのかね？」

アルバートの問いに、いきりたった心に冷や水が浴びせられた。

答えてはいけない。そう思ったが、なぜかそれは口をついて出た。

「部下達がいないとは、どういうことだ」

アルバートは首を傾げた。

「吾輩の呪術で貴様の部下達は一人残らず贄とした。牛鬼を作り上げるのに骨を使ったが、まだ肉片《にくへん》も、皮膚《ひふ》も、魂《たましい》も、全て吾輩の呪術の結界に捕《と》らわれている。地獄などというものが存在するかは知らないが、仮にあったとして、誰一人そこには行っていない。もちろん、これからもだ。魂の――魂根《ルギ》の一かけらまで有効活用するつもりだからな。地獄へは未来永劫《みらいえいごう》、誰一人も行くことがないと約束しよう」

「お前は、悪魔か……？」

「何を馬鹿なことを」

アルバートは軽い笑い声を立てた後で、まさか本気で聞いたのかとラーベルクの顔を覗《のぞ》き込み、念のためもう一度自己紹介《しょうかい》した。

「私は呪術王だよ、ラーベルク君」

「……この、悪魔があぁぁぁぁぁぁぁっ!!」

怒りのままに剣を振るおうと右手が走る。

何万、何十万と繰り返してきた動きだが、今日のそれはこれまでの人生で最も速く、最も無駄《むだ》のない洗練された動きだと確信した。

剣の柄《つか》を握ると同時に、鞘《さや》を後方へ。

その反動を利用して引き抜き様に牛鬼の太い脚《あし》に一撃、倒せぬまでもよろけるその脇《わき》をすり抜け、返す剣でアルバートの喉を貫《つらぬ》く。

頭の中で完璧《かんぺき》にイメージされたその動きは、しかし右手が剣の柄に辿《たど》り着く前に寸断された。

最後に彼が見たのは、銀閃が世界を縦断し、視界がずるりと地面に向かって滑《すべ》り落ちる光景だった。

「よくやった、モーロック」

アルバートは地面に転がったラーベルクの頭を眺《なが》め、ふむと頷いた。

どうせならば、部下と同様に彼も有効活用すべきだろう。

ただで死なせるのは、なんとももったいないことだ。

◇◆

一方その頃、裏手門に布陣《ふじん》する軍勢にも動きがあった。

ラーベルクの副官率いる彼らは、狩《か》りに例えればあくまでも射手《マチ》に過ぎない。

勢子《せこ》に追い立てられた獲物《えもの》を絶好の場で待ち受ける。そうして無防備にさらけ出された脳天に一撃を叩き込み、確実に仕留めるのが役割なのだ。

つまるところ彼らに求められるのは常に待機であり、そのために必要となるのは忍耐《にんたい》であった。

どのような状況になろうとも、決して獲物を追い立てる勢子を疑ってはならない。

獲物は必ずやってくる、そう信じてただひたすらに平静な心で待ち続ける——その心構えを遵守《じゅんしゅ》していた彼らが動揺《どうよう》したのは、件の勢子役であるラーベルクとの連絡《れんらく》が取れなくなったからだった。

不測の事態に備え、定期的に送っていた伝令が戻《もど》ってこないのだ。

もしや、途中《とちゅう》で狩られたか？

廃都《はいと》を囲む山の外周を移動する以上、伏兵《ふくへい》が隠《かく》れられる場所は多い。可能性がないとはいえないだろうが、果たしてそんなことをして何の意味があるというのか。

裏門の軍勢がラーベルク率いる本隊と連携《れんけい》して事を起こすというならばともかく、戦闘が開始されてからこちら、副官の軍勢は一歩たりとも動いていないのだ。よほどの愚か者《もの》でもない限り、彼らが追い立てられた獲物を狩る狩猟者《しゅりょうしゃ》であり、本隊と連携を取る必要性などないとわかるはずなのだ。

少なくとも大森林で戦った呪族の練度を考えれば、その程度は理解するはず。

ならば、どうして伝令が帰ってこない？

もしや、本隊に何かがあったか――わずかに浮《う》かんだ不安の種に舌打ちを一つ。

「いかんな、怖気《おじけ》の虫がまたぞろ出てくる……ラーベルク様に知られたら殺されるぞ」

事実そうしかねない将軍の姿を脳裏《のうり》に浮かべれば、自然と不安は消えた。

そもそもあの傍若無人《ぼうじゃくぶじん》な暴力の化身《けしん》のような男が負けるなどありはしないのだ。

「それでも伝令が帰ってこぬのは気になるか……おい、伏兵がいるかもしれん。騎兵《きへい》を五百ばかり連れて、本隊までの道を確認してこい」

「はっ」

命令に従って離《はな》れる五百の騎兵を眺めながら、副官はひとまず抜けた兵の穴を埋《う》めるため、陣形《じんけい》を変えるよう指示を下した。

眼前の呪族の群れは多くて五千ほどで、ほぼ彼らの軍勢と同数だ。

本来であればあり得ぬ失態と断言できる陣の変更《へんこう》。戦いの中で相手に合わせて変えるならばまだしも、相手がじっくりと観察できる状況でのそれ。

だが、数こそ同じであれど質は異なり、多少の隙《すき》を見せても問題がないというのが副官の判断だった。

ラーベルクの戦力は筆舌《ひつぜつ》に尽《つ》くしがたく、それを抑えるために呪族は全力を尽くすはずなのだ。こんな裏門に回す兵力など搾《しぼ》りかすも同然で、精兵であるはずがない。

とはいえ隙は少ないに越したことはない。

さすがに五千の軍勢ともなれば形を変えるのにも一苦労。整然と陣を組むには指揮官の腕前《うでまえ》が問われることになるが、微《び》に入り細に入り、部隊ごとの癖《くせ》を知り尽くした用兵の妙《みょう》を尽くし、難度の高いはずの陣形替《じんけいか》えはみるみるうちに形になっていく。

「ああ、これはいい土産話になるか？」

十歳《さい》になって生意気盛《ざか》りになってきた甥《おい》のことを思い出し、にやりと笑った。

ラーベルクとともに戦場で果てる心づもりの副官にとって、結婚《けっこん》や子供などありえぬ夢だ。同じ想《おも》いでラーベルクに仕えていた弟が戦いの中で重傷を負い、傷病兵として戦場から離脱《りだつ》したのはもう何年も前だ。それが何の冗談か、結婚して子供を作ったと聞いた時は心の底から驚《おどろ》き、同時に裏切られたように感じたものである。

だが、なぜだろうか。ぜひ名づけの親にと頼《たの》まれてエランという名前を与えたその生物は、抱《だ》き上げれば子猿《こざる》のような顔をくしゃりと歪《ゆが》め、わんわんと泣くではないか。

ああ、その様のなんとも愛《いと》しいことよ。

戦場にしか生きられない彼にとって己でも意外なことながら、甥の存在は帰国の大きな楽しみになっていた。

ましてやその可愛《かわい》い甥が将来は軍人になると勇ましく宣言し、彼の武勇伝に目を輝かせるとあればなおさらだろう。

陣変えの難しさと、それをさらりとこなすいぶし銀な軍人の手腕《しゅわん》。

さて、子供とも思えぬ老練な用兵話を好む甥はきっと喜んでくれるだろう。

その姿を想えば、血なまぐさい戦場で緊張《きんちょう》した心も和《やわ》らごうというものだった。

◇
◆

同時刻、イグナーツとリーゼロッテは欺き動く鏡《ロ グ ナ》に映し出された光景に畏怖《いふ》の念を抱いていた。

十万の大軍、そして聖人級たるラーベルク。

どちらも二人にとっては死と同等の意味を持つ敵である。

それがどうだ、まるで虫けらのように闇《やみ》に飲《の》み込まれ、殺し尽くされている。

それはまさに蹂躙《じゅうりん》と呼ぶに相応《ふさわ》しい。

そしてそれをなしてなお当然というように、喜びの一つ見せぬ主君の威容よ。

そんなものを見せられて、沸《わ》かぬ心を持つ戦士があろうか。

「凄《すさ》まじい……さすがは呪術王様と言うしかありませんわね」

「違いない。あの御方《おかた》にとっては俺達《おれたち》ですら赤子も同然なのだろうな」

呪族にあって最高戦力と位置付けられていたのがイグナーツとリーゼロッテだ。

種族も、武器も、戦い方も、考え方も、なにもかも違うが、それでも戦闘において互角《ごかく》であることだけは認めている。

そんな二人ですら足元にも及《およ》ばぬ――いや、きっと遥《はる》か彼方《かなた》から足元を見ることすら叶《かな》わぬほどの差があることを、まざまざと見せつけられたのだ。

だが落ち込んでばかりはいられぬと、イグナーツは拳《こぶし》を握り気合を入れた。

「あの一万の軍勢は俺達に与えられた試金石だ。あれを蹂躙し、殺し尽くす。それが呪術王様に与えられた役割であるならば、果たさねばならん」

「ええ。それに、呪術王様はお一人で正面門に立たれたのですもの。こちらには私達《たち》の一族の全てを集めることができています。これで失敗するなど、恥《は》ずかしくて顔を見せることもできませんわ」

折よく、敵の軍勢に動きが見えた。

五百騎余りの別動隊が隊列を離れ、それに合わせて陣《じん》変えを行うではないか。

あまりにも無防備な隙には、思わずよだれが出そうになる。

「あら……うまい誘いね。食べたらお腹《なか》を壊《こわ》しそうだわ」

「ふん、誘いであるものかよ。見ろ、あの指揮官……意識が飛んでいるぞ。俺達を軽《かろ》んじるにもほどがあるな」

何を考えているのかわからないが、意識の大部分が戦場から離れている姿が遠目にもよく見える。

恐らくあちらから見えることはないだろうが、人間を遥かに超えた優《すぐ》れた肉体性能を持つ二匹《ひき》の獣《けもの》にはこの程度の距離《きょり》などあってないようなものである。

崇高《すうこう》な戦場にあって注意力を散漫《さんまん》とする。

げに愚かしきは油断である。

戦場を汚《よご》すがごとき行動に、リーゼロッテのこめかみに青筋が浮かんだ。

「あの糞《くそ》、戦場を舐《な》めくさってやがるんじゃねぇぞ、あぁっ⁉」

「本性《ほんしょう》が出ているぞ、二重人格め」

「あら、いやだわ。でも、少しばかり痛い目にあってもらわないと。そう思うでしょ？」

さきほどまでの荒々《あらあら》しい雰囲気が嘘のようにそう言うと、リーゼロッテは剣《けん》を引き抜いて麾下《きか》の軍勢に号令をかけた。

「行くわよ、愛しい貴方達《あなたたち》！」

あまりの変わり身に溜息《ためいき》をつき、しかし遅《おく》れてはならじとイグナーツもまた巨大な拳を空に突き上げて部下に示した。

「進軍せよ！　一瞬《いっしゅん》たりと立ち止まらず、踏《ふ》み潰《つぶ》し、砕き、蹂躙せよ！」

応っ、という大地を揺るがす大音声《だいおんじょう》とともに、二つの軍勢が進軍を開始した。

同時に、敵軍後方の山肌《やまはだ》からそれぞれ一万を超える二つの軍勢が立ち上がり、一気呵成《いっきかせい》に駆《か》け下りてくるではないか。

それは間違《まちが》えようもなく、伏兵である。

あえて敵の監視《かんし》の目から漏《も》れるように遠い山の裏に伏せさせていたから到着《とうちゃく》まで時間が

かかるが、それでも突如《とつじょ》自軍を超える敵に囲まれる恐怖は筆舌に尽くし難いだろう。目に見えて浮き足立《あしだ》つ敵軍の滑稽《こっけい》なざまを嘲《あざけ》り、軍勢に続いて二人も駆け出した。

目指すは副官率いる五千の軍勢のみ。

いまさらながらにこちらの前進に気づいたようだが、一度切れた集中力はそう簡単に戻りはしない。さらにそこへ不十分な陣形という要素が加われば、数に勝る二人が負ける道理などあるはずがなかった。

突き進《すす》む軍勢の中で、リーゼロッテがくすりと笑う。

「そういえば貴方《あなた》、忠誠を誓《ちか》ったなんて嘘でしょう⁉」

「嘘なものか！　人間を殺し、俺の一族を、呪族を守ってくれるというのだ！　ならば忠誠を誓うことに躊躇《ちゅうちょ》などない！」

「へぇ……誰《だれ》の下にもつかないと豪語《ごうご》していた頑固者《がんこもの》の貴方がねぇ！」

イグナーツはつまらなそうに笑い、必死の形相で立ちふさがる人間の兵を豪腕《ごうわん》の一振りで数人もまとめて吹《ふ》き飛ばした。

「俺の一族を守ってくれるなら、俺でなくともいいのさ！」

「守ってくれなくなったらどうするんですの⁉」

ふん、と鼻を鳴らして笑い飛ばす。

そんなことは決まっているだろう、そう言いたげだった。

「俺の全霊《ぜんれい》を持って殺すのみだ！」

「あらいやだ、その時は私が貴方を殺さなければいけないわね！」

楽し気に笑うリーゼロッテに、イグナーツも笑いを誘われた。

「はたして何度目の勝負か……その時は心行くまで雌雄《しゆう》を決するとしよう！」

イグナーツは快足に任せて軍勢の最前列に躍《おど》り出るや、敵の指揮官と思《おぼ》しき男に肉薄《にくはく》した。

五千の軍勢といえど、横に広がれば縦は薄《うす》い。

イグナーツとリーゼロッテという巨獣《きよじゆう》が矢じりとなって突貫すれば、薄い衣《ころも》のごとく貫き通す。砂の山のように切り崩《くず》された軍勢の中で、男は驚きと怒りに顔を引きつらせていた。

いやはや、油断とは恐ろしいものだ。

「エラン……っ！」

首が飛ぶ寸前、叫《さけ》んだ名前が誰のものか。

背中側に倒れていく男の脇を駆け抜《ぬ》けながら、二人は何のことだと顔を見合わせた。

第五章

世界は彼を知り、彼は平和を希求する

ロゼリア神聖国家。

その国は南大陸の中央部から北西の海岸に向けて、細長い長靴《ながぐつ》のような形をしている。

北西の海岸部は流通の要となる大港湾地帯であり、大陸の流通の要の一つとなっている。

さらに貿易以外の点でも恵《めぐ》まれていた。

南には巨大《きょだい》な砂漠《さばく》、西と東は山脈という外敵の侵入《しんにゅう》を許さぬ天然の要害なのだ。

ロゼリアに入るには北西の港か、あるいは山脈の切れ間を塞ぐように建設された大聖人の門をくぐり抜けるしかない。山を越えるということもできなくはないが、山頂に白化粧《げしょう》を纏《まと》う山々は、少数での侵入はともかく軍の移動を許さない。

国それ自体が天然の城壁《じょうへき》に囲まれた難攻不落《なんこうふらく》の巨城《きょじょう》。

それがロゼリアという国であり、それらの地理的優位によって二千年の栄華《えいが》を誇《ほこ》るとされているのだ。

嘘か誠か、二千年。

少なくとも五百年前にそこにあったことは周辺諸国の歴史書から事実とわかるが、それ以上は神のみぞ知る領域である。

そんなロゼリアの最大の特徴《とくちょう》を上げるとすれば、何よりもまず人口におけるロゼリア教信者の割合だろう。

その数、実に九割超《ちょう》。ロゼリア教信者は信者であるというその事実だけで優遇《ゆうぐう》され、それ以外は有形無形の迫害《はくがい》にさらされる。そのような土地柄《とちがら》もあり、信者以外は長居をしない——いや、できないとすら言える。

一割以下の非信者も流れの商人や冒険者《ぼうけんしゃ》など、いわば土地に根付かぬ根無し草の類だ。彼らはロゼリアの中で仕事をする分にはにこやかに対応し、ロゼリア教への敬意を払《はら》う。

だが、一歩国外へ出れば、口を揃《そろ》えて言うのだ。

あそこは狂っている、狂信者達《きょうしんしゃたち》の国だと。

それがすなわち、ロゼリアという国の特性、あるいは本質を捉えた言葉であり、その言葉を発する商人達の吐《は》き気《け》を堪《こら》えるような顔がそのまま彼の国との隔絶を現していた。

そのような国であるから、ロゼリアでは貴族という存在の力が弱い。

とはいえ、その権力構造が他の国々と一線を画すかといえばそうでもない。

単純に既存《きそん》の権力構造が宗教組織のそれにすげ変わっただけと考えればわかりやすい。

神官、大神官、司祭、大司祭、枢機卿《すうききよう》、教皇といった宗教組織の階級《カースト》が、そのままロゼリア神聖国家の権力の階段となる。

そんなロゼリアにおいて枢機卿以上の立場にある五人の聖人。

彼らだけが入室を許可され、ロゼリアの行く末を定める大会議を行う五星の間。

中央に五芒星《ごぼうせい》の形をした机があり、その内角に四人の枢機卿と教皇が着座していた。

彼ら、または彼女《かのじよ》ら五人が階級の差はあれど、国家の趨勢《すうせい》を論ずる場では平等であることを表現した机だ。

そんな厳粛《げんしゆく》であるはずの五星の間が、今日という日は常と異なる様相を呈《てい》していた。

「急な招集だね。一体どうしたというのだね、教皇猊下《げいか》」

遅れて五星の間に到着した最も古参の枢機卿、ベレルアークは悪びれる様子もなく、席につくなりそう聞いた。

現在の教皇ジョシュア二世の生きた年月より長く枢機卿という地位にあるためか、立場が上になったあとも気安い態度だ。教皇という立場ゆえにあらゆる人間にかしずかれるジョシュアにとっては、普段であればベレルアークの態度は好もしい。

だが、いまは気がささくれて舌打ちを堪《こら》えるのがやっとだった。

その様子を察して、ベレルアークは首を竦《すく》める。

「ご機嫌斜《きげんなな》めだね。遅れたことを怒《おこ》っている……わけではないね。何があった？」

さすがは老獪《ろうかい》な枢機卿。異常を見て取るや素早《すばや》く核心《かくしん》に切り込《こ》む。

だが、そんなベレルアークをして返答を理解するのに十数秒の時を要した。

「呪術王《カース・ロード》が復活した」

「……すまない、もう一度言ってくれるかな。どうも耳がおかしくなったようだ」

「呪術王が復活した」

「……ううん、耳は問題ないな。とすると私の頭がおかしくなったか。すまない、一杯《いっぱい》水を飲めばしゃっきりすると思うのだが、そこのポットを取って――」

「何度聞いても一緒《いっしょ》だ！　呪術王が復活したのだ！」

温厚《おんこう》なはずのジョシュアが絶叫《ぜっきょう》する姿に面食らい、しかしその言葉の重要性を理解したがゆえに反論することは控《ひか》えた。

嘘か真か、真実を見極《みきわ》めようと視線を巡《めぐ》らせるが、他の枢機卿達《すうききょうたち》もいま初めて話を聞いたばかりのようで、間抜《まぬ》けに目を丸くしていた。

誰も彼も頭が回っていないようで、嫌《いや》な役割だと頭を掻《か》いて言葉をつむぐ。

「どういうことか教えてもらえるかい、教皇猊下」

「ああ……もちろんだとも」

げっそりと疲《つか》れ果てた様子のジョシュアは、そのために呼んだのだと語り始めた。

「まずは現状の再認識《さいにんしき》からだ。ヒルデリク王国が呪族《じゅぞく》の本拠地《ほんきょち》を発見したのが一年前。そこから大討伐《とうばつ》の準備が進められ、半年前に進軍を開始した。我《わ》がロゼリアからも援軍《えんぐん》として武装神官五百名を派遣《はけん》している。最後の報告では〈血風〉のラーベルク率いる十万の大軍が呪族の都の間近まで迫《せま》っていた。ここまでは諸兄《しょけい》らもご存じだな」

「もちろんだ。随行《ずいこう》している武装神官達は全員が英雄《えいゆう》級に届こうかという力を持つ者達だ。呪族相手といえど心配なかろう。彼らもラーベルク殿《どの》の力を絶賛していたしな。さすがは聖人級だと誉《ほ》めそやしていたぞ」

ベレルアークの返答に、他の枢機卿達が頷く。

「うむ。我が国《くに》にも聖人級は少ない。異教徒とはいえ、その力は認めるべきじゃろう」

「確かに、多少血を好み過ぎる嫌《きら》いがあるようだがな」

「そこはそれ、神を愛さぬ軍人じゃからして、仕方がなかろうて」

口々に枢機卿達が同意の言葉を挟《はさ》む。

あえて自分達が知っている話題を広げることで、さきほどのジョシュアの言葉から意識を逸《そ》らそうとしているのだが、誰もがそうと知っていて指摘《してき》しなかった。

それほどに、ジョシュアのもたらした一言は重いものだったのだ。

世界の敵の復活。

馬鹿馬鹿しいにもほどがあると頭ごなしに否定しながらも、心の奥底《おくそこ》からじわりと浮かび上がる黒い靄《もや》に締《し》めつけられる。

それは心の淵《ふち》に手をかけ、どれほど押《お》し込もうとしてもずるりずるりと這《は》い上がって来る根源的な恐怖《きょうふ》だ。

枢機卿達はその恐怖を振《ふ》り払うように、努めて明るく声を上げた。

「なんじゃ、もしや戦力が足りんと泣きついて話を盛ったか。仕方がない奴《やつ》等じゃのう、ラーベルク殿ともあろう者が情けないわい」

「まったくだな。それならそうと言ってくれればいいものを。どれ、いっそのこと極星騎《きょくせいき》士団《しだん》から英雄級の騎士《きし》を見繕《みつくろ》って派遣してやろう。二百いや、いっそのこと五百でどうだ」

「おお、それは良い案じゃな。ならばさっそく儂《わし》が予算の申請《しんせい》を出そう」

「ならば私は騎士団長に話を通して……」

言葉が遮《さえぎ》られたのは、ベレルアークの拳が机を打ちすえたからだ。

高価なオークス産の硝子《ガラス》の小杯が倒れ、赤いワインが真っ白なテーブルクロスにじわりと広がっていく。

黙《だま》れと目で合図をされ、枢機卿達は一様に口をつぐんだ。

金儲《かねもう》けと権力闘争《とうそう》ばかりが得意な悪童どもの腹立たしさよ。老練なベレルアークですら忸怩《じくじ》たる思いで、ジョシュアに続きを促《うなが》した。

「……全滅《ぜんめつ》した。呪術王が復活し、全員殺されたのだ。生存者は一人もいない」

「それは事実かね。生存者がいないのであれば、報告を送る者もいないはず。事実を認めるには確認《かくにん》の時間が必要ではないか。我が国から確認のために兵が出たなどという話は聞いていないのだ、虚言《きよげん》を疑うのが道理ではないかね」

重大事であるがゆえに慎重《しんちょう》に、と語るベレルアークを一瞥《いちべつ》し、ジョシュアは論より証拠《しょうこ》だと部屋の隅《すみ》を指し示した。

指示されるままに一番年若い枢機卿が壁《かべ》際の棚《たな》から大きな盆《ぼん》を運び、教皇の前に置いた。意味深に白い布がかけられているが、特に固定されているわけでもない。机に置いた拍子《ひょうし》に滑り落ち、盆の上に鎮座《ちんざ》する物体が露《あら》わになった。

それが一体何か。

一目瞭然《いちもくりょうぜん》、明瞭《めいりょう》であるはずなのに脳がそれを否定する。

だが、現実にそれはその場にあった。

それは紛《まぎ》れもない、〈血風〉のラーベルク、その首であった。

「これは、いささか趣味《しゅみ》が悪いね……」

顔を蒼白《そうはく》にした一同を、ジョシュアは鼻で笑う。

戦争で武勲《ぶくん》を証明するために首を取るという行為《こうい》は現代でも珍《めずら》しいことではない。野蛮《やばん》であっても首を検分しなければ本当に将を討《う》ちとったか判別ができないのだ。それゆえにどれほど陰惨《いんさん》であっても、権力者であれば、首の一つや二つで動じるはずもない。

だが、首実検とそれを同一に語るのは無理があった。

なにせラーベルクの首は謎《なぞ》の魔道具と管で繋《つな》がれ、金属の支柱に突《つ》き立てられているのである。

誰がこんな醜悪《しゅうあく》なオブジェを作り上げたのか、管や支柱、台座には美しい彫刻《ちょうこく》がこれでもかと施《ほどこ》され、あまつさえラーベルクの髪《かみ》は丁寧《ていねい》に整えられ、製作者の美意識を強く感じさせた。

「恐《おそ》ろしいだろう。だが、もっと恐ろしいのはここからだ」

目を離せぬ一同を前に、すでにそれを目撃《もくげき》していたジョシュアは乾《かわ》いた笑《え》みを浮かべる。

そして、台座に埋め込まれた美しい宝石に指先を触《ふ》れ、そっと魔力《まりょく》を送《おく》り込んだ。

すると、なんということだろうか。

宝石に込められた魔力が青く発光し、台座へ、支柱へと昇《のぼ》り、ラーベルクの生首に到達《とうたつ》すると、彼の固く閉じられた瞼《まぶた》がゆっくりと持ち上げられたのだ。

「お、おお……！」

「神よ……！」

ラーベルクは現状を把握《はあく》するようにぎょろりぎょろりと両の瞳《ひとみ》を動かし、すべてを理解するとゆっくりと口を開いた。

そして――

「あ、あ、あ、ああぁっぁぁぁぁぁぁぁあっぁあっぁあぁっぁぁあっ！！！」

喉《のど》よ裂けよとばかりに、悲痛な絶叫を響《ひび》き渡《わた》らせたのだ。

◇
◆

恐慌《きょうこう》状態に陥《おちい》った枢機卿達が落ち着くまで、実に十数分の時間を要した。

「理解できたかね」

顔面を蒼白にした枢機卿達を前に、ジョシュアは血に濡《ぬ》れた短剣《たんけん》を布で拭《ぬぐ》う。

彼の前には発狂《はっきょう》と静寂《せいじゃく》を繰《く》り返しながら、少しずつ己《おのれ》が体験した事を語ってくれたラーベルクの頭がある。永遠の死の代わりにあらゆる情報を提供してくれた礼はすでに終わり、その頭部には短剣による深い裂傷《れっしょう》が残されていた。

死は恐怖からの助けとなりて、彼の者を安寧へと導きたもう。

罪悪感よりも、救ってやれるという気持ちが強い殺人など初めてのことだった。

「理解、した。いや、させられたと言うべきかな……」

「それは良かった。これを見てまだ事実を疑う頭のおかしい者がいなくて安心したよ」

やさぐれた心から放たれる鋭《するど》い棘《とげ》は、しかし衝撃《しょうげき》ゆえに誰の心にも刺《さ》さらなかった。

「本当に呪術王が復活したのだね……しかし、なぜラーベルク殿の首がこんなところに？

呪術王がロゼリアに送ってきたのかい？」

「いいや、違《ちが》う。最初に届いたのはヒルデリク王国だ。そこから十以上の国を転々として、我が国に到着したのはつい今朝方……ここが最後だそうだ」

「どういうことだい？」

意味がわからず問いかけるベレルアークに、ジョシュアは吐き気を噛《か》み殺す。

「〈回覧板〉だそうだ。意味はわからんがね。呪術王からの伝言役として、指定された国を全て回るまで殺してはいけないとの厳命付きだったよ。もしも途中でラーベルクの命を絶った場合、その国を最初に滅《ほろ》ぼすそうだ」

「最悪な悪ふざけだね」

「同感だが、その悪ふざけを言い出した子供に力があり過ぎるのが困りどころだな」

台座の宝石に魔力を通し、しばらくすると青い文字が空中に踊《おど》った。
ラーベルクは伝言役だが、彼が伝えるのは恐怖と体験でしかない。
呪術王からの伝言は、この魔法《まほう》で投影《とうえい》された文字にこそ記されている。
そこに記載《きさい》された内容は簡潔極《きわ》まりなく、あまりにも傲岸不遜《ごうがんふそん》な代物だった。

吾輩《わがはい》は平和を強要する。

許可なく殺すなかれ。

許可なく奪《うば》うなかれ。

許可なく騙《だま》すなかれ。

従わぬ者には死よりも恐ろしき制裁を与《あた》える。

馬鹿馬鹿しいと思うだろうか。

確かにそうかもしれないが、これほどに効果的な手法もないだろう。人の頭を体から切り離してなお生存させ続けるという高度な魔導の技。そしてそれを実行し、あまつさえ装《そう》飾《しょく》まで施す異常な精神性。尋常《じんじょう》の人間であれば、これを見て怯《ひる》まぬはずがない。

回覧板という方法を各国の重鎮達《じゅうちんたち》が素直《すなお》に守り、次の国へと粛々《しゅくしゅく》と送り出しているのが良い証拠だ。

上っ面《つら》では強気で笑い飛ばしたとしても、国を滅ぼすという言葉を否定することができずに従っている。それしか方法がないと思わされているのだ。

街道《かいどう》には野盗《やとう》や山賊《さんぞく》の類が出ることもあり、国から国への輸送品などは真っ先に狙《ねら》われる。

仮にそこでラーベルクの首が失われた場合、その責を負わされるのは誰なのか。結果がわからず、その裁定は人外の世界の敵が行うとなれば、委ねるという選択肢《せんたくし》は的外れ。

だからこそ、必死に輸送を成功させせんとする。

事実、ロゼリアに首を届けた隣国《りんごく》の小さな国は、王城を守る兵以外の全て――それこそ国境を守るべき兵すらも輸送隊の護衛として、全兵力の八割超を送り込んできた。

兵力不足に陥った国境の街が二つばかり野盗に蹂躙されたが、それすら必要経費と割り切らせるほどの恐怖を植え付けたということだ。

ジョシュアは神経質に机を指先で叩《たた》き、血の染《し》みで斑《まだら》になった布きれを摘《つ》まんで視界の端《はし》に追いやった。

「諸君を呼んだのは許可を取るためだ」

「許可とは？」

この一大事に求める許可だ、生易しいものではあるまいと枢機卿達が身構える。

「聖女を使いたい」

「聖女というと、千見聖女《ローグ・アミルタ》かの。彼女なら君の管理下にあるはずじゃ。特に儂らの許可などいらんじゃろう？」

年老いた枢機卿の言葉に、答えるのも面倒《めんどう》と顔をしかめたジョシュアに変わり、ベレルアークが答えた。

「千見聖女《ローグ・アミルタ》は聖人級……そもそも、遠視と癒《いや》しの力しかない。呪術王に対抗《たいこう》するには不十分だろうね。教皇猊下が求めているのは、もう一人の聖女だと思うよ」

「まさか……蹂躙聖女《ドグラ・アミルタ》を⁉」

ジョシュアの眉《まゆ》が跳《は》ね上がった。

「ロゼリア教の聖徒《せいと》に失礼だぞ。聖神祈王《フィラー・ロード》様とお呼びしろ」

「は、ははっ」

そう言うジョシュアも、その二つ名の持ち主に敬意を抱いていないのは明白だ。名前を口にするだけでも嫌そうで、毛嫌《けぎら》いしているのが丸わかりである。

だが、それも致《いた》し方《かた》なし。

彼女は最強にして最凶《さいきょう》、誇りにして恥部《ちぶ》。

ロゼリアが遥かな昔から抱《かか》える禁忌《きんき》の一つなのだ。

「彼女を解放するとは……世界が崩壊《ほうかい》しかねませんぞ？」

「わかっている。だが、化け物を滅《めっ》するには化け物を当てるしかあるまい。遥かな神代《かみよ》の時代から、現在まで生き残っている貴重な王級だぞ」

「それは、そうですが……」

「渋《しぶ》るなら代案を出したまえ。現状を打破する最善策を提示した私に対し、ただ不満だけを弄《ろう》する愚鈍《ぐどん》な輩《やから》に成り下がりたくなければな」

辛辣《しんらつ》な言い方ではあるが、それは紛れもない真理だ。

ただ不満や危険性だけを口にする、代案なき意見は邪魔者《じゃまもの》でしかない。議論を停滞《ていたい》させ、堂々巡《どうどうめぐ》りのうちに組織を硬直化《こうちょくか》させる悪魔《あくま》の手先だ。代案がなければ黙れ。暴論ではあるが、それはどの時代、どの場所においても最も痛烈《つうれつ》で、最も正しい言葉の一つだった。

しばらく待っても代案が出ないことを確認し、ジョシュアは小さく息を一つ。

是非《ぜひ》もなしと決意を固める。

「議論は決着を見たと判断する。聖神祈王《フィラー・ロード》様と謁見《えっけん》するぞ。ベレルアーク、伴を頼む」

「ははっ、喜んで」

二人はいまだに納得《なっとく》できない表情の枢機卿達を置いて部屋を出ると、そのまま目的の場所へと歩き出した。

ロゼリアの恥部、〈傾国《けいこく》〉と呼ばれた女がいる場所へ。

◇
◆

アルバートはバルコニーで夜風に当たりながら、酒の熱を冷ましていた。

ヒルデリク王国軍を撃退《げきたい》した勝利の宴《うたげ》で、いささか飲み過ぎたのである。

元々アルバートは酒に強いわけではない。冒険者だった頃《ころ》も酒で失敗したことは一度や二度ではなく、ワインを一本も空ければ床《とこ》について翌朝まで目覚めることがない。

もう一杯も飲めばそうなるのは目に見えているが、心地《ここち》よい昂《たかぶ》りに魔法で酒精を散らすような無粋《ぶすい》をする気にはなれなかった。

とはいえ、まだまだ酒宴《しゅえん》は続いている。

イグナーツなどは三日三晩は飲み明かすと豪語しているし、リーゼロッテも応戦の構え。

無礼講の宴の盛り上がりはこれからというところで、いよいよ酒量の限界を感じて塔《とう》の最上階まで避難《ひなん》してきたのだ。

ここならば人はおらず夜風が気持ち良かろうと思ったが、やはり良い考えだった。

仮面をはずすと、火照《ほて》った頬《ほお》に通り過ぎる風がひんやりとしてなんとも心地よい。

「お疲れですね、呪術王様」

「コルネリアか……驚かせるな」

仮面をはずしていたこともあっていささかびくりとしたが、悪戯《いたずら》が成功した少女のような表情を見れば怒る気も失《う》せる。

「お酒に酔《よ》った時は冷たい水が一番です。どうぞ」

「頂こう。お前もかなり顔が赤いが、大事ないのか？」

「ご心配ありがとうございます。でも今日くらいは思う様、酔いに身を任せたい気分なのです。なにせ、呪族の滅亡《めつぼう》を免《まぬが》れた日でございますから」

主君の横に並び、欄干《らんかん》に手を置いて夜風を浴びるコルネリアは、吹き抜ける風に気持ち良さそうに目を細めた。

高所特有の強い風になびく炎《ほのお》のような赤い髪が、漆黒《しっこく》の闇の中にそよぐ。

その様は美しく、白磁の横顔は儚《はかな》くも妖艶《ようえん》だ。

目を奪われていると、一瞬コルネリアの言葉を聞き逃《のが》してしまった。

「聞いていなかった。もう一度言ってくれるか」

「私達は、役に立てませんでしょうか？」

「どういう意味だ」

首を傾《かし》げるアルバートに、コルネリアはどう言えばいいかと迷い、俯《うつむ》いた。

「……私達は、弱い。私だけの話ではなく、戦いを得意とするイグナーツやリーゼロッテですら、呪術王様の前では塵芥《ちりあくた》も同然の弱者なのでしょう。呪族は長い時の流れの中で、呪術王様に頂いたお力の大半を失っています」

「そうだな。確かにお前達は弱い」

「はい。悔《くや》しい限りですが、紛れもない事実です。呪術王様が創られたモーロック様……あの方より、呪術王様のほうが当然お強いですよね？」

アルバートは当然だと頷《うなず》く。

「イグナーツやリーゼロッテの力はよくて英雄級上位。聖人級との間には越えられぬ壁があり、モーロック様に一蹴《いっしゅう》されたラーベルクにすら勝てません。我ら君主四人が束になっても、手傷を負わせられるかどうかと言ったところでしょう」

コルネリアが語る言葉は事実なだけに、否定のしようがなかった。

そもそもコルネリアが言い出さずとも、アルバートから言うつもりだったのだ。せめて祝いの酒宴の場を避《さ》け、落ち着いてからと思っていたにすぎない。

呪術王が生み出した真なる五人《イル・アクタ》は確かに強者だったのだろう。

図書館にあった呪術王の手記を信ずるなら、限りなく王級に近い聖人級上位の力を持っていたらしい。時と場所、様々な要素が味方をすれば王級下位であれば殺すこともできるかもしれない。

だが、真なる五人《イル・アクタ》は定命《じょうみょう》の存在だ。

いずれは死に、朽《く》ち果てる。

子を生《な》し、連綿と血を繋げていったとしても彼らの力は維持《いじ》されない。

なぜなら、彼らはすべて呪術王によって造られた存在だからだ。いかに神にも近しい呪《じゅ》術《じゅつ》の王でも、完全なる生命を造り出すことは叶わなかった。いや、より正確に言うならば、完全なる魂根《ルギ》を造り出すことができなかったのだ。

神の作りたもうた生命は、完全なる魂根《ルギ》の複製を可能とする。

だが、歪《いびつ》な生命である真なる五人《イル・アクタ》が子を生せば、魂根《ルギ》はわかたれ、継承《けいしょう》されるのだ。子へ、孫へ、わかたれ続けることで血に刻まれた呪力《じゅりょく》は薄まり、力は弱まっていく。

むしろアルバートとしては、彼ら君主達四人がいまなお英雄級の力を有していることに驚《おどろ》きを禁じ得ないほどだった。

「世界を手にしようとされる呪術王様にとって、いまの私達は恐らく邪魔《じゃま》でしかない。それが悲しく、苦しいのです」

顔を伏《ふ》せたコルネリアは、アルバートよりも背が低いせいか、彼の胸に頭が触れそうになっていた。頭を預けて甘《あま》えるような精神性の女ではないから、無意識のことだろう。

アルバートも特に指摘はせず、一つだけ質問を口にした。

「ならば、どうする？」

泣き言を言いに来たわけではないと思った。

ならばこの問いに対しての答えを用意しているはずだが、それは正解だったようだ。

目に決意の色を浮《う》かべたコルネリアは、はっきりと口にした。

「強くなりたいのです。この身を苦痛に捧《ささ》げたとしても、呪術王様のお役に立ちたいのです。道半ばで朽ちたとしても、道に立てないよりは遥かにいい。恐れ多いことではございますが……我らに魔導の技の一端《いったん》をご教授頂けないでしょうか」

なるほど、と思った。

力が足りぬなら補う何かを得ればいい。

モーロックは強いが、剣の技は一流を超えない。

彼の強みは圧倒的《あっとうてき》な基礎《きそ》身体能力の高さと、強固な肉体。それが大前提であり、根幹だ。

戦闘《せんとう》の技術はそれをより有効に活用する手段でしかない。こと武という点であれば、イグナーツやリーゼロッテの方が上だ。

教えを請うのであれば、呪術という呪族にはない力を持つアルバートにというのは理に適《かな》っている。

だが、アルバートは否と応えた。

「呪族は魔法を使えぬ。それくらい知っているだろう」

「それでも、呪術王様のお力なら……！」

アルバートは驚愕《きょうがく》と悲しみに染まるコルネリアの頬を鷲掴《わしづか》み、その目を覗《のぞ》き込む。

「お前は何者だ」

「コ、コルネリア・ヘルミーナでございます」

「違う。お前は誰に仕える者だと聞いている」

「もちろん、呪術王様でございます！」

決意に彩《いろど》られた言葉は、即座《そくざ》に紡《つむ》がれた。

「ならば力を与える。魔法は呪族には扱《あつか》えぬが……そんな生ぬるい方法ではなく、その存在ごと別物に変えてくれる。己が己でなくなるとしても、お前達《たち》はそれに耐《た》えてみせよ」

コルネリアの炎の瞳が大きく広がった。

「それに耐えれば、お力になれましょうか？」

「約束しよう」

その時の彼女の満面の笑みをアルバートは生涯《しょうがい》忘れないだろう。

これほどに人は喜びを表現することができるのか。

これほどに一途《いちず》な想《おも》いを向けることができるのか。

太陽に向かって必死に背を伸《の》ばす健気《けなげ》な向日葵《ひまわり》の花のように、女は闇夜《やみよ》に大輪の花を咲《さ》かせていた。

狂信者極《きょうしんしゃきわ》まれり。

アルバートはくつと笑った。

「変えてくださいませ、呪術王様のお好みのままに」

「よかろう。我が覇道《はどう》にはお前達の道も刻まれていると知るがよい」

その言葉に、コルネリアは静かに跪《ひざまず》いた。

彼女の胸を熱く滾《たぎ》らせる情熱は、愛ではなかったかもしれない。

だが、忠誠だけでは決してない。

それが恋《こい》であるのか、あるいは別の何かであるのか。

いまはまだ彼女自身にも説明ができなかった。

◇
◆

世界には転換点《てんかんてん》というものが存在する。

それは善《よ》し悪《あ》しに関わらず、往々にしてひっそりと、いつの間にか訪《おとず》れているものだ。

ただしこの世界における転換点がアルバート・フォスターという男であるとするならば、彼の登場はおよそひっそりという言葉には似つかわしくないほど、センセーショナルに世界に轟《とどろ》き渡った。

それほどに呪術王という名前がもたらす衝撃は強烈《きょうれつ》にすぎた。

自国の利益の為《ため》なら万の人間を死地に送ることも厭《いと》わない海千山千の為政者《いせいしゃ》連中が、圧倒的な暴力を前に赤子のように震《ふる》え、一瞬《いっしゅん》なりと絶望に全てを投げ捨てかけたのである。

果たして呪術王と名乗る者は真実本物であるのか？

偽物《にせもの》であるならば良い。

しかし本物であるならば？

果たして人は勝利することが可能なのか。

人間同士で争う暇《ひま》など微塵《みじん》もないかもしれない。少なくとも、人が人として連合することこそが生存の可能性を高めることは間違《まちが》いのない事実だった。

だが、だからこそ知恵《ちえ》ある指導者達は頭を悩《なや》ませる。

なにせそれこそが最も難しいのだ。

人は二人いれば争う生き物である。思想の違いとはそれほどに厄介極《やっかいきわ》まりなく、誰しもが己の正しさを信ずるあまり、悪とも善とも二分できぬ戦争が起きる。人という世界にあって、白は単純な白ではなく、その逆に黒もまた単純な黒ではありえない。

そんな世界が一つに連合し、呪術王に対抗する？

為政者連中はその必要性を知りつつも、即座に鼻で笑った。

そんなことが簡単にできるなら、人は最初から争わぬのだ。

必要は当然、されど達成には困難という壁が手を取り合い、朗《ほが》らかに笑って通せんぼと洒落込《しゃれこ》む。確定事項《じこう》であればともかく、不確定であれば人は信じたいものを信じ、思想の違いに目を瞑《つぶ》って手を取り合うなどあろうはずがない。

絵空事、子供のたわごとだ。

だからこそ危機感を抱《だ》いた為政者たちの取った行動は、真偽《しんぎ》の確認に他ならなかった。

事実と証明できるのであれば、まとまるきっかけも作れるだろう。完璧《かんぺき》でなくともよい。妥協《だきょう》の産物でもよい。目をそらして耳を塞《ふさ》ぐ愚《おろ》か者の目蓋《まぶた》を開いて縫《ぬ》い付け、耳を良く通るようにこじることができれば、形なりと連合が成り立つ。

それまで世界の破滅《はめつ》が待ってくれるかはともかくとして、人が世界の敵に対して取れる手段はそれだけだ。

しかし、その動きはつぶさにアルバートの知るところとなっていた。

情報収集のために送り出されたウベルトの諜報《ちょうほう》能力は想像以上に高く、分厚いベールに包まれているはずの国家の中枢《ちゅうすう》にまで手を伸ばしてのけるのだ。

いまもアルバートは帰還《きかん》したウベルトから報告を受け、慌《あわ》てふためく為政者達《いせいしゃたち》の協調性のなさに呆《あき》れていた。

「会議は踊る、されど会議は進まずか」

聞き覚えのない言葉に居並ぶ呪族の君主達は怪訝《けげん》な顔をしたが、気にするなと手を振り、報告の続きを促した。

とはいえ報告のほとんどは終わっていたらしい。

報告を締めくくったウベルトにねぎらいの言葉をかけ、アルバートは顎《あご》をしゃくった。

「ふむ。多少の時間稼《かせ》ぎにでもなれば良いと思っていたが、思ったよりも回覧板は効果があったらしい。どうやらどの国も説得に苦労しているようだな」

「仰《おつしや》る通りです。積極的に呪族殲滅《せんめつ》を叫《さけ》ぶ国が半数、様子見が半数というところでしょうか。殲滅の急先鋒《きゅうせんぽう》はロゼリア神聖国家ですが、各国との意見調整に四苦八苦しているようで……」

心底愚かしいと言わんばかりのウベルト。

他の君主達も同じ感想を抱いたようで、薄《うす》い笑みを浮かべている。

アルバートは呪族も一枚岩ではなかろうと思ったが、あえて口にはしなかった。

彼らはアルバートという楔《くさび》があるからこそまとまっているが、それがなければ団結など砂上の楼閣《ろうかく》に過ぎない。あると信ずれば、さらりと崩《くず》れて失せる蜃気楼《しんきろう》のようだ。

「各国の第一はまず吾輩の存在を確認することだろう。証明できれば吾輩の打倒《だとう》という旗印を立てることもできようからな。さて、その場合に各国はどのように動くかな？」

あまりこの世界について知らないアルバートは率直《そっちょく》な意見に期待したわけだが、あまり芳《かんば》しい答えは返ってこなかった。

イグナーツとリーゼロッテは顔を見合わせてお手上げという素振《そぶ》りで、ウベルトは主命に従うまでと控える姿勢だ。ならば致し方ないとコルネリアに視線を向けると、彼女も丁寧に頭を下げた。

「私達は呪術王様の僕《しもべ》としてご命令に従うだけです」

きっぱりと言い切るコルネリアに、頭が痛む。

つまるところ、考える気はないと言っているわけだ。

盲目《もうもく》なる信仰心《しんこうしん》は扱いやすいが、自身で考えることなく命令を待つだけの受領機械は無能と同義だ。呪術王が現れるまで呪族をまとめる統率者《とうそつしゃ》だった彼女は、駒《こま》として替《か》えが利きづらい。せめて成長を促すしかないが、アルバートの言葉では考えることなく唯々《いい》諾々《だくだく》と受け取ることしか望めないようだ。

どうしたものかと思案していると、脇《わき》に控えるモーロックが微笑《ほほえ》むように頷いてみせた。彼《かれ》もコルネリアと同様、アルバートの正体が人間であると知っている。体のサイズをある程度自由に変更《へんこう》できると知ってからは、身の回りの世話を任せていた。

本人も執事《しつじ》の真似事《まねごと》のようなそれを気に入っているらしく、最近では口調まで丁寧に改めていた。

いまはアルバートと同じくらいの身長まで縮んでいるが、人の頭よりも一回り大きい牛の頭蓋骨《ずがいこつ》はかなりインパクトがある。

どうやらモーロックに考えがあるらしいと察して目で許可を出すと、彼は早速《さっそく》コルネリアに声をかけた。

「コルネリア殿、あなたは呪術王様のお役に立ちたいはず。そうですな？」

「ええ、それはもちろんです。我らが王のために全霊《ぜんれい》を尽《つ》くすつもりですよ」

「そうでしょうとも。ならば、神がご意見を伺《うかが》っているのですから、全霊を賭《と》して答えるべきではありませんか？」

コルネリアは不思議そうに首を傾げた。

「私ごときの考えなど、あらゆることを知る呪術王様には不要ではないでしょうか」

「それをお決めになるのは呪術王様ですよ。そもそもすべてを知ると言いますが、それは間違いです。呪術王様とて知らぬことはありますよ」

「そんなことがあるはずないでしょう。呪術王様を貶《おとし》めるような発言……貴方《あなた》といえど許しませんよ」

目に宿るのは明確な殺意だ。

戦力として考えればモーロックの足元にも及《およ》ばぬはずの彼女《かのじょ》であるのに、本気で殺そうと考えている。

ああ、狂信者《きょうしんしゃ》とは恐ろしくも愚かしい。

天を仰《あお》ぎたい気持ちのアルバートとは裏腹に、モーロックは彼女の殺意を柳《やなぎ》のように受け流し朗らかに手を叩いた。

「考えても見てください。神が、下賤《げせん》なる下々の事を知っているわけがないでしょう?」

「それは……なるほど」

なにがなるほどなのか、そう言いたくなる衝動《しょうどう》を抑《おさ》えたアルバートは自分を褒《ほ》めたい気持ちでいっぱいだった。

少なくとも、ロジックと言うにははばかられるようなわけのわからないモーロックの言葉だが、コルネリアには――いや、彼女だけではなく、リーゼロッテも納得の表情を見せていた。

何を考えているかわからない無表情のウベルトはさておき、ため息をついて天を見上げるイグナーツに妙《みょう》な仲間意識を感じてしまう。

だが、少なくとも二人は考える様子を見せ始め、ぽつりぽつりと意見を述べ始めた。

「考えられるとすれば、まずは間者ですわね」

最初に口火を切ったのはリーゼロッテだ。

コルネリアとモーロックの問答に思うところがあったのだろうか、なんにしろ活発に意見を出すようになるのは喜ばしい。

ウベルトも少し考え、同意を示すように頷いた。

「でも、人間が廃都《はいと》に潜入《せんにゅう》するのは難しいのではなくて？」

「そうでもない。顔を隠《かく》せば紛《まぎ》れこめる。備えはしておくべきだろう」

「イグナーツの一族だと警戒《けいかい》されすぎますわね。私の一族を各所に配置しましょうか？」

「警戒されるのはお前の一族でも同じだろう……いや、陽動にはよいか。ならば、裏は私に任せてもらおう。元々影《かげ》に潜《ひそ》む一族であるからな。適材適所というわけだ」

「ではそのように」

さきほどまでの無能ぶりはどこへいったのか、間者対策はあっさりと決まった。いささか大雑把《おおざっぱ》ではあるが、細かな部分はそれぞれが采配《さいはい》するだろう。

アルバートは確定した施策《しさく》を確認し、改善すべきを修正していけばいい。まずは何かしらの形を整えること、そして己が頭で考える癖《くせ》を植えつけることが重要なのだ。

無能な部下はいらぬ。

替えが利きづらい駒であるとしても、無能であり続けるならば不要だ。

無能な働き者ほど組織にとって迷惑《めいわく》な存在はなく、それは容易にアルバートの望む未来を蝕《むしば》む病巣《びょうそう》となるだろう。

お前はどうだと睨《にら》みつければ、コルネリアもさすがに試《ため》されていると気づいたのか、ごくりと喉を鳴らした。少し考えるように眉根《まゆね》を寄せ、おそるおそると言葉を紡ぐ。

「恐れながら、守りに注力するだけでは危険ではないかと愚考致《ぐこういた》します」

「ふむ。かといって攻《せ》めるのは論外だ。まず吾輩が着手すべきは戦力の増強だ。いまの時点で軍を出すことはできん」

アルバートの懸念《けねん》は圧倒的な戦力不足だ。

聖人級のラーベルクにすら及ばぬ部下を率いて世界平和など成しえようはずがない。アルバートこそが世界最強で、たった一人で世界を相手取って勝利できるというなら別だが、情報が足りぬ現状でそこまで自惚《うぬぼ》れるつもりはない。

あのカルロですら敗北し、陰鬱《いんうつ》とした地下に潜むことになったのだから。

「軍を出さずとも、攻めることはできます」

「どういうことだ？」

とんちじみた問答に困惑《こんわく》したアルバートとは裏腹に、モーロックは納得の手を打った。

肉がないせいで、かしゃんと間の抜《ぬ》けた音がする。

「なるほど、裏工作ですな」

「そうです。ウベルトの一族に呪族の噂《うわさ》を流してもらえば、民衆を扇動《せんどう》することもできるかと思います」

「面白《おもしろ》い。試す価値は大いにありますぞ」

いかがかと目線で問われ、アルバートは黙考《もっこう》した。

ありかなしかと問われても、それによって各国首脳がどう反応するかは賭《か》けの要素が多いように思われるのだ。なにせ、呪族の存在を明確にするとなれば戦争積極派の後押《あとお》しになりかねない。

証拠がなければ動かぬと尻込《しりご》みする愚か者どもも、民衆の中に呪術王を恐れ打倒を望む気運が高まれば動かざるをえないだろう。

「コルネリア。勝算があるのか？」

「はい。現状は積極派と消極派にわかれていますが、言ってみればそれは呪術王様のお力を理解する者と、目を逸《そ》らす者に二分されていると言えます。ですが、どちらの国も民衆にラーベルクの死を伝えていないという共通点があるのです」

言われて、なるほどと頷いた。

消極派がラーベルクの死を伝えないのは、伝えることで民意が積極派に流れることを恐れてだろう。

だが、積極派にとって民意が戦争を支持することは望ましいはずだ。だというのになぜラーベルクの死と呪術王の存在を伝えないのか、考えれば簡単なことだった。

各国の連携《れんけい》が取れぬまま、なし崩しに戦争が始まることを恐れているのである。

為政者の力が強い君主制といえど、民を無視し続けるのは好ましくない。反乱が起きるとは言わないが、為政者の判断能力に疑問を持たれる可能性がある。

戦争を望む民衆と準備が整うまで戦争をする気がない為政者という構図は、権威《けんい》という蜜《みつ》に浸《ひた》る羽虫どもにとっては何とも都合が悪い。民は見たいものを見るがゆえに、準備という戦争には不可欠な段階を無視してのけるのだから。

「積極派の国に吾輩の存在を知らしめ、内部から足並みを乱す、か」

「さすが呪術王様です。それに合わせ、指導者の戦意を疑うような噂も流しましょう。例えば、すでに密約が交《か》わされて呪術王様に膝《ひざ》を屈《くっ》していると」

「それは……意地が悪いな、コルネリア」

戦う意思どころか、誇《ほこ》りすら失った王には威厳《いげん》も糞《くそ》もない。

いわれのない中傷で傷つけられた為政者達はさぞや慌て、火消に奔走《ほんそう》するだろう。無視をすれば大火となって我《わ》が身《み》を焼くとわかっていて、何の対処もしないなどありえない。

その様を想像し、アルバートはくつくつと笑った。

「それで、消極的な国は放置するのか？」

「いえ、そちらは逆に呪術王様は存在せず、呪族など恐《おそ》れるに足りないと噂を流します。

呪術王様の存在を信じたくない王達にしてみれば、自身の論が補強されるわけですから喜んで民と足並みを揃《そろ》えてくれるでしょう」

いやはや、これはなんとも意地が悪い。

アルバートが現れるまではコルネリアが王として呪族を率いていたわけで、それ相応の能力があると踏《ふ》んでいたが、これはなんとも嬉《うれ》しい誤算と言わざるをえない。あまりにも盲目的《もうもくてき》な信仰心ゆえに切り捨てるほうに天秤《てんびん》が傾《かたむ》いていたが、これがどうして、まともに考える頭を取り戻《もど》せば有能極まりない。

清濁併《せいだくあわ》せ飲む嫌《いや》らしい計略は、呪族を率いるに足る器と言うべきだろう。

戦いに特化したリーゼロッテとイグナーツ、諜報に特化したウベルト、そして政治に辣《らつ》腕《わん》を振《ふ》るうコルネリアというわけだ。

なかなかにバランスのいい布陣《ふじん》ではないか。

じっくりと考えてみても充分《じゅうぶん》に勝算の高い賭けと思われ、アルバートはさっそく実行を指示した。

「よかろう。コルネリア、お前の案を取り入れよう」

「は、ははっ。ありがたきお言葉でございます、呪術王様！」

これで早急《さっきゅう》に考えるべきことは十分だろう。あとは戦力の増強をなす必要がある。理想

はアルバートが戦わずとも世界平和を成《な》し遂《と》げられるだけの戦力の確保、最低でも盾《たて》とな
れるだけの力は持ってもらわねばならない。

「直近の対処はまとまったな。では、次だ」

アルバートはそこで言葉を切り、一同を睥睨《へいげい》した。

これこそが今日の本題で、君主達を集めた理由でもある。

雰囲気《ふんいき》が変わったことを察したのか、君主達も一様に顔つきを厳しくする。

そうして、アルバートはあっさりとそれを口にした。

「お前達には一度死んでもらう」

◇◆

一週間後。

主君の言葉の意味を知らされぬまま、君主達は再び王座の間に集められていた。

そんな中で、イグナーツは言い知れぬ不安を覚えていた。

アルバートから面と向かって死を予告されたこともももちろんだが、それ以外にも彼が落
ち着けないのには明確に理由があった。

一族全員に飲ませるようにと事前に配布された謎《なぞ》の液体。

より強き高みへと上るための薬で害はないと言われても、あまりに禍々《まがまが》しい緑に不安が募《つの》るのだ。

どこをどう見ても、およそ体にいいとは思えぬそれ。ましてや飲まぬ者は呪族とは認めぬと脅《おど》しめいた宣告込《こ》みともなれば、否応《いやおう》なく怪《あや》しさが増すというものだ。

盲目的な忠誠を誓《ちか》う他の君主どもは笑《え》顔《がお》で受け入れた。

だが一族の繁栄《はんえい》のために忠誠を誓うイグナーツにとってみれば、そんな怪しい物を愛すべき一族の者達に飲ませるのには想像以上の抵抗《ていこう》があった。

しかしそれでもだ、忠誠を誓いし君主として無視などできるはずもなし。

従わねば圧倒的な力の前に摺《す》り潰《つぶ》される未来が透《す》けて見えるとなればなおさらである。

せめてもの誠実さを示すために一族の前で膝をつき、頭を伏して己《おのれ》の不甲斐《ふがい》なさを詫《わ》びたが、それとて自己満足でしかなかった。

振った賽《さい》の目が吉《きち》と出るか凶と出るか……王座に座《すわ》った王の尊顔を見つめながら、イグナーツは自分の決断が間違っていないことを願うしかなかったのである。

アルバートの視線がそんなイグナーツの上で留まったのはただの気まぐれでしかない。

筋肉で包まれた巨漢《きょかん》がアルバートと目があうや、一瞬ためらうように目をそらしたように見え、いささか気を引かれたのだ。

「どうした、イグナーツ。顔色が悪いようだが？」

「は、いえ、何でもございません……」

「そうか。ならば良い」

あっさりと引いたアルバートに虚《きょ》をつかれた。

不安が顔に出ていたかと詰問《きつもん》を覚悟《かくご》していただけに、イグナーツは反射的に顔を上げる。

そして、即座に後悔《こうかい》した。鉄格子《てつごうし》越《こ》しに実験動物を観察しているかのような冷ややかな瞳《ひとみ》がイグナーツに向けられていたのだ。

興味を失ったなどと、とんでもない。

心の奥底《おくそこ》まで見透《みす》かすかのように、静かにイグナーツを観察する探求者の視線を感じ、青白い肌《はだ》に冷たい汗《あせ》が滝《たき》のように流れた。

「……何でもないようには見えんな？」

「そ、それは」

イグナーツは二の句を継《つ》げず、口ごもる。

だが押《お》し寄せる重圧はある一瞬を境に掻《か》き消え、それまでの冷たい視線が嘘《うそ》のようにアルバートは朗らかな声で笑った。

「聞いているぞ。間者対策に回れない分、戦力増強のために軍事調練に力を入れているそうではないか。お前が率いる第一軍は呪族軍の柱の一つ。実に素晴《すば》らしいことだ」

「は、はは」

「だが、やりすぎて疲《つか》れが顔に出るようでは困る……わかるだろう？」

口調は心配する慈悲深《じひぶか》き主君のそれ。

だが鬼《おに》の仮面の奥《おく》に覗く目は声音《こわね》とは異なり、微塵も温かみがなかった。

少しばかり変わった形をした路傍《ろぼう》の石くれに興味を引かれた時のほうがよほど感情豊かなのではないかと思うほど、冷たい視線がイグナーツを射すくめるのだ。

ああ、ならば悟《さと》らざるを得ない。

これは、そういうことにしておいてやる、そう言われているのだと。

内に二心ありとて、役に立つうちはあえてそれを見過ごすと示されているのだ。

イグナーツは汗でぐっしょり濡《ぬ》れた背中を自覚し、黙《だま》って控《ひか》えるしかなかった。

「さてと、全員集まっているな」

王座に座ったアルバートが声をかけると、イグナーツとの会話に耳をそばだてていた君主達が揃って頭を下げた。

「結構。今日お前達を集めた理由だが……まあ、長々と説明するのも面倒《めんどう》だ。端的《たんてき》に言おう。貴様らには一度死んでもらう。いや、より正確に言うならば、貴様らが持つ魂の根源――魂根《ルギ》を崩壊《ほうかい》させ、一から作り直す」

「魂根《ルギ》……ですか？」

聞いたことがないと口にする君主達に、アルバートは余計な説明は不要と話を進めた。

「長い年月で摩《ま》耗《もう》し、分配された魂根《ルギ》を作り直し、古《いにしえ》の呪族としての力を取り戻すのだ」

疑問は飲《の》み込め、言外にそう告げる。

君主達も意味がわからないまでも、より強くなれるということだけは理解した。

そもそも、彼らに説明したところで理解できようはずがない。

カルロが遺《のこ》した魔《ま》導学の枠《すい》とも呼ばれる学術書によれば、彼らはカルロが作り出した魔導生命体である。しかし神にすら至ると言わしめた呪術の王であっても、完全なる生命の創造はできなかった。

呪族は生物として不完全で、ごく普《ふ》通《つう》の生物が当たり前に行っていることができない。

つまり、魂根《ルギ》の複製と進化である。

神が作り出した生き物達は己の魂根《ルギ》を複製し、子を生《な》す。子供には親の素養が受け継がれるが、これは何も遺伝子情報だけではないのだ。親が持つ魂根《ルギ》を受け継ぎ、己が魂根《ルギ》として複製しているのである。

そして長い生命の連環《れんかん》の中で魂根《ルギ》の変容――即《すなわ》ち進化をも成し遂げるのだ。

それは生物としての力を増す行為《こうい》に他ならない。より強固に、より雑多に生命としての多様性を増し、位階を上がっていく。それは神が描《えが》いた進化の道筋なのだ。

種が高みへと上るための、約束された道程である。

だが彼ら呪族は不完全であるがゆえに、その機能がない。

呪術王が創造した五体の呪《のろ》われた生物は、どれ一つとして完璧な形での魂根《ルギ》の複製を達成できなかったのだ。

それでもいまの時代に彼らの眷属《けんぞく》は残っている。

複製はできぬ、ならば分割《ぶんかつ》すれば良いではないか。

暴論としか呼べぬ生命への反逆。不完全な魂根《ルギ》の分割という荒業《あらわざ》でもって一族を増やし、己が呪力をわかつことで身に宿す呪力を大幅《おおはば》に減少させて、だ。

アルバートは知る由もないことだが、呪術王が消えたあとの眷属達《けんぞくたち》は再び主君が現れた時のために、是《ぜ》が非《ひ》でも主君の力となる眷属を残すことを決めたのである。

しかし真なる五人《イル・アクタ》といえど不老不滅《ふめつ》ではない。

それがゆえの力の分与《ぶんよ》、己という存在の割譲《かつじょう》であったわけだが、長い時間は無慈悲《むじひ》にも彼らをただの役立たずに変えてしまったというわけだ。だがそれは分割された魂根《ルギ》を一つに戻すことで、かつての力を取り戻せるということでもある。

複数の生命を融合《ゆうごう》させることはアルバートの知識でも不可能だが、魂根《ルギ》を呪術でもって強制的に連結させることならばどうか。

魔導の深淵《しんえん》を望む彼は断言する。

難しくはあれど、可能である。

アルバートは次の言葉を待つ君主達の前に、その答えを差し出した。

開かれた手に握《にぎ》られていた物、それは一見すると萎《しな》びた種のようだった。

種は全部で三つあった。

それぞれ色味が異なるが、内包する禍々しいまでの呪力はどれも遜色《そんしょく》ない。

全てが異様、全てが異常だ。

アルバートはその内の一つを摘《つ》まみ上げ、イグナーツに差し出した。

それはイグナーツにとってさながら踏み絵《え》のようにも感じられたが、拒否《きょひ》という選択肢《せんたくし》はとうの昔に消えている。震える手を気力で押さえ、捧げ持つように受け取るしかない。

「それぞれの種から絞《しぼ》り出した呪力の結晶《けっしょう》を薄めたもの、それがお前達の一族に配布された薬だ。一つの種を一つの種族へ。これを飲み込むことで、種はお前の中で根付き、一族との間で魂根《ルギ》の繋《つな》がりを持つこととなる」

「繋がり……？」

「そうだ。お前が父となり、一族がお前の子となる。お前の存在は彼らの魂根《ルギ》と繋がることで強化され、擬似的《ぎじてき》な合一を果たす。それはつまり、真なる五人《イル・アクタ》に回帰するということだ」

例えるならば、魂根《ルギ》のネットワークだ。

一つでは弱く脆《もろ》い存在でも、重なりあえばかつてのそれに近づくことができる。

怯《おび》えと不安をにじませていたイグナーツの表情に変化があった。

父となり、子となる。

一族を愛する彼にとってその言葉が思いの外刺《さ》さったのだ。

アルバートはそれを理解することはないにしろ、少なくとも好意的に受け取った。

覚悟が決まったのであれば、それは素晴らしいことだ。

飲み込めと促《うなが》せば、太い指に摘ままれた種がするりと喉《のど》の奥に消えた。

「これで、どうなるのですか。特に変わりは――」

ないようですが、と言いかけたのだろうが、それ以上口にすることはできなかった。

電池の切れた絡繰《からく》り人形のごとく体から力を失い、どう、と倒《たお》れる。

「これは、呪術王様!?」

「案ずるな」

驚きの声を上げるコルネリアを片手で制し、倒れたイグナーツの様子を確かめる。

呼吸は荒《あら》く、体温が激しく上昇《じょうしょう》している。体中から汗が吹《ふ》き出し、あえぐように口を大きく開ける様は異常としか言いようがない。

しかし呪力の流れを読み解けば、イグナーツの中の呪力が種に吸《す》い込まれていくのがはっきりと見えた。種はその存在を概念《がいねん》へと昇華《しょうか》し、同じく概念である魂根《ルギ》へと吸収される。

そして、放出された糸のように細い呪力はイグナーツの体を飛び出し、凄《すさ》まじい速度で触手《しょくしゅ》を伸ばすように謁見《えっけん》の間の壁《かべ》を貫《つらぬ》いていくではないか。

目で追うことはできぬが、その糸の先にはイグナーツの一族があった。

「成功だ。これでイグナーツは死に、真なる五人《イル・アクタ》として蘇《よみがえ》る。変異には相応の時間がかかるだろうな。一カ月か、半年か……一年はかからぬだろうが。全てはイグナーツ次第《しだい》だ」

「わ、私達も、その……真なる五人《イル・アクタ》になれるんですの？」

「なれる？　おかしなことを言う」

リーゼロッテの言葉に、アルバートはくつりと嗤《わら》う。

その横顔には確かな自信が宿り、同時に研究対象を前に自論を披露《ひろう》する愉悦《ゆえつ》が見えた。

「なれるのではなく、そうするのだよ。安心するがよい。この呪法《じゅほう》はかつて呪族を生み出した古の呪法。それを吾輩《わがはい》が手ずから改変し、進化させたものだ。古の呪法もまた素晴らしいものではあるが……これはなお素晴らしいぞ。呪種の保有者と子となる者達の魂根《ルギ》の連環によって得られた力は、呪種に刻まれた百を超《こ》える魔導陣《じん》によって増幅《ぞうふく》強化される。お前達の魂根《ルギ》を並列《へいれつ》につなぐよりも遥《はる》かに強い力を生み出し、それを使ってまた魂根《ルギ》の進化を促すのだ。崩壊から生み出される新たなる生命はかつての真なる五人《イル・アクタ》に近づける……いやはや、我ながら素晴らしい呪法を生み出したものだよ」

謡《うた》うように、囀《さえず》るように、早口にまくしたてるアルバートに狂気《きょうき》を感じる者は誰《だれ》もいない。むしろ、声高《こわだか》に自信をみなぎらせる主君に、コルネリアもリーゼロッテも感極《かんきわ》まり、体を震わせていた。

残る二人、ウベルトとモーロックはただ黙ってその様子を眺《なが》めるだけだが、彼らもまた主君の態度を受容する。

「ふむ。少しばかり語り過ぎたか。では、残りを飲み込め」

我に返ったアルバートが誤魔化《ごまか》すように咳払《せきばら》いをして促せば、コルネリアとリーゼロッテは積極的に彼の手から受け取った種を飲み込み、意識を失った。

その様子を見下ろし、アルバートは残ったウベルトに視線を送る。

ウベルトはやや怪訝な様子で、首を傾《かし》げた。

「私の分はないのでしょうか？」

種を受け取ろうと手を伸ばしていたウベルトの手が寂《さび》しげに空を切る。

アルバートの手には種が残っていなかった。

「お前の分はない、ウベルト」

「それは、なぜ？」

アルバートは当然だと告げた。

「これは真なる五人《イル・アクタ》に疑似的《ぎじてき》に戻るための呪術だ。お前には必要なかろう。なあ、原初の呪族、真なる五人《イル・アクタ》のウベルトよ」

原初の呪族。

その単語を耳にした瞬間《しゅんかん》、ウベルトの口元が大きな弧《こ》を描いた。

「いつからお気づきで……？」

ウベルトは否定しない。

アルバートはやはりなと頷《うなず》き、自分の考えを披露した。

「確信を得たのはモーロックに話を聞いてからだ。だが、初めてお前を目にした時から、おかしいとは思っていた。お前の中に渦巻《うずま》く大量の呪力《じゅりょく》……決して魂根《ルギ》を分割して残るものではない」

アルバートの目には、小さな器に大海の水が押し込められているかのような荒々《あらあら》しくも激しい呪力の奔流《ほんりゅう》が映し出されていた。アルバートの呪力量には及ばないものの、他の君主達を圧倒《あっとう》して余りあるほどのそれ。

ゆえに、確信する。

これは真なる五人《イル・アクタ》そのものであると。

「お前はかつての呪術王が創った原初の呪族だな。ここまで生き延びているとは、驚《おどろ》くべきことだ」

「くく、くひっ。そう驚くことでもありません。私の一族……いいえ、私は、よほどのことがない限り死ぬことがない体質なもので……」

カルロの図書館で読んだ眷属達の特徴《とくちょう》を記した本を思い出し、アルバートは納得《なっとく》の頷きを返す。

「だろうな。それで、ウベルト。幾《いく》つか聞かせてくれ」

「なんでしょう？」

アルバートは面白がるような口調で言う。

「その臭《にお》い……だいぶんときついが、それは最初の体なのか？」

「いえ、何度か変えております。ただ相応《ふさわ》しい体がなかなか見つからず……ここ二百年ほどは変えていないので、腐敗《ふはい》が少々。お気に障《さわ》るようでしたら変えておきますが」

アルバートはそうしろと頷き、続けた。

「吾輩が本当の呪術王でないと知りながら、なぜ黙っている？」

返答次第ではすぐに対処できるように、幾つかの呪術を発動状態で待機させた上での質問だった。

考えてみれば当然である。

カルロが創った真なる五人《イル・アクタ》であるウベルトは、アルバートが呪術王ではないと初見で見分けることができるはずなのだ。だというのに彼は唯々諾々と服従を誓うのだ。それも、イグナーツのように面従腹背を思わせる態度もなく、コルネリアやリーゼロッテの忠心に近い。

使えるならば使うまでと無視していたが、気にならぬわけではない。

叛意《はんい》があるならばここで根を断《た》つ必要があった。

だが、返って来た答えに不覚にも意表をつかれた。

「一目惚《ひとめぼ》れですね」

「なんだと？」

予想外の答えだが、ウベルトは本気のようだった。

「く、くひっ、ひ。面白い、それこそが私にとって重要なのです。あなた様はその点において類を見ないほどに素晴らしい……その断固たる意思と、己が欲望への忠実さ、その全てが歪《ゆが》み、しかしだからこそ整っているといえる……かつての呪術王様でさえ持ちえなかった歪みは、まさに王の器でしょう。わかりますか、面白いのです。私の命一つ差し出しても良いほどに、面白いのですよ……！」

「ふむ……面白いがゆえに吾輩が王の器だと？」

「その通りです。王が不敬とあらば神でも構いません。私にとっては唯一《ゆいいつ》絶対であるという点において同じでありますから」

「ふむ？」

なるほど、これもまた一種の狂信者の類かと理解するのに要した時間は一瞬《いっしゅん》。

ならば、これもまた都合が良いではないか。

気持ちが悪く、好ましくはなくとも、使用には耐《た》える。

アルバートはそう納得し、ここで根を断つ必要がなかったことに安堵《あんど》した。

戦いの行方《ゆくえ》が不安だったわけではなく、その後の仕事の幾分《いくぶん》かをウベルトに押し付けることができると知ったからだ。

「彼らの一族は眠《ねむ》りにはつかぬが、長が帰らぬとなれば不安を覚える者もいるだろう。あれらが目覚めるまで、お前とモーロックで民を抑え、外敵の侵入《しんにゅう》を防げ」

「かしこまりました。して、呪術王様は何を……？」

「吾輩は戦いの準備をする。戦力の増強は不可欠であるからな。それに、吾輩の呪力はまだ完全ではない」

モーロックから指摘《してき》されていたことだが、カルロと比較《ひかく》してアルバートの呪力量は明らかに劣《おと》っている。

呪術を使えぬわけではないが、恐らく彼のように気軽に連発するということはできないだろう。手数の少なさは戦いにおいて致命傷《ちめいしょう》足りえる。敵を目前に、ガス欠の魔導士に何の価値があろうか。

だからこそアルバートはさらなる呪力の増強と、新たな呪術の開発にいそしむ必要性があるのだ。

「くひ、いまだ高みを目指されると……仰《おお》せの通りに」

「待て、もう一つ。お前の力をもってすればラーベルクと十万の兵とも対等に戦えたはずだ。他の君王達《たち》と協力すれば、痛手は負うにしろ殲滅できただろう。なぜそうしなかった？」

「いまの呪族はかつてのそれとはかけ離《はな》れている……呪術王様の信念も、何もない。ならば、終わる様を見届けるのも面白いでしょう？」

答えるウベルトの目は真実を語っていることが一目瞭然《いちもくりょうぜん》だった。

心の底からそう思い、面白がっているのだ。

面白さこそが彼のもっとも根幹を成す部分なのだろう。常識をもって考えれば迷惑極《めいわくきわ》まりなく、恐ろしくもある。面白いという感情が全てに優先され、種族の存亡すら楽しむ思考はおよそ受け入れがたい。

便利な駒、されど警戒は必要。より面白いと判断すれば、牙《きば》を剥《む》くこともある。信用には値しない、そう判断するには十分だった。

「もう下がってよい。モーロックとともに、あれらを寝所《しんじょ》に運べ」

だが、そこで思いもよらぬ拒否があった。

「コルネリアだけは呪術王様がお運びくださいますか」

「なぜだ？」

意図が読めず困惑し、立ち去りかけていたアルバートは動きを止めた。

「君主である以上、体に触《ふ》れるのは相応の立場の者でなければなりません。少なくとも、君主以上でなければ問題があります。イグナーツとリーゼロッテは我々で運びますので、コルネリアをお願いしたいのです」

「ふむ？」

これが生粋《きっすい》の王族や貴族などといった特権階級の生まれであれば、何を馬鹿など一笑《いっしょう》に付したことだろう。

王とは命じ動かぬもの。

その王から命じられ、ともに働けとのたまう。

そんなことが有り得るわけがないのだが、残念なことにアルバートはごく普通の男子学生と一介《いっかい》の冒険者《ぼうけんしゃ》の常識しか持ち合わせていなかった。彼が知る市井《しせい》の常識に照らせば、優《すぐ》れた上司とは部下とともに動き、自らの背中で語るものである。

指揮官先頭という言葉もある通り、上位の存在が率先《そっせん》して動く様は下の者にとって勇気を鼓舞《こぶ》され、否応なく動かざるをえなくなるものなのだ。

その常識から、アルバートはなるほどと納得をした。

つまり、これはより良い上司であるかを試す試金石なのだろう。

とんだお笑《わら》い種《ぐさ》の勘違《かんちが》いではあるが、アルバートはいたって真面目にその結論に至り、その挑戦《ちょうせん》を堂々と受ける決断をしたのである。

いかに駒《こま》同然と考える部下であっても、搾取《さくしゅ》し虐《しいた》げるつもりなど毛頭ない。心地《ここち》よく使われてくれるのであればそれが最良なのだ。

とはいえそれならば別にコルネリアでなくともいい気はしたが、

「イグナーツ殿《どの》を運べるのは私だけでしょうな」

「私はリーゼロッテを。女とはいえ、鎧《よろい》こみでは相応に重量がありますので」

ということらしい。

「……よかろう。では、コルネリアは吾輩が運ぶとしよう。他の者は任せるぞ」

「御意《ぎょい》に」

コルネリアの体を抱《だ》き上げると、予想よりも細く軽い体だが、女らしい肉づきは厚手のドレス越《こ》しでもしっかりとわかった。触《さわ》り慣れない柔《やわ》らかさに顔をしかめつつ用意された居室へ向かう。

主君がいなくなった謁見の間では、二人の男達がほうと息を吐《は》いた。

「とっさに合わせましたが、心臓が止まるかと思いましたな」

「その割には堂々としていたが？」

くひと小さく嗤う昔馴染《むかしなじ》みに、モーロックは困ったように眼窩《がんか》の青い炎《ほのお》を明滅《めいめつ》させた。

一人は真なる五人《イル・アクタ》であり、もう片方はたかだか門番に過ぎないとしても、同じ時代、同じ王とともに世界を見たという同志である以上、わかり合える何かは確かにある。

なにせ、ともに主を失ったのだ。

かつてのウベルトはこれほどに狂気に満ちてはいなかったが、それでも彼《かれ》が欲《ほっ》するものをモーロックは確かに理解していた。

「主君がいなくなる恐怖《きょうふ》はわかるが……だからといって、子を望むのは行き過ぎではないかな？」

「子を？　なぜそんなものを？」

予想外の返答に、モーロックは青い炎を燃え上がらせる。

かつての呪術王が死を確信して全てを捨て地下墓地へと隠れた時、真なる五人《イル・アクタ》はメギナ・ディートリンデに取り残されたモー地下墓地へと連れ出されたモーロックとて、門番としてロックとて、門番として配置されただけでその後再会したことはない。

残されるものの恐怖は十分に理解していて、だからこそ万が一の場合に備えて主君の子を残してもらいたいのだろうと思ったのだが、どうやらその予想は外れていたようだ。

「では、なぜあのようなことを？」

「面白いではないか」

「……なんだと？」

ウベルトはくひ、と笑う。

「あまりにも狂《くる》った信念に生きる男と、初心で己の恋心《こいごころ》すら分からぬ女……そんな二人が果たして愛を育めるのか。大した見ものだと思わないか？」

「……それは、不敬に過ぎるぞ」

「考え方は人それぞれだ。それに、あの方は少しばかり自身の命を軽《かろ》んじられているようだ。いかに強者であろうと、ラーベルクと十万の大軍に対し、たった一人で立ち向かわれるとはな。君主の一人でもぶつけ、その死を代償《だいしょう》に力を測る程度の慎重《しんちょう》さは必要だろう」

確かにそれはモーロックも気になっていたことだ。

己が不死《イルフェンノ》であることを妄信《もうしん》しているという様子でもなく、ただ己の命すらも目的のためには二の次になっているような印象を受ける。それこそ、必要であれば平然と己の命を死地に置くことすら厭《いと》わないような危《あや》うさなのだ。

「そういう面はあるかもしれんが、それとコルネリア殿をけしかけることとどうつながる？」

「簡単なこと。己の命を軽んじるのであれば、軽んじることのできぬ重しをつければいいだろう。コルネリアの恋心などというものがどれほどの重しになるかは知らんがな、足しにはなるかもしれん。それでも、本当に危うい死地に陥《おち》った時、ほんの一瞬でも躊躇《ためら》うきっかけになればよいのさ」

「そういう考えもあるか……ならば、コルネリア殿には精一杯《せいいっぱい》重くなってもらわねばならんな」

「あの初心《うぶ》さではどうなるか……まぁ、憎《にく》からず思っている相手に寝所まで運ばれるのだ。それを知ればあの女とて自覚せざるをえんだろうさ」

恋焦《こいこ》がれる乙女《おとめ》の行動はあまりにもわかりやすい。

アルバートも嫌《きら》っているわけではないのだ、コルネリアの側を動かせば可能性の芽は広がるだろう。

あまりにも迂遠《うえん》で本人達を置き去りにした策は、一見すれば非道にも思える。

だが、それは間違《まちが》いなく重要なのだ。

「さて、あとはコルネリア殿の活躍《かつやく》に期待するとしましょうか」

「あの初心さこそが武器だな。むしろ手練手管に長《た》けた女よりも効くかもしれん。二度とお隠《かく》れにならないよう、きつく縛《しば》り付けてもらわんとな」

主君には到底《とうてい》聞かせられない無礼な言葉に、モーロックは苦笑《くしょう》しながらも同意を返した。

◇

◆

コルネリアを寝台《しんだい》に寝《ね》かせたアルバートは、無防備に寝息《ねいき》を立てる横顔を見つめ、困ったなと頭を掻いた。

赤いドレスに身を包んだコルネリアは、いかにも眠るには適していない服装なのだ。

とはいえ、アルバートが手ずから着替《きが》えさせるのはいかにもまずく思える。

「あとで女の使用人に任せるか……」

せめてもの抵抗として上掛《うわが》けを整えて部屋を後にしようとしたが、ふと聞こえた声に動きを止めた。

「呪術王……様……」

寝言《ねごと》だろうか、まさか自分を呼ばれるとは思わなかったが、なんとも可愛《かわい》らしいものだと笑《え》みを浮《う》かべる。

まるで子供のような安心しきった寝顔《ねがお》に、アルバートは一瞬だけ見とれている自分に気づき「馬鹿馬鹿しい……」と呟《つぶや》いた。

だがそのまま部屋を去ることはせず、できる限り音を立てないように注意しながら、枕《まくら》元《もと》に寄せた椅子《いす》に座った。

奇妙《きみょう》なことではあるが、いささか離れがたく感じたのである。

見上げれば、窓からは月の光が差し込んでいた。

窓から差し込む一条《ひとすじ》の柔らかな光と、その下で眠る炎のような赤髪《がみ》の美女。

なんとも美しい光景に、これこそ一枚の絵画と形容すべきかと馬鹿なことを考える。

気づけばぼうと見つめていて、我に返った頃《ころ》には光の角度が代わり、コルネリアのやや幼さが残る顔が照らし出されていた。

「ううん……」

眩《まぶ》しいのか、コルネリアの眉根《まゆね》が寄った。

まるで子供を見守る母親のような気持ちを覚え、アルバートは苦笑する。

心の内に灯《とも》った火がどのような性質のものであるのか、今一つぴんと来ない。だがそれは不快ではなく、なんだかわからないがゆったりと浸《ひた》りたいと思える心地よいものだった。

「起きた時にはしっかりと働いてもらわねばならんな」

眩しそうに身じろぎするコルネリアの目元に手をかざすと、暗くなったことがわかったのか、コルネリアの表情が和《やわ》らいだ。

「ふ……無防備すぎて、面白《おもしろ》いな」

アルバートはやれやれと息を吐き、立ち上がると窓《まど》際に寄った。

月明かりは思ったよりも明るい。

窓帳で遮《さえぎ》ると、室内の光は完全に消え失《う》せ、真なる闇《やみ》が辺りを覆《おお》った。

これならばコルネリアの眉根が大変なことにならずに済むだろう。

それからしばらく、窓際から離れる足音が続き、廊下《ろうか》の扉《とびら》が開いて光が差し込んだ。

「よく眠れ、コルネリア」

聞こえるはずもないかと自嘲し、アルバートは去った。

薄暗《うすぐら》い寝室《しんしつ》には女が一人、先ほどとは違《ちが》い、ひどく幸せそうに寝息を立てていた。

エピローグ

ロゼリア神聖国家は太陽の擁護者《ようごしゃ》である神を崇《あが》める。

それがゆえに、ロゼリア国内では地下という構造を認めていない。

太陽の光が差し込まぬ地下は神を崇めぬ者達の領域であり、忌《い》むべき禁域なのだ。

そのような教義であるからこそ、地下という存在はロゼリア教指導者にとってひどく使い勝手のよい隠れ蓑《みの》でもある。

地下という構造がもとより存在しないと考えるからこそ、地下への道を誰も見つけることができない。灯台下暗《とうだいもとくら》しとはよく言うもので、大聖堂の絨毯《じゅうたん》を一枚めくった場所に隠し扉があることを知る者は少なかった。

そこが開くのはいったいいつ以来なのだろうか。

教皇だけに語られる伝承によれば、建国された二千年の中で数度、当時の教皇が興味本位に扉を開いたことがあるらしい。

そしてそのほとんどが帰らず、残された者によって扉は再び封印《ふういん》されるのだ。

戻《もど》って来る者と、戻って来ない者。そこには差があるが、地下に封印された巨悪《きょあく》の性質を考えれば実に納得のいく理由なのだ。

戻ったのはただ一人、女だったのである。

ジョシュアは扉の下に広がる地下への階段を下り、それと対面した。

「お初にお目にかかる。聖神祈王殿《フィラー・ロード》」

薄暗く、埃《ほこり》っぽい室内は淀《よど》んだ空気が充満《じゅうまん》していた。

しかし、その喉にからみつくような空気の中に混じる甘《あま》やかな香り。

その発生源である人影《ひとかげ》は小柄《こがら》で、少女のようだった。

弱体化と魔力封《まりょくふう》じの首輪を嵌《は》められ、地面にも壁にも無数に刻まれた封印の魔導陣によって拘束《こうそく》されながら、なおその身の内から滲《にじ》む誘惑《ゆうわく》の香り。

ジョシュアは自分の意志に反して怒張《どちょう》するそれから意識をそらし、なるべく香りを吸わぬようにと袖《そで》で口元を覆った。

もはや遅《おそ》いかもしれぬが、ないよりはましだ。

「おう、おう、久しぶりの獲物《えもの》じゃ。近うよれや、のう」

ずいぶんと蓮《はす》っ葉《ぱ》な物言いだが、抗《あらが》いがたい誘惑を感じる。

はっと気づけば、いつの間にか少女に一歩近づいている自分がいた。

「おのれ、この化け物が……！」

とっさに己の腕《うで》に小刀を突《つ》き刺したとはいえ、痛みで誘惑を拒絶《きょぜつ》することができるわけがない。

かつての呪術王《カース・ロード》との戦いで魔性《ましょう》に落ちた聖女、かつての巫女王《みこ》、聖神祈王《フィラー・ロード》は男を誘《さそ》う化生なのだから。逆らうことができたのは、ひとえに多重に仕掛《しか》けられた封印の術式と、ジョシュアの強靭《きょうじん》な精神力に依《よ》るものだった。

それがわかったのだろう、少女の人影は大きく体を揺《ゆ》らし、やれ愉快《ゆかい》と大笑《たいしょう》した。

「かっ、かかっ！　我慢《がまん》は体に毒じゃが……ま、お主は誘ってもやらぬ輩《やから》と見たわ。ならば何をしに来たのか……いたいけな少女が捕《とら》えられている姿を眺めて悦《えつ》にいるような酔狂《すいきょう》な趣味《しゅみ》というわけでもなかろう？」

「くだらぬ会話には興味がない。力を貸せ」

「なんじゃ、藪《やぶ》から棒《ぼう》に。久しぶりの会話なんじゃやから、ちぃと楽しませてくれてもよいと思うがなぁ。会話が嫌《いや》なら、それ、肌をすり合わせてもよいぞ？」

かかっ、と笑う少女の人影に、ジョシュアはふざけるなと舌打ちを返した。

これがかつて純潔の象徴《しょうちょう》とされた聖女だという事実に、なんともいえぬ苛立《いらだ》ちが募《つの》る。

このまま会話をしていては呑《の》まれるかもしれぬ、そう判断して極力少女の言葉は無視し、本題だけを告げた。

「呪術王が復活したのだ。腹立たしいが、お前の力が必要だ」

「ほう?」

楽しそうなはずむ吐息《といき》が漏《も》れる。

「化け物には化け物をぶつけよう、そういうことかの?」

「そうだ。お前は聖騎士王《ルイン・ロード》様とともに呪術王と戦い、いまもなお恨《うら》みを持っているはずだ。呪術王を殺す場を設けてやるのだから感謝してほしいくらいだ」

「ふぅむ。面白いが……ま、無理じゃの」

「なぜだ?」

伝承通りであれば聖神祈王《フィラー・ロード》は呪術王の怨敵《おんてき》である。

断られるなどとは露とも思っていなかったが、彼女《かのじょ》は勘違いするなと続けた。

「いまは無理じゃと言うておる。なにせ、お主らに長く閉《と》じ込《こ》められ続けたからのぅ。力もずいぶんと失のうてしもうた。正直に言うて、腹が減って力がでんわ」

「腹を満たせば力が戻ると?」

「そうじゃの。ま、お主に餌《えさ》が用意できるとも思えんが」

小馬鹿にしたような物言いだが、確かに常ならば用意ができるはずがなかった。

なにせ、女の言う餌というのは人間の男なのだ。

魔性に落ちた聖神祈王《フィラー・ロード》は男の精を喰《く》らい、無限の命を得る化生《けしょう》へと堕《お》ちた。

彼女によって喰らわれた男の数は数千とも、数万とも言われる。

普通ならば、そんな人道にもとることができようはずがないのだ。

そう、普通ならば。

「用意しよう。何人必要だ」

いまは非常時、世界の敵を殺すためならば人道など屑籠《くずかご》に投げ捨てるのみ。

「面白いのう……ならば、ざっと千は用意してもらおうか」

「千……それほどか」

「嫌ならかまわん、お帰りはあちらの扉じゃ」

糞《くそ》が、と小さく罵倒《ばとう》する。

元よりジョシュアに選択肢などあるはずがなかったのだ。

「用意したとして、どれくらいで力を取り戻せる？」

「さぁて。極限の飢餓《きが》状態でいきなり飯を食えば体が驚くからのぅ。ゆっくり体に馴染《なじ》ませる必要がある。なにせ久しぶりの飯じゃ、じっくり味わって食わねばなるまい。ま、一年はかかるかの」

「わかった。すぐに用意させよう」

ジョシュアの言葉に、暗がりの向こうで少女は楽し気に飛び跳《は》ねた。

まるで子供のように華奢《きやしゃ》なそれだが、跳ねる都度少女のくびれが淫靡《いんび》にうねる。

その動きは子供のそれではなく、男を知り尽《つ》くした女のそれだ。

あるいは少女の姿とのちぐはぐさがより淫靡に見せるのか、子供に欲情した例《ためし》のないジョシュアをして生唾《なまつば》を呑み込み、これ以上はまずいと判断せざるをえなかった。

げに恐《おそ》ろしきは傾国《けいこく》の魔女《まじょ》よ。

どれほどに防御《ぼうぎょ》しようとしても、少女が発散する香りは危険にすぎる。それが彼女が醸《かも》し出す妖艶《ようえん》な仕草と表情とあいまれば、もはや抗うという思考すら馬鹿馬鹿しく消え去るのだ。ジョシュアはすぐさま背を向けて逃《に》げるように階段を上りながら、しかしそれでも呪術王に対する切り札が手に入ったことに安堵していた。

化け物には化け物を。

願わくば、化け物同士殺し合って両方死んでくれ。

ジョシュアの人生において、恐らくこれほど真摯《しんし》に神に願ったことはなかっただろう。

かくして、全ては一年の後。

化け物どもの饗宴《きょうえん》が開催《かいさい》されることになったのである。

あとがき

皆様初めまして、タロジロウと申します！

これがデビュー作となりますので、全ての方に初めまして、全方位にバッタのごとく頭を下げまくる、そんなしがない小説書きが私です。

よろしくどうぞ！


というような冗談はさておき、本書を手に取って頂いた皆様、誠にありがとうございます。WEB小説からご一緒の方も、PAN:D様の美麗なイラストに惹かれた方も、日々の煩わしさを一瞬でも忘れ、楽しんで頂ければ幸いです。

さて、タロジロウとは誰だ、と思っている方も多くいらっしゃると思いますので、簡単に自己紹介をさせて頂きます。

とはいっても極々普通のカフェオレと猫を愛する田舎者を想像して頂ければ、はい、それがだいたい私です。小説を書き始めたのは小学生の頃、小学校の先生に漫画を見せる子供は数いれど、ジャンプ漫画を小説にして、どや顔で見せていた子供は近場では私だけでした。ええ、とんでもない黒歴史ですね！

そこで素直に小説家を目指すかと思えば、なぜかゲームクリエイターになろうと思ってみたり、漫画家になろうと思ってみたり……結局小説家に戻るも二十代前半で筆を折り紆余曲折あって数年前にＷＥＢ小説に投稿を始めました。

継続は力といいますが、私の場合はあちらこちらと首を突っ込んで遠回りをした結果と言うのが適切でしょうか。それでも、ＨＪ小説大賞という素晴らしい賞を受賞させて頂き、皆様に本書を届ける機会を頂くことができました。

受賞の連絡をもらったのがちょうど一年ほど前なのですが、正直に言うとまだまるで実感が湧いていません。友人達に受賞祝いの焼き肉を奢ってもらっても、担当編集様と一緒に書籍化作業を行っても、いきなり夢だったんだよと言われても納得しそうな塩梅です。

たぶん、これは書店に並ぶ自分の本を見るまで続くんだろうな、と思っています。

発売日の書店に置かれた本書を、「ふおおお」と奇声を上げながら写メっている変な人がいれば、たぶんそれが私です。

ぜひ声をかけずに遠巻きに見つめてあげてください。

さて、本書について少し語ります。

この本を書くきっかけになったのは、いわゆる平和について考えたことが始まりです。

そのころのＷＥＢ小説では、勇者が魔王を倒したり、追放されて成り上がり、追放した相手を倒したり、そういう勧善懲悪ものが多くありました。でも、そんな簡単に悪と善を切り分けられるだろうか。ＡとＢがいたとして、Ａの側から見れば善でも、Ｂの側から見れば悪という状況は有り得るし、むしろそういうものばっかりなんじゃないか、と思ったわけです。

そこから派生して、じゃあ世界平和を望む人間は善なのだろうか。悪だとしたら、どんな世界平和の達成方法を取るだろうか……と考えてアルバートさんが誕生しました。

あまりにも独特な性格と価値観すぎて、ＷＥＢ小説で公開した時は頭がおかしい、独裁者というような感想を持たれることもありますが、私個人としてはとても純粋に平和を愛する男だと思っています。

ただ、その平和を達成するための手段がとんでもないだけで、彼自身は自由を愛し、人の自由を尊重し、全てを平等に扱う男です。とはいえそれが全て極端なので、やることなすことおかしくなっていく……そういうキャラクターです。

色々過激ですが、そんな彼がどう世界とのギャップと付き合っていくか、楽しんで頂ければうれしいなと思います。

それでは最後に、皆様に感謝を。
数ある作品の中から拙作を見出し、賞まで取らせて下さったHJ編集部の皆様。
慣れない書籍化作業に根気よく付き合って下さった担当編集様。
素晴らしいイラストを描いてくださったPAN:D様。
そして何より、本書をお手に取って下さった読者諸兄へ。

心の底よりの感謝を申し上げます。

なにより、またお会いできることを楽しみにしています。
皆様にハッピーが降り注ぎ、世界が平和になりますように！

次巻予告

小説第⑧巻は2023年10月発売！
作画／大前貴史
原作／明鏡シスイ
キャラクター原案／tef
8
信じていた仲間達にダンジョン奥地で殺されかけたが
ギフト『無限ガチャ』で
レベル9999の仲間達を
元パーティーメンバーと世界に復讐&『ざまぁ！』します！
週刊少年マガジン公式アプリ
「マガポケ」にて
好評連載中!!
コミックス
最新第⑧巻も
好評発売中！
作画：大前 貴史
原作：明鏡シスイ　キャラクター原案：tef

信じていた仲間達にダンジョン奥地で殺されかけたが
ギフト『無限ガチャ』で
レベル9999の仲間達を手に入れて
元パーティーメンバーと世界に復讐＆
『ざまぁ！』します！
「小説家になろう」
四半期総合ランキング
第1位
(2020年7月9日時点)
①～⑦巻
好評発売中!!
レベル9999で
圧倒的無双!!!!!!
明鏡シスイ
イラスト／tef

HJ NOVELS
HJN72-01

呪われ呪術王の平和が為の異世界侵略 1

2023年6月19日　初版発行

著者――タロジロウ

発行者―松下大介
発行所―株式会社ホビージャパン
〒151-0053
東京都渋谷区代々木2-15-8
電話　03(5304)7604（編集）
03(5304)9112（営業）

印刷所――大日本印刷株式会社
装丁――AfterGlow／株式会社エストール

ISBN978-4-7986-3186-8　C0076